古典文獻研究輯刊

九　編

潘美月・杜潔祥　主編

第 15 冊

《爾雅・釋訓》研究

李 建 誠　著

《經傳釋詞》辯例

程 南 洲　著

國家圖書館出版品預行編目資料

《爾雅‧釋訓》研究　李建誠著／《經傳釋詞》辯例　程南洲
著 — 初版 — 台北縣永和市：花木蘭文化出版社，2007〔民
96〕
目 2+98 面＋序 2+ 目 4+128 面；19×26 公分
（古典文獻研究輯刊 九編；第 15 冊）
ISBN：978-986-254-023-7（精裝）
1. 爾雅　2. 訓詁　3. 研究考訂　4. 虛詞
802.11　　　　　　　　　　　　　　　　98014605

ISBN - 978-986-2540-23-7

9 789862 540237

古典文獻研究輯刊
九　編　第十五冊　　　　　　　　ISBN：978-986-254-023-7

《爾雅‧釋訓》研究
《經傳釋詞》辯例

作　　者　李建誠／程南洲
主　　編　潘美月　杜潔祥
總 編 輯　杜潔祥
企劃出版　北京大學文化資源研究中心
出　　版　花木蘭文化出版社
發 行 所　花木蘭文化出版社
發 行 人　高小娟
聯絡地址　台北縣永和市中正路五九五號七樓之三
　　　　　電話：02-2923-1455 ／傳眞：02-2923-1452
網　　址　http://www.huamulan.tw 信箱 sut81518@ms59.hinet.net
印　　刷　普羅文化出版廣告事業
初　　版　2009 年 9 月
定　　價　九編 20 冊（精裝）新台幣 31,000 元

《爾雅・釋訓》研究

李建誠　著

作者簡介

李建誠，國立中央大學中文研究所碩士，現任崑山科技大學通識教育中心專任副教授，主要研究範圍為《爾雅》、訓詁學、詞彙學等。

提　　要

　　《爾雅》在訓詁學的研究中，一直占有重要地位。本文的主要研究對象為與特定經書《詩經》有密切關係的《爾雅・釋訓》篇。由此篇之特殊性質，可研究以下兩個目的：（一）考察《爾雅》疊字等複音詞的結構和意義。（二）因《釋訓》與《詩經》訓詁關係密切，可藉此探究《爾雅》解經的功能、性質及限制，且可反映訓詁本身的範圍問題。

　　本文之研究，先將該篇分為三個部分：（一）「明明、斤斤，察也」以下至「穰穰，福也」。（二）「子子孫孫，引無極也」至「速速、蹙蹙，惟逑鞫也」。（三）「甹夆，掣曳也」以下至最末「鬼之為言歸也」。第二章即處理第一部分，討論疊字義是否由單字義而來的問題，此章說明了疊字義與單字義之間，因歧義及假借的影響，使其關係變得異常複雜。第三章討論「雙組重疊」的特殊構詞，提出區分「雙組重疊」與「單組重疊」之標準及問題所在，結論大抵為《詩經》中的「雙組重疊」若以較嚴格的標準來要求，則其存在值得再加研究。第四章討論第三部分直引《詩》文或解《詩經》詞語者，以其中三條為例，說明《釋訓》釋連綿字的問題，以及進一步探究疊字的結構及意義；最後則說明訓詁的實際範圍，並不限於詞語的意義，而是包含句義以至篇章之義。

目

次

第一章 導 論

第一節 《爾雅》的地位、版本及注疏

解讀經書一般是從經文詞句意義的理解開始。由於古今文字的異同變化和詞義的引申假借，使經典文字的釋義成為訓詁的首要工作。《爾雅》一書大抵就是基於訓詁經文的要求而產生的。鄭玄《駁五經異義》云：

> 玄之聞也，《爾雅》者，孔子門人所作，以釋六藝之言，蓋不誤也。
> （《詩·王風·黍離·正義》引《駁五經異義》，頁148）

劉勰《文心雕龍·練字》云：

> 夫《爾雅》者，孔徒之所纂，而《詩》、《書》之襟帶也。（頁138）

孔穎達《詩·關雎·正義》云：

> 詁、訓、傳者，注解之別名，毛以《爾雅》之作，多為釋《詩》，而
> 篇有〈釋詁〉、〈釋訓〉，故依《爾雅》訓而為《詩》立傳。（頁11）

嚴元照《爾雅匡名·自序》云：

> 《爾雅》者，經之匯也。……嘗攷漢儒之詁訓，大半出於《爾雅》。
> 而《毛詩》之《傳》、《箋》，用《雅》訓者尤多。然而毛、鄭所讀之
> 《爾雅》，視晉、唐人之所讀者，蓋大不同矣。吾讀《毛詩·傳》、《箋》，
> 往往有不見於《爾雅》，而循其形聲以求其義，焯然知即今本之某字
> 者。然而唐人之為義疏者，忽然而弗省，則其假借貫通之故，久已
> 失其傳矣。（頁2）

可見《爾雅》一書的訓釋實與經書訓詁有密切關聯。《爾雅》的地位既如此重要，

歷代注解《爾雅》者自然不少。現在所知最早的是漢代的犍爲文學（舍人），較後有劉歆、樊光、李巡、孫炎等人，但郭璞的注解一出，前述諸家就漸漸湮沒了。郭《注》之後較重要且保存完整的注解是唐代陸德明的《爾雅音義》，宋代則有鄭樵的《爾雅注》、羅願的《爾雅翼》、邢昺的《爾雅疏》。至清代注解《爾雅》及仿《爾雅》體例的著作大量出現，﹝註 1﹞其中最爲人重視及稱揚的著作有兩部，前有邵晉涵的《爾雅正義》，後有郝懿行的《爾雅義疏》。郝著後出，是以能夠吸收、利用邵書的研究成果，二書孰優孰劣則不易斷定。但此二書幾乎總結了清代以前相關的研究成果，則是無庸置疑的。﹝註2﹞

　　總括清代及其前之研究《爾雅》的成績，可歸納爲以下的幾個方面：

　　　（一）《爾雅》本文和郭璞等古注的文字校勘、輯佚，如馬國翰的《玉函山房輯佚書·經編·爾雅類》、余蕭客的《爾雅古經解鉤沈》、阮元《爾雅注疏校勘記》等。

　　　（二）全書的注解及音義的考證，郭璞《爾雅注》、陸德明《爾雅音義》、邢昺《爾雅疏》、邵晉涵《爾雅正義》、郝懿行《爾雅義疏》、盧文弨《爾雅音義考證》等。

　　　（三）訓詁條例的辨明，如陳玉澍《爾雅釋例》、羅長鈺《爾雅釋詁例證》等。

　　　（四）仿《爾雅》條例的訓詁專著，如《小爾雅》、《廣雅》、《埤雅》、《駢雅》等。

　　本文的研究，以郭璞《爾雅注》、邢昺《爾雅疏》、邵晉涵《爾雅正義》和郝懿行《爾雅義疏》四書爲基本依據。其中邵、郝之疏解最後出而最詳，所以後文的討論大抵以此二書爲主。唐代陸德明《爾雅音義》及其他清代的著作如翟灝的《爾雅補郭》、龍啓瑞的《爾雅經注集證》、王引之《經義述聞》等書，今人的著作如黃季剛的《爾雅音訓》等書，也擇善而從。

　　此外，仿《爾雅》體例的相關著作如《廣雅》、《小爾雅》等，基本上是對《爾雅》的補充，篇目與《爾雅》相近，也有〈釋訓〉篇，收錄的詞語性質與《爾雅·釋訓》篇相似。尤其是清人王念孫所作的《廣雅疏證》、胡承珙

﹝註 1﹞ 今人林明波先生《清代雅學考》所收清代的《爾雅》相關書籍大約有一百三十種，盧國屛先生的碩士論文《清代爾雅學》（政大中文研究所，76 年 12 月），則收錄達一百八十餘種。

﹝註 2﹞ 清人研究《爾雅》的實際成果及其評價，亦可參閱《清代雅學考》及《清代爾雅學》二書。

的《小爾雅義證》等，都是本文的重要參考資料。

　　《爾雅》的版本依《爾雅》經本文、郭璞《注》、邢昺《疏》、陸德明《音義》合刻和分刻的情形，可分為單經本（《爾雅》經文刻本）、單注本（經文與郭《注》合刻）、單疏本（經文與邢《疏》合刻，無注）、注疏本（經文、郭《注》、邢《疏》合刻）、音義本（陸氏《音義》單刻）、注及音義本（經文、郭《注》、陸氏《音義》合刻）等數種。〔註3〕本文採用的《爾雅》經本文、郭璞《注》、邢昺《疏》是清代南昌府學的《十三經注疏》本。因為這個版本經過清人阮元的精心校勘。阮氏搜集了當時所能看到的《爾雅》善本，再參考了《說文》、《經典釋文》來從事校勘，所據材料的豐富，為他本所不及。至於邵晉涵的《爾雅正義》用《皇清經解》本，郝懿行的《爾雅義疏》則使用郝氏家刻本。

　　今人研究《爾雅》一書，除了繼承前人的研究，從事更深入的探討外，並嘗試從不同的角度反省前人研究的成果和方法，開拓更寬廣的研究範圍。如王國維先生的《爾雅草木蟲魚鳥獸釋例》，即討論物名之雅俗古今同類異類，而能對物名「以聲為義」的情形多有闡明。前述黃季剛先生的《爾雅音訓》一書，主要即承繼清人之工作，以聲音為線索，對《爾雅》訓釋之字採用假借、引申義者，尋求其聲義相合之本字，頗有新義。黃先生另有《爾雅略說》一文，討論了《爾雅》的名義、撰人、注家，簡括精闢。駱鴻凱先生《爾雅論略》則是《爾雅略說》一文較為詳盡的闡述。至於當代對《爾雅》作全書之注解者，則推徐朝華先生的《爾雅今注》一書，他參酌前人的注疏而有所取捨，文字淺顯，要言不煩。

第二節　《爾雅・釋訓》與《詩經》訓詁

　　《爾雅》一書分為十九篇，但依其訓釋的對象可大別為二部分。首三篇〈釋詁〉、〈釋言〉、〈釋訓〉主要以解釋詞語的意義為主；〈釋親〉以下十六篇則解釋各類名物制度。正如徐朝華先生在《爾雅今注・前言》所說：

　　　　〈釋詁〉、〈釋言〉、〈釋訓〉等三篇是解釋一般語詞的，可以說是普
　　　　通的詞典；〈釋親〉以下十六篇是解釋各類名物的，可以說是百科名

〔註3〕此處關於《爾雅》之版本的說明，乃參考顧廷龍先生及王世偉先生合著的《爾雅導讀》一書的第五章。

　　詞詞典。

由《爾雅》的內容來看，《爾雅》無疑是一部解釋詞義的專著，也可說是一部
按照詞義系統和事物分類而編纂的詞典。然而，《爾雅》的性質到底是一部解
釋詞義的獨立著作，還是專爲經書的釋義而設的著作，前人卻有不同的認定。
認爲《爾雅》乃解經之作者，爲數甚多。除前引鄭玄、孔穎達、劉歆諸說即
以《爾雅》爲釋經之作以外，歷代學者持類似看法的不少。如王充在《論衡‧
是應》篇說：

　　　　《爾雅》之書，五經之訓故。（卷一七，頁 12）

陸德明《經典釋文序錄》也說：

　　　　《爾雅》者，所以訓釋五經。（冊上，頁 68）

徐養原爲嚴元照《爾雅匡名》一書所作的序，則對《爾雅》總釋群經的性質
有較詳細的說明，他說：

　　　　《爾雅》乃總釋群經之書，非小學家言也。前漢諸儒，無兼治五經
　　　　者，故班氏志藝文，以石渠《五經襍議》附《孝經》後，而《爾雅》
　　　　次之，此深得《爾雅》之恉者也。凡《爾雅》所釋之文，皆經典所
　　　　有，其不見經典者，蓋後世逸之。……《爾雅》雖主今文，亦不謬
　　　　於古文，此所以爲經義之總匯，而漢學之權輿也。（頁 5）

徐氏認爲《爾雅》是完全針對經書中的文字作訓釋，即使不見於經書的文字，
也是經書有逸文的關係。姑不論徐說的對錯如何，他基本上是從《爾雅》內
容的觀點來判斷《爾雅》爲解經之作。對於《爾雅》性質的判斷，實際內容
才是最重要的憑據。把《爾雅》的訓釋逐條考察，可以發現《爾雅》並非只
對經書的詞語作訓釋。在《爾雅》中仍可以見到對經書之外的一些古書中詞
語的解釋，說《爾雅》專爲釋經而作，就很成疑問了。如《四庫全書總目提
要》（以下簡稱《四庫提要》）即曾舉出《爾雅》的訓釋有些是針對經書以外
的古籍的實例，以說明《爾雅》並非釋經的專著：

　　　　其書歐陽修《詩本義》以爲「學《詩》者纂集博士解詁」，高承《事
　　　　物紀原》亦以爲「大抵解詁詩人之旨」。然釋《詩》者不及十之一，
　　　　非專爲《詩》作。揚雄《方言》以爲「孔子門徒解釋六藝」，王充《論
　　　　衡》亦以爲「五經之訓故」。然釋五經者不及十之三四，更非專爲五
　　　　經作。今觀其文，大抵採諸書訓詁名物之同異以廣見聞。實自爲一
　　　　書，不附經義。如《釋天》云：「暴雨謂之涷」，《釋草》云：「卷施

草，拔心不死。」此取《楚辭》之文也。《釋天》云：「扶搖謂之猋。」……
此釋《莊子》之文也。……《釋地》云：「東方有比目魚焉，不比不
行，其名謂之鰈。南方有比翼鳥焉，不比不飛，其名謂之鶼鶼。」
此取《管子》之文也。……又云：「北方有比肩民焉，迭食而迭望。」……
此取《山海經》之文也。……如是之類，不可殫數。……蓋亦《方
言》、《急就》之流，特說經之家多資以證古義，故從其所重，列之
經部耳。（《四庫全書總目·經部·小學類一》，頁 3 至 4）

《四庫提要》從《爾雅》的內容中，舉出實證來說明《爾雅》不專爲解《詩》
或解經而作，是頗有說服力的。然而，《四庫提要》雖能證明《爾雅》不專爲
釋經或釋《詩》而作，但也無法否認《爾雅》的確有訓釋經書的成分。因此，
介於《爾雅》與經書訓詁之間的，應是關係深淺的問題，而不是關係有無的
問題。而《四庫提要》特別從五經中提出《詩經》一書，可見《爾雅》與《詩
經》的關係確實比與其他經書來得密切。事實上，與其他古籍相較，《爾雅》
對《詩經》中的詞語的解釋顯然較多。

尤其是在《爾雅》中有一種極端的例子，可以用來證明《爾雅》有些部分
的確是針對《詩經》作注或採用了《詩》注。此即《爾雅》中有十數條是直接
引用《詩經》的句子，再加以訓釋的。《詩經》而外，遍查全書，並無對其他經
書中的特定句子作解釋的條目。黃季剛先生即曾觀察到此一現象，他說：

〈釋訓〉引〈淇奧〉之詩而釋之，又引「既微且尰」、「是刈是濩」、
「履帝武敏」、「張仲孝友」、「有客宿宿」、「有客信信」、「其虛其徐」、
「猗嗟名兮」、「式微式微」、「徒御不驚」；〈釋天〉引「是類是禡」、
「既伯既禱」、「乃立冢土」、「戎醜攸行」、「振旅闐闐」；〈釋畜〉引
「既差我馬」；此皆明引《詩》文而釋之。（《黃侃論學雜著·爾雅略
說》，頁 367）

除黃先生所舉的例子外，《爾雅》中尚有其他條目是引《詩》文作釋的。把此
類例子略作統計，結果是〈釋訓〉共十條：

1. 「如切如磋」（〈衛風·淇奧〉）
2. 「既微且尰」（〈小雅·巧言〉）
3. 「是刈是濩」（〈周南·葛覃〉）
4. 「履帝武敏」（〈大雅·生民〉）
5. 「張仲孝友」（〈小雅·六月〉）

6. 「有客宿宿，有客信信」（〈周頌·有客〉）

7. 「其虛其徐」（〈邶風·北風〉）

8. 「猗嗟名兮」（〈齊風·猗嗟〉）

9. 「式微式微」（〈邶風·式微〉）

10.「徒御不驚」（〈小雅·車攻〉）

〈釋天〉共四條：

1. 「是類是禡」（〈大雅·皇矣〉）

2. 「既伯既禱」（〈小雅·吉日〉）

3. 「乃立冢土，戎醜攸行」（〈大雅·緜〉）

4. 「振旅闐闐」（〈小雅·采芑〉）

〈釋水〉共三條：

1. 「河水清且瀾漪」（〈魏風·伐檀〉）

2. 「濟有深涉，深則厲，淺則揭」（〈邶風·匏有苦葉〉）

3. 「汎汎楊舟，紼纚維之」（〈小雅·采菽〉）

〈釋畜〉一條：

1. 「既差我馬」（〈小雅·吉日〉）

　　就〈爾雅〉全書而論，顯然以〈釋訓〉一篇之引《詩》為釋的例子為最多。因此，若要就內容來探究《爾雅》與《詩經》訓詁的關係如何，〈釋訓〉篇應是首要的研究對象。

　　事實上，前人在研究《爾雅》時，即已注意到〈釋訓〉篇與《詩經》之間的密切關係。如邢昺《爾雅疏》在〈釋訓〉篇題辭中說道：

　　　　案此所釋多釋《詩》文，故郭氏即以《詩》義解之。（頁 55）

俞樾〈爾雅釋詁、釋言、釋訓三篇名義說〉亦云：

　　　　至〈釋訓〉一篇所說，則直是後世箋注之祖，所以解釋經文。……

　　　　本篇所釋多重言，皆本經文，並有舉全句而釋之者。（《爾雅論略》，

　　　　頁 60）

洪頤煊《讀書叢錄》又云：

　　　　〈釋訓〉一篇，專為釋《詩》而作。（頁 281）

因此，探討〈釋訓〉篇的訓釋對《爾雅》與《詩經》關係之研究是很重要的。

　　論述至此，可以說，從內容來看，《爾雅》實包含有《詩經》的訓詁。而《詩經》之傳授有齊、魯、韓、毛四家之別，《爾雅》若亦是對《詩經》的詞

語作解釋，略可算作《詩》注的一家，那麼則自然可能產生與此數家《詩》之關係的問題。前引孔穎達說即認為毛氏乃「依《爾雅》訓而為《詩》立傳」。如《毛傳》釋《詩・關雎》篇中「關關」為「和聲」、「雎鳩」為「王雎」，孔穎達《正義》即說：

> 〈釋詁〉云：「關關、雍雍，音聲和也。」是「關關」為和聲也。「雎鳩，王雎也。」〈釋鳥〉文。（頁 20）

〈小雅・四牡〉的「將母來諗」，《毛傳》解「諗」為「念」，孔穎達云：

> 諗，念。〈釋言〉文。（頁 318）

再如〈周頌・清廟〉的「於乎不顯，文王之德之純，假以溢我。」《毛傳》云：「純，大；假，嘉；溢，慎。」孔氏云：

> 純，大；假，嘉；溢，慎。皆〈釋詁〉文。（頁 708 至 709）

類例甚多，不一一舉出。但《毛傳》與《爾雅》對《詩經》詞語的解釋並非完全相同，如《爾雅》釋「寫」字為「憂」，《毛傳》則云：「寫，除也」（〈邶風・泉水〉「以寫我憂」，頁 102）、「輸寫其心也」（〈小雅・南有嘉魚・蓼蕭〉「我心寫兮」，頁 349）。因此，有些學者以為《爾雅》可能也採用了《魯詩》的說法。如清人臧庸在《拜經日記》「《爾雅》注多《魯詩》」條下說道：

> 唐人義疏引某氏注《爾雅》即樊光也。其引《詩》多與毛、韓不同，蓋本《魯詩》。（《皇清經解》，卷一一七一，頁 24）

陳喬樅《三家詩遺說考》、王先謙《詩三家義集疏》有類似的看法，則《爾雅》的訓釋似乎也可能來自《魯詩》。然而，除了《毛傳》之外，其他三家詩都沒有完整的本子流傳下來，三家詩與《毛傳》的解釋是否完全互異，《爾雅》是否只採用《毛傳》與《魯詩》而未採其他齊、韓等家的說法；或《爾雅》乃對四家詩各有取捨而自成一家，實難判定。〔註 4〕

第三節　〈釋訓〉的內容和性質

清人邵晉涵在《爾雅正義》之〈釋訓〉篇題辭中曾對〈釋訓〉篇的內容有具體說明，他說：

〔註 4〕關於《爾雅》與《詩》注的關係問題及其複雜情況，可以參見魏培泉先生所寫的〈詩毛傳與爾雅釋詁等三篇之比較研究〉（《中國文學研究》第二輯，臺灣大學中國文學研究所，民國 77 年 5 月出版）。

《詩疏》云：「訓者，道也。道物之貌以告人也。〈釋訓〉道形貌也。」……
此篇先釋重語……次及連語，次引《詩》而釋之，錯舉其辭，多言
形體，兼及用物，俾諷誦者擬諸形容，得古人順敘之意。（卷五〇七，
頁1）

郝懿行在《雅爾義疏》之〈釋訓〉篇題辭亦云：

訓者，〈釋詁〉云：「道也。」道謂言說之。……然則〈釋訓〉云者，
多形容寫貌之詞，故重文疊字累載於篇。……「抑、密」，「秩、清」
以下復取斷文零句，詮釋終篇。（卷上之三，頁1）

可見，〈釋訓〉篇的訓釋內容及體例均非常特殊，包括了「重語」、「連語」及
「引《詩》而釋之」的三類；其體例有如前兩篇以一字為解釋語者，亦有以
三字為解釋語，甚至多字為解釋語者。因此，若與《爾雅》中的其他篇章較
為統一的體例相較，〈釋訓〉篇的體例甚至可用混亂、尨雜來形容。此所以蘇
文擢先生云：

〈釋訓〉篇至為尨雜，一百一十條中，釋重言者七十七（秩秩清也
以上）……自「粵夆掣曳」以下，詞語句法，變換無常，不類詁言
二篇之畫一。（〈經詁拾存〉，頁101，《中國語文研究》第二期）

魏培泉先生的〈詩毛傳與爾雅釋詁等三篇之比較研究〉亦云：

是堆散亂的東西，並無共通模式，有些條把《詩經》的原文也引出
來了。（頁4）

又云：

這一部分……跟《爾雅》其他部分有很大的不同，似乎沒有經過什
麼組織，體例不一，形式雜亂。最特殊的是有些條連《詩經》原文
都留著，就這樣在其後連上注釋，很像《詩經》釋文的一些斷簡。（頁
54，《中國文學研究》第二輯）

然而，誠如魏先生所言，此篇之所以雜亂，實際上是與其來源有關，此篇乃
源自《詩經》的注釋。由此可見，若要研究《爾雅》的解經功能，此篇無疑
有獨特的價值。而此篇所解釋的多為疊字及連綿字等雙音詞，與前二篇相較，
具有特殊性質，更可說是研究古代複音詞的最佳材料。〔註5〕因此，無論把《爾

〔註5〕事實上在〈釋詁〉、〈釋言〉二篇中也不乏雙音詞，如〈釋詁〉第一條：「初……
權輿，始也」之「權輿」一詞，應該是雙音詞；〈釋言〉中的「愷悌發也」條
裡的「愷悌」一詞，也可能是雙音詞（或連綿字）；但這樣的例子極少。

雅》看成一本獨立的辭書，或把《爾雅》看成解經之書，〈釋訓〉篇都有特殊
的價值和意義。

　　本文之主要研究目的有兩點，都是針對《爾雅》一書，尤其是《爾雅‧
釋訓》一篇的這兩種特徵而來的：

　　（一）藉〈釋訓〉的訓釋，考察《爾雅》疊字等複音詞的結構和意義。

　　（二）因〈釋訓〉與《詩經》訓詁關係密切，一方面藉此探究《爾雅》解
　　　　　經的功能、性質及限制，另一方面亦可反映訓詁本身的範圍問題。

　　本文之處理，先將〈釋訓〉篇依序分爲三個部分：自「明明、斤斤，察
也」以下至「穰穰，福也」，共五十九條，屬疊字的釋義，此爲第一部分；「子
子孫孫，引無極也」至「速速、蹙蹙，惟述鞫也」，共十六條，屬第二部分；
「粤夆，掣曳也」以下至最末「鬼之爲言歸也」，共三十九條，則爲第三部分。

　　第二章將以疊字的意義問題爲主題，處理〈釋訓〉篇的第一部分。中以
「戀戀」及「斤斤」爲例，討論疊字義是否由單字義而來的問題。而在此章
最後，則以「明明」、「秩秩」二詞爲例，略說《爾雅》的訓詁特性及限制。

　　第三章以所謂「雙組重疊」爲主，探討第二部分中一種與疊字相關的特
殊構詞。主要在於提出區分「雙組重疊」與「單組重疊」之標準及問題所在。
首先以可分用可分釋的「嗞嗞噲噲」與不可分用但可分釋的「顒顒印印」爲
例加以比較，來顯出分用與分釋二個標準的差異。第二節中再以不可分釋的
「子子孫孫」及可分釋的「委委佗佗」爲例，說明「雙組重疊」與其組成疊
字之單字相合而成的詞語「委佗」（或「委蛇」）、「子孫」的關係。這些都是
關於複音詞的結構和意義的。其次，此部分之被釋語雖亦爲疊字，但其實際
訓釋對象則是疊字所從《詩》句的句義，頗爲特殊。將以「懂懂、恌恌」、「藹
藹、萋萋」、「晏晏、旦旦」三條爲例加以討論，以探討〈釋訓〉解經的特殊
性質。〔註6〕

　　第三部分則是直引《詩》文或解《詩經》的詞語的。將以「粤夆」爲例，
說明〈釋訓〉釋雙音詞中的連綿字的問題。其次通過「有客宿宿，有客信信」
條的分析，把「宿宿」、「信信」兩個疊字與前二章中的疊字互相比較，進一
步探究疊字的結構和意義問題。最後藉由「如切如磋」條的探討，證明訓詁
的實際範圍，並不限於詞語的意義，而是包含句義以至篇章之義。

〔註6〕在第二部分最後，有「抑抑，密也；秩秩，清也」條，應屬第一部分解釋疊
　　　　字義者，此處不多討論。將留待第二章第三節中再加以討論。

第二章　疊字的意義

第一節　疊字的結構與意義

　　所謂「疊字」，乃指同形同音的字相疊而成的詞語。在《爾雅・釋訓》篇中，即以疊字的釋義排列最前，占全篇達三分之二的篇幅。詩歌多寫情狀物之詞，所以大量運用了「疊字」的修辭手法，這一點劉勰在《文心雕龍・物色》篇即有所說明。他說：

> 是以詩人感物，聯類不窮。流連萬象之際，沈吟視聽之區；寫氣圖貌，既隨物以宛轉；屬采附聲，亦與心而徘徊。故「灼灼」狀桃花之鮮，「依依」盡楊柳之貌，「杲杲」爲出日之容，「瀌瀌」擬雨雪之狀，「喈喈」逐黃鳥之聲，「喓喓」學草蟲之韻。（頁 161）

根據統計，《詩經》中使用過的疊字，總共有六百八十六個，平均每篇出現兩個以上的疊字。去其重複使用者，《詩經》中共用了三百餘個不同的疊字。〔註 1〕疊字在《詩經》中既占有如許重要的分量，那麼從訓詁的角度來看，要想充分理解《詩經》這部古籍，勢必不能忽略疊字這類詞語的意義。因此，〈釋訓〉篇的訓釋從疊字的釋義開始，應該是頗有理由的。依邢昺《爾雅疏》的疏解，〈釋訓〉篇中絕大部分的疊字都是從《詩經》而來。然而，也有少

〔註 1〕　此處是依黃章明先生〈詩經疊字研究〉、李雲光先生〈毛詩重言通釋〉及梁克虎先生〈詩經疊字試探〉三文的統計。而關於《詩經》用過多少個疊字，李先生以爲有三百五十七個，梁先生以爲有三百五十五個。其中的差異在於對「采采」、「信信」一類詞語究應爲動詞重疊，或作疊字的形容詞用的認定不同而有所差別。

數的數條，是《詩經》中不曾出現的。如黃季剛先生在《爾雅音訓》的〈釋訓〉篇題辭中曾經提到：

> 洪頤煊說：「〈釋訓〉一篇專爲釋《詩》而作。」……案諸諸、俙俙、萌萌、庸庸、憬憬、泂泂……諸條皆《詩》文所必無者，洪說亦未可固執也。（頁 98）

然而，此少數例子自然不能否定〈釋訓〉篇的訓釋與《詩經》的密切關係。〈釋訓〉所訓釋的疊字既來自《詩經》，則可能引發兩個問題：一是《爾雅》作爲一本詞義之書，〈釋訓〉的疊字的詞義問題；二是《爾雅》作爲一本解經之書時，〈釋訓〉釋義與相關詞語在《詩經》中用義異同的訓詁問題。

就疊字的詞義而言，疊字本是由相同的兩個單字相疊而成，則認爲疊字義應從單字義而來，是一種很自然的想法。然而，邵晉涵在《爾雅正義‧釋訓》的題辭中卻指出：

> 案古者重語皆爲形容之詞。有單舉其文與重語同義者，如肅肅、敬也，丕丕、大也，祗言肅，祗言丕，亦爲敬也、大也。有單舉其文即與重語異義者，如坎坎、喜也，居居、惡也，祗言坎、言居，則非喜與惡矣。（《皇清經解》卷五〇七，頁 1）

邵氏已經注意到，在〈釋訓〉篇所訓釋的疊字中，有些疊字的意義是由單字義擴充而來，而有些疊字則不然。事實上，前人在處理〈釋訓〉中的疊字時，即多從單字義著手。如〈釋訓〉篇第一條的「明明，察也」，郭璞《爾雅注》（下文簡稱《郭注》）云：「聰明鑒察」。邢昺《爾雅疏》（下文簡稱《邢疏》）云：「舍人曰：『明明，言其明甚。』」（頁 55）雖然二人的解釋不同，但都認爲疊字「明明」的詞義與「明」的單字義大體相同，只有程度上的差別。再如邵晉涵《爾雅正義》（下文簡稱《邵疏》）釋「肅肅，敬也」說：

> 《說文》云：「肅，持事振敬也。」（《皇清經解》卷五〇七，頁 1）

郝懿行《爾雅義疏》（下文簡稱《郝疏》）在「恀恀，愛也」條下說：

> 恀者，《說文》云：「愛也。」（卷上之三，頁 7）

「惴惴，懼也」條下又說：

> 惴者，《說文》云：「憂懼也。」引《詩》「惴惴其慄。」（卷上之三，頁 4）

都是疊字義與單字義相同或相近。清代王念孫在《廣雅疏證》中處理《廣雅‧釋訓》的疊字時，亦以爲疊字義常從單字義而來。如「桓桓，武也」條，他說：

《詩序》云：「桓，武志也。」重言之則曰「桓桓」。《爾雅》：「桓桓，

威也。」（頁690）

「眽眽、䁂䁂，視也」條也說：

卷一云：「眽，視也。」重言之則曰「眽眽」。《說文》：「䁂，視兒。」

重言之則曰「䁂䁂」。《孟子・梁惠王》篇：「䁂䁂胥讒。」趙岐《注》

云：「䁂䁂，側目相視。」（頁691）

這類例子在《爾雅》中最明顯的當屬郭璞所謂的「重語」。郭璞在注解〈釋訓〉

的疊字時發現，有些疊字的組成單字，在前兩篇中，都正好以同樣的解釋字

來訓釋。如「悠悠」，〈釋訓〉訓爲「思」，〈釋詁〉則訓「悠」爲「思」。再如

〈釋訓〉將疊字「丕丕」訓爲「大」，〈釋詁〉則將單字「丕」也訓爲「大」。

郭氏把這樣的情形稱爲「重語」，亦即所謂「單疊同訓」。今人黃季剛先生即

因此而認爲疊字義都從單字義而來。他在《爾雅音訓》中即說：

郭云盡重語者，言單言亦得成義，實則凡疊字皆然，不獨「悠悠」

以下也。（頁103）

今人高本漢先生在《詩經注釋》中就將疊字依其組成單字的意義來解釋，

得到相似的結果。他解《詩・周南・螽斯》及〈周南・麟之趾〉的「振振」、

〈魯頌・有駜〉的「振振鷺」、〈周頌・振鷺〉的「振鷺」時說：

我們看得很清楚：「振振鷺」（〈魯頌・有駜〉）和「振鷺」（〈周頌・

振鷺〉）只是指數量的多，絲毫沒有品德的意思。「振」字常有「列

隊」的意思（例如「振振」）。所以「排隊的鷺」或「行列中的鷺」

就是「一群鷺」。在另一方面，「振振公子」和「振振君子」的「振

振」又很明白的只指某種品德而不指數量。《毛傳》的「信厚」和「仁

厚」，沒有什麼根據。「振」的本義是「振動」，可以引伸爲「震動，

威武」（《國語・韋注》）。（《詩經注釋》，頁17）

則依高氏此處的說法，他認爲「振」字有「列隊」的意思，「振」的本義是「振

動」，可以引申爲「震動」的意思，因此疊字「振振」與單字「振」的意義是

相關的。事實上，清代的學者除前引邵晉涵外，也有人已經發現某些疊字的

意義與單字義並不一致。如王筠在整理、歸納了《詩經》中的疊字與單字義

的關係之後說：

《詩》以長言詠歎爲體，故重言視他經爲多，而重言之不取義者爲

尤多，或同字而其義迥別，或字異音同而義則比附，此正例也，故

輯爲上篇。兼取義者，有專字者也，或取引伸之義者也，而其以音
爲重則一也，故輯爲中篇。（《毛詩重言・序》）

疊字與單字義無關的，如《詩・周南・關雎》的「關關」，《毛傳》解爲「和
聲」，但「關」字《說文》解爲「以木橫持門戶」（頁 596）。今人金守拙先生
（G. A. Kennedy）曾考察《詩經》中的疊字，他稱之爲疊音形式，得到下列的
結果：

> 對於爲什麼把《詩經》中的疊音形式認爲形態上的重疊，是沒有利
> 益的，這有兩個理由：（1）假如根據我們對於疊音形式 X-X 先從 X
> 的意義下手這個假設，我們試圖給他加上一個意義，我們發覺不可
> 能有把握如此做。用在疊音形式中的漢字通常是最不常見的，在用
> 在《詩經》中的三六〇個漢字中，就有一三九個漢字除了出現在疊
> 音形式中不出現於他處。牠們似乎老是根據所謂「形聲字」的型式
> 來設計的。那就是說，一個具有被公認的音讀的字形，爲一個附加
> 的成份所修飾而使牠用爲 X-X 中的 X。但是原來的字形的意義並不
> 出現在 X 中，而只是其音讀。尤有進者，當 X 用常見而不加偏旁的
> 漢字來表示，我們通常可以發現：已知的意義不能適合新形式 X-X
> 的文義。……在單字 X 中找尋牠們的意義，或把這個 X 和一些已知
> 的單立詞相關聯：這是無結果的。……在多數例子中，疊音形式被
> 發明出來適合詩中特別的需要。有時這可能是對擬聲法的嘗試。如
> 上所陳，我們公認一些疊音形式代表聲音，例如馬的聲音，我們可
> 能引用疊音形式的例子，那好像是描寫風的呼嘯，鳥鳴，或斧頭的
> 打擊聲。（周法高《中國古代語法・構詞篇》頁 102-106 引）

金氏所說的「擬聲法」，也就是「關關」一類的。這類疊字顯然是不能從單字
求解。

總括前引諸說，有些疊字可由單字義求得，有些則不然。若單從形態上
來看，二者並不容易分辨，〈釋訓〉篇的疊字有這二類不同的情況。如前引邵
氏所說的「肅肅」訓爲「恭」，即從單字義而來；「居居」訓爲「惡」，則可能
不是從單字義而來。在下文中將以實例的解釋，來說明疊字義與單字義之間
的複雜問題。

首先，單音詞本身就有多義的情況，即使一個疊字的意義乃出自其構成
分子的單字的意義，究竟是出自哪一種意義，實難確定；單疊同訓的「慺慺」

一詞就是最好的例子。這是第二節的主要內容。

　　有些疊字義與其構成分子的單字義，並無直接的關係，卻可以透過假借的關係，說明構成疊字的單字實為假借字，從本字的意義來看，疊字義仍出自單字義。但對於本字的推定，常常有見仁見智的看法，難有定論。〈釋訓〉第一條的「斤斤」，最能反映這種狀況。

　　〈釋訓〉中有一些疊字，在《詩經》中出現了不只一次，但〈釋訓〉只提供了一種釋義。這一種釋義能否涵蓋所有《詩經》中的用例，是探討〈釋訓〉以至《爾雅》的解經功能的一條線索。因此，本章最後將以「明明」、「秩秩」二詞為例，探討〈釋訓〉的解釋《詩經》的功能和限制，同時將突顯疊字義與單字義之間的複雜問題。

第二節　疊字的意義及其單字的意義

　　邵、郝二氏疏解〈釋訓〉篇的疊字，大抵是從組成疊字的單字開始。這樣的處理方式似乎顯示，疊字義與單字義是有關聯的。那麼是否疊字義是從單字義而來呢？

　　事實上，早在郭璞的注解中，已經從另一個角度隱約觸及這個問題。郭氏在〈釋訓〉「綽綽、爰爰，緩也」條下說：「皆寬緩也。悠悠、偁偁、丕丕、簡簡、存存、懋懋、庸庸、綽綽盡重語。」《邢疏》云：「郭云……盡重語者，言此數字，單言之其義亦同，但古人有重語者，故復出之。」（頁56）〔註2〕邵氏則補充解釋說：「悠、偁、丕、簡、存、懋、庸、綽諸訓已見〈釋詁〉、〈釋言〉。」（卷五○七，頁5）換言之，郭氏在注解的過程中發現，前述八個疊字的組成單字，在前兩篇中，都正好以同樣的解釋字來訓釋。他把這樣的情形

〔註2〕　此段注解，在《十三經注疏》本《爾雅》的注中並沒有，但邢昺在疏文中引用了這段話。針對此段話，邵氏云：
　　　　　明監本「皆寬緩也」四字註誤入疏，脫「悠悠、偁偁」以下十九字。案《釋文》有「重語」二字，舊疏亦述《郭註》。監本《郭註》多脫誤，或所見非善本也。今據宋本補正二十三字。（卷五○七，頁5）
　　　　盧文弨在《經典釋文考證》「重語」一詞下也說：
　　　　　今本經注皆不見有「重語」字。案疏引郭云：「悠悠、偁偁……盡重語」，則知《郭注》「皆寬緩也」下本有此十九字，故陸氏為作音。臧生鏞堂見宋本、郎本、鍾本竝有之，今邵本《郭注》已全補。（頁323）
　　　　邵、盧二氏根據《經典釋文》有「重語」二字，而認為脫「悠悠」等十九字，然後以宋本來補正，應該是可信的。

稱爲「重語」。

　　姑且不論清儒提出的「二義不嫌同條」的情形，就前兩篇的基本體例而言，列在同一條中，以同一解釋字來訓釋的字，應有相近或相同的詞義。以這樣的觀點來看，疊字與單字雖然不在同一條中，但既以同一解釋字來訓釋，則似乎應該有同樣的意義。郭氏雖然並未確切的說明「重語」的含義，但他確實已經發現疊字與單字有同訓的情形。而由單疊同訓往下推論，則似乎可以自然的推得「疊字皆與單字同義」的結論，因此，邵氏在該條最後說：「古人有重言者，故舉以例其餘，其未舉者可以類推。」黃季剛先生也由此推論說：「郭云盡重語者，言單言亦得成義，實則凡疊字皆然，不獨『悠悠』以下也。」（《爾雅音訓》，頁 103）〔註3〕

　　如果「疊字皆與其組成之單字同義」的論斷可以成立，則前文屢次提到的問題也就可以順利解決。換言之，只要訓解組成疊字之單字的意義，就能理解疊字的意義。但由此也產生其他問題。如果可以直接由單字來訓解或理解疊字，疊字就不能算是特殊而有待訓詁的構詞形式；那麼，《爾雅》似乎也就不必特立專篇來訓解疊字了，因爲在〈釋詁〉裡面就有疊字和其他單字並列爲被解釋詞的例子。〔註4〕然而，從《邵疏》所舉的例證來看，確有一些疊字的意義不是從單字而來的。可是，哪些疊字的意義是從單字而來的，哪些不是從單字而來的，除了少數十分明確的例子之外，有不少卻不易判定。可能的原因有兩個：其一是作爲疊字的唯一構成分子的單字本身是一個多義詞；其二是學者不僅可以根據單字的本義、常用義、引申義，更可以通過單字的假借義，來推定疊字之義與單字之義的關聯。在本節中，將以「懋懋」爲例，來說明第一個可能及其問題。第二個可能及相關的問題，將在下一節再作討論。

　　事實上，「懋懋」一詞，在前兩篇中並沒有「懋，勉也」或類似的條目，

<hr>

〔註3〕此段文字亦見於《文字・聲韻・訓詁筆記》（黃季剛先生口述，黃焯先生筆記）頁 227。

　　　又：前三篇中「單疊同訓」的例子，除了郭氏所提出的八個疊字以外，還有「教教」一詞，是郭氏忽略未提的。

〔註4〕如前文提過的〈釋詁〉篇「昄昄、皇皇……美也」條，正以「昄昄」、「皇皇」等四個疊字與「休」、「嘉」、「珍」等單字，依同樣的解釋字「美」，歸入同一條。此外，在〈釋詁〉篇中還有一些疊字的例子，即「亹亹、蠠沒、孟、敦……勉也」、「關關、噰噰，音聲和也」及「墍、愵愵……虛也」條。其中「亹亹」與「愵愵」兩條，是疊字與單字並列的例子。

甚至在《爾雅》全書中，「懋」字只出現在〈釋訓〉篇該條。〔註5〕而邵氏在此條下卻說：「〈釋詁〉云：『懋，勉也。』」（卷五〇七，頁4）其原因在於前兩篇中雖沒有「懋，勉也」的訓釋，但在〈釋詁〉篇中則有「亹亹、蠠沒、孟、敦、勖、釗、茂、劭、勔，勉也」一條，郭、邵二氏大約就是指此條裡的「茂」字而言。

　　由這個郭氏所提的單疊同訓的特殊例子，更可以顯示前代的注疏家在處理〈釋訓〉篇疊字的詞義時，雖然無法找到與其組成單字同訓的條目，仍可與其他同訓的單字牽上關係，而證明單字原與疊字同訓。以下即先從「懋」、「茂」二字的關係開始。

　　《郭注》「亹亹」條下云：「《書》曰：『茂哉茂哉』」，邢昺針對《郭注》說：「云《書》曰：『茂哉茂哉』者，《皋陶謨》文也，《書》作『懋』。『茂』、『懋』古今字。」（頁17，卷一）可見邢氏對郭氏引《尚書》用例的說明是「茂」、「懋」二字原是古今字的關係，《郝疏》則認為兩字的關係應屬假借。他在「懋懋」條下說：

> 懋者，《釋文》云：「古茂字」，非也。〈釋詁〉：「茂，勉也。」「茂」
> 乃「懋」之假借，非古今字。（卷上之三，頁9）

而在「亹亹」條的「茂」字下，郝氏列舉更多例證來說明「懋」、「茂」二字互相通假的關係：

> 茂者，懋之叚音也。《說文》云：「懋，勉也。」本〈釋訓〉文。又引《書》曰：「惟時懋哉。」〔註6〕馬融注：「懋，美也。」「美」、「勉」義近。又「懋建大命」，《漢石經》「懋」作「勖」。勖、懋聲相轉也。通作茂。《詩》：「方茂爾惡」，《易》：「先王以茂對時」，《毛傳》及馬融注竝云：「茂，勉也。」《尚書大傳・大誓》云：「茂哉茂哉」，《書・皋陶謨》作「懋哉懋哉」。《爾雅釋文》「茂」字又作「懋」，亦作悉。《文選・東京賦》注引《爾雅》作「懋，勉也。」云亦作悉者，悉，

〔註5〕八個例子中，尚有「存存」、「綽綽」二詞，也並不是完全的「單疊同訓」。但在〈釋詁〉篇中有「徂、在，存也」條；〈釋言〉篇中則有「寬，綽也」條，《郭注》「綽綽」下即云「皆寬緩也」，似可勉強證明疊字與單字有關聯。

〔註6〕「惟時懋哉」，今本《說文》作「時惟懋哉」。《段注》：「〈堯典〉文，今作『惟時』，未知孰是。」（頁511）《古文尚書撰異》亦云：「大小徐本及《玉篇》皆作『時惟』，與《尚書》異。本篇又云：『惟時亮天工』，〈五帝本紀〉作『維是勉哉』，則今文《尚書》亦作『維時』矣。」（《段玉裁遺書》，頁50）下文的討論依《十三經注疏》本作「惟時」。

《說文》以為懋字之省也。（卷上之一，頁 48）

在這段疏文中，除了《爾雅音義》中「茂」字注外，郝氏還舉了五個經書中「懋」或「茂」字的用例，即《尚書‧堯典》的「惟時懋哉」、《皋陶謨》的「茂哉茂哉」、《盤庚》的「懋建大命」、《易經‧无妄象傳》的「先王以茂對時」及《詩‧小雅‧節南山》「方茂爾惡」。其中郝氏以《爾雅音義》中記載的異文及「懋建大命」、「茂哉茂哉」二用例的異文來證明「懋」、「茂」二字有互相通假的關係；又以「惟時懋哉」、「方茂爾惡」、「先王以茂對時」三用例的注解來說明「懋」或「茂」字有作「勉」解的情形。統言之，郝氏以為「懋」、「茂」互通，而「懋」、「茂」可解作「勉」。這樣的處理可以將「懋懋，勉也」、「茂，勉也」二條結合起來，同時也證明此條中的「茂」，實無異於〈釋訓〉篇中「懋懋」的「懋」；郭氏對「懋懋」是「懋」或「茂」字的重語的判斷也藉此確定。此外，邵氏在此條「茂」字下也舉了《易經》及《尚書》的用例，其判斷也與《郝疏》相似。

《郝疏》舉證說明「懋」、「茂」可互通，具有相當的說服力。以郝氏所舉的經書異文而言，雖然可以爭論「懋」、「茂」二字究竟是假借或古今字，但基本上無法否定二字可能互通。從「疊字與單字是否同義」的問題來看，更重要的是證明「懋」或「茂」字有勉義。

對於「懋」字，郝氏提出《尚書》的「惟時懋哉」、「懋哉懋哉」、「懋建大命」三用例；對「茂」字，則提出《易經》的「先王以茂對時」及《詩經》的「方茂爾惡」。但郝氏既已認定「茂」是「懋」的假借，則這五個用例事實上也都可以看作是支持「懋」字有勉義的例證。因此，以下即先就尚書的三個用例，列出原文略加探討「懋」字的意義。

〈堯典〉：「舜曰：『咨！四岳。有能奮庸熙帝之載，使宅百揆，亮采惠疇？』僉曰：『伯禹作司空。』帝曰：『俞咨！禹。汝平水土，惟時懋哉。』禹拜稽首，讓于稷、契、暨皋陶。帝曰：『俞，汝往哉。』」

（頁 44）〔註 7〕

此段文字大約是說舜徵詢「四岳」的意見，因禹治水有功，而命禹為官。《郝

〔註 7〕《尚書》之原文及附加頁次是依《十三經注疏》本，標點則依屈萬里先生的《尚書集釋》。

又：「惟時懋哉」句，依《十三經注疏》應歸入〈舜典〉，但〈舜典〉實自〈堯典〉分出，所以此處仍依一般習慣標為〈堯典〉。

疏》首先引《說文》「懋，勉也」的解釋及《尚書》中的用例，則他應該是認爲《尚書》此句的「懋」字是作「勉」解的。事實上，自《僞孔傳》、唐孔穎達《正義》以下至今，歷代較有名的《尚書》注疏，如宋代蔡沈《書集傳》、清代段玉裁的《古文尚書撰異》、孫星衍《尚書今古文注疏》、江聲《尚書集注音疏》、朱駿聲《尚書古注便讀》，民國楊筠如先生的《尚書覈詁》、曾運乾先生的《尚書正讀》、屈萬里先生的《尚書集釋》等；對於此句的「懋」字也都解爲「勉」。以下再以另外兩個《尚書》的用例加以討論，先列出原文。

（一）〈皋陶謨〉：「皋陶曰：『無教逸欲有邦，兢兢業業，一日二日萬幾。無曠庶官，天工人其代之。天敘有典，勑我五典五惇哉。天秩有禮，自我五禮有庸哉。同寅協恭和衷哉。天命有德，五服五章哉。天討有罪，五刑五用哉。政事懋哉懋哉。天聰明自我民聰明，天明畏自我民明威。達於上下，敬哉有土。』」（頁 62）

（二）〈盤庚〉：「盤庚既遷，奠厥攸居。乃正厥位，綏爰有眾。曰：『無戲怠，懋建大命。今予其敷心腹腎腸，歷告爾百姓于朕志。罔罪爾眾，爾無共怒，協比讒言予一人。』」（頁 133）

第一段文字，《僞孔傳》說：「言敘典、秩禮、命德、討罰，無非天意者，故人君居天官，聽政治事，不可以不自勉。」大抵是皋陶認爲人君應善體天意，勉於政事。第二段大約是盤庚戒勉眾人或大臣的話，是以《僞孔傳》說：「安於有眾，戒無戲怠，勉立大教。」其中「懋哉懋哉」句緊接前文五典、五服、五刑等人君應處理的「政事」，則此「懋」字解作「勉」，來指人君應勉力從政，似相當適合。且「懋建大命」前有「無戲怠」句，正是戒愼、勉勵的語氣，意義及語氣上應該都可以連貫。而前文已經提過《說文》是將「懋」字解爲「勉」，則各家注疏在遇到「懋」字時，多解作「勉」而不作他解，也是很自然的。

總括上述的三個《尚書》的用例，說「懋」字可以解作「勉」，應該是有根據而可以成立的。即使郝氏提出的《易經》及《詩經》的用例都不能解作「勉」，也並不影響「懋字有勉義」的判斷。

然而，「懋」字是否只能解爲「勉」呢？由前述「懋」及「茂」字爲古今字或假借的關係，即提供了另一種解釋的可能。事實上，馬融注即解〈堯典〉「惟時懋哉」的「懋」爲「美」。而段玉裁在《古文尚書撰異》「女平水土，惟時懋哉」條下也說：

古「懋」與「茂」通用,「茂」之義近「美」,故馬云:「美也。」(《段
玉裁遺書》,頁 50)

王鳴盛《蛾術篇》更把「懋」的「勉」義和「美」義綜合起來,他說:

> 懋字注勉也……漢人訓詁之學,字不苟下,其彼此互異,似不相通,
> 詳繹之,則會歸於一。如〈堯典〉:「帝曰:『俞咨!禹。汝平水土,
> 惟時懋哉。』」馬融云:「懋,美也。」王肅云:「懋,勉也。」似不
> 相通,其實「懋」訓「勉」,見《説文》。〈釋詁〉云:「茂,勉也」,
> 〈皋陶謨〉:「懋哉懋哉」,〈太誓〉:「茂哉茂哉」,是「懋」、「茂」通,
> 同訓勉。宋玉〈神女賦〉云:「茂矣美矣。」是「茂」有「美」意。
> 此經舜求宅百揆者,眾舉禹。其時禹水功告成已久,而舜重舉往日
> 司空之前功,以申今日百揆之新命。故「懋哉」者,謂美其前功可,
> 謂勉其繼前功亦可。故馬、王異訓,其實一也。(卷二八,《説字》
> 十四,頁 421)

在此段文字中,王氏引用與《郝疏》相類似的例證來說明「懋」、「茂」互通,
還舉〈神女賦〉中的例子來證明「茂」或「懋」字有「美」義。此外,他更
從文脈的分析,針對「惟時懋哉」句中的「懋」字也可解爲「美」提出另一
種較特殊的看法。他大約認爲「惟時懋哉」句,緊接於「汝平水土」後,也
有可能是舜褒獎、稱美大禹治水的功績,則馬融注此「懋」字爲「美」,於文
義也可以通。而王肅解爲「勉」則是指舜勉勵禹繼續前面的功績,努力從事
新職。

雖然王氏說「馬王異訓,其實一也」,但就「謂美其前功可,謂勉其繼前
功亦可」來看,可以說是從兩種不同的立場來看「惟時懋哉」一句;牽涉到
對此句應緊接前文或總起後文的分別。嚴格說來,其中還可能有時間先後之
別,一指任官之前的「治水之功」,一指任官之後應勉力從事,應是兩種互相
衝突的解釋。因此,說「異訓而實一」並不完全恰當;若說在此句所在的上
下文脈中,「兩解並通」,似乎較爲適當。

經過以上的說明可知,「美」、「勉」二解可能是基於不同的立場而產生的,
有時間先後及緊接前文或總起後事之別。此句之「懋」字之所以產生這兩種
互相衝突但似乎可以並通的解釋,除了此句應承上或啓下的認定不同而有所
影響之外,此句中其他二字「惟時」的解釋也可能有若干影響。因此,以下
略作探討。

「惟」字大約是作介詞或語助詞等虛詞用，可解作無義的發語詞，或解作「獨」、「乃」、「爲」、「有」等，（註8）此字可能較無爭論。而「時」字，一般是作實詞用，即「四時」、「天時」、「時候」等常用義，如〈堯典〉中即有「曆象日月星辰，敬授人時」（頁21）、「期三百有六旬有六日，以閏月定四時成歲」（頁21）等句。但《尚書》中有些句子如果用「時」字的常用義來解釋，並不能全然通順，如〈堯典〉中的「愼徽五典，五典克從；納於百揆，百揆時敘」句。如果改用《爾雅・釋詁》的「時，是也」的訓解，用作虛詞，可能更加文從理順。

「惟」、「時」二字分用時可能有上述的各種意義，則二字若合用爲「惟時」以後可能產生何種意義呢？將二字互相搭配，並以「時」字的意義爲準，「惟時」一詞至少可能產生以下兩組四類不同的詞義：

（一）「時」字爲常用義，即「天時」（農時、四時）、「時候」：

甲、順農時（順應天時或四時而從事耕種收穫等事）

乙、其時（可能指彼時或此時）

（二）「時」字爲虛詞，與「是」字作用相當：

甲、惟是（都作虛詞用，無義）

乙、惟是（因此：惟字爲發語詞，無義；是作「此」解）

而由這四個不同的意義，更可以支持前述王鳴盛對馬融注的說明。馬融可將「惟時」作「其時」解，注「懋」爲美，而指禹當時治水的功勞美盛。

此外，對「哉」字用法的探討，對於確定「懋哉」之「懋」的意義，也可能有所幫助。《經傳釋詞》對此類「某哉」的句式中的「哉」字有這樣的說明：

哉，猶矣也。若「鮌哉」、「垂哉」、「益哉」、「欽哉」、「懋哉」、「敬哉」、「念哉」之屬是也。（卷八，頁15）

則所謂「懋哉」的「哉」應是句末的語助詞，與「矣」的意義相似。此外，在同條中還說：

哉，問詞也。若《詩・北門》：「謂之何哉」之屬。

又說：

《禮記・曾子問・正義》曰：「哉者，疑而量度之辭。」若〈堯典〉：

〔註8〕此處關於「惟」字的解釋是參考《經傳釋詞》，卷三，頁1，江蘇古籍出版社，1985年7月第1版。

「我其試哉。」之屬是也。

又說：

> 哉，歎詞也。或爲歎美【若「大哉乾元」之屬】，或爲嗟歎【若「帝
> 曰咈哉」之屬】，隨事有義也。（頁 15）

則「哉」字除了作爲句末語助詞之外，還可能表達了某種語氣，如歎美、嗟
歎、疑問等。〔註9〕馬融注「懋」爲「美」，解爲「歎美」或「稱美」，則因此
而更有可能。

分析了「惟時」可能的意義及「哉」字所可能表達的語氣後，可以看看
《尚書》中的「惟時」大約是何種意義。在《尚書》中「惟時」一詞出現的
次數不少，《僞孔傳》大抵都解作「順農時」或解作無義的「惟是」。前者如
〈堯典〉的「食哉惟時」（頁 43）、〔註10〕〈皋陶謨〉的「惟時惟幾」（頁 74）；
後者有〈堯典〉的「欽哉惟時亮天功」（頁 47）、〈皋陶謨〉的「百工惟時」（頁
61）等。〔註11〕則「惟時懋哉」的「惟時」也極可能是「惟順農時」或「惟
是」二義。而即使「惟時」在此不能解作「其時」，仍然不會妨礙馬融解「懋」
爲「美」。〔註12〕

江聲的《尚書集注音疏》在此句下即認爲「懋」的「美」與「勉」二義
可並探之。他說：

〔註 9〕 楊樹達先生在《詞詮》一書中，將「哉」字作句末語助詞時可能表達的語氣，
分爲感歎、疑問、反詰、擬議等四種（卷六，頁 21 至 24）。戴璉璋先生在《尚
書句首、句中、句末語氣詞探究》一文中則統計、歸納今文《尚書》中「哉」
字作爲句末語氣詞時的各種語氣，可分爲表示感歎、擬議、量度、命令、勸
勉等。戴先生將「惟時懋哉」的「哉」字歸於命令、勸勉一類。

〔註 10〕 關於「食哉惟時」的「食」字，朱駿聲《尚書古注便讀》說：「『食』當作『欽』，
字蝕其半而『金』又誤『食』也。」（《尚書類聚初集》，冊三，頁 263）
陳喬樅《今文尚書經說攷》也說：

> 許宗彥曰：「食哉惟時」四字不辭，攷此經下文云：「帝曰咨汝二十有二
> 人，欽哉惟時亮天工」，文法正與此同，「食哉」當爲「欽哉」之譌。篆
> 文「欽」字偏旁與「食」字形近，文蝕其半，故譌作食耳。許說以經證
> 經，極爲精碻，《孔傳》之爲贋作，此其顯然者矣。（《皇清經解續編》卷
> 一〇八〇，頁 34）

〔註 11〕 可作「此時」或「其時」解的有〈大禹謨〉惟時有苗弗率，如裴學海先生的
《古書虛字集釋》即以此「惟時」爲「此時」的意思（頁 823），但〈大禹謨〉
僞古文，且《僞孔傳》沒有解釋，所以未列。

〔註 12〕 上文提出的四類「惟時」的意義，除了作「因此」解一義以外，如果解作其
餘三義，馬氏的「美」解都可以說得通。

馬注、肅注並見《釋文》。恣與茂同。茂有美誼，故恣為美也。「恣、
勉」〈釋詁〉文。上文「熙帝之載」，《史記》作美堯之事，馬訓恣為
美，正與美堯之事相應，其誼良是。然《史記》此文作「維是勉哉」，
則訓恣為勉，亦未為非，故並采之。（《皇清經解》卷三九○，頁 45）

經由以上從「懋」與「茂」相通，「惟時懋哉」一語所在的文脈，及組成「惟
時懋哉」一語的「惟時」及「哉」字的意義來看，說「懋」字或「茂」字可
作「美」解，是頗有根據的。

　　總括上述的用例，「懋」字的「勉」義或有「美」義都是有根據的。然而，
假如「懋」與「茂」相通，而「懋」的意義即「茂」的意義，則「懋」作「美」
解可能要比作「勉」解更有根據。因為〈釋詁〉篇中即有一條說：「苞、蕪、
茂，豐也。」從「豐」可以引申出「美」的意思，但卻不能引申出「勉」的
意思。王念孫《廣雅疏證・釋言》「戊，茂也」條下云：

《漢書・律曆志》云：「豐楙於戊。」鄭注《月令》云：「戊之言茂
也。四時之間，萬物皆枝葉茂盛。」茂與楙通。（頁 529）

則「茂」字以及與「懋」字在形音上異常相近的「楙」字之常用義為茂盛、
豐美一類的意義。依〈釋詁〉所載，「茂」有「勉」、「豐」二義，〈釋訓〉釋
「懋懋」為「勉」，而「懋」、「茂」通用，那麼斷言「懋懋」這個疊字之義源
自單字義，基本上是可以成立的。可是，「茂」字（以至「懋」字）原有「勉」、
「豐」二義，而「豐」義似乎是「茂」字比較常用的意義；由此二字複疊而
成的疊字之義卻只取其中一義，而所取之義又是「茂」字比較不常用的意義。
由此可見，構成疊字的單字若有一個以上的意義，即使確定疊字義出自單字
義，但疊字義到底源自單字哪一個意義，往往不易確定。這絕對不是「疊字
義出自單字義」這個簡單原則就可解決的。

第三節　疊字的意義與假借

　　上節以「懋懋」為例，探討疊字義與單字義之關係的問題，所得結果是：
只有在「懋」字的某一種意義下，「懋懋」一詞的意義才可說是來自其組成單
字的字義。雖然如此，說「懋懋」的詞義源於其組成單字的意義，不會有甚
麼爭論。但有些疊字與其組成單字的意義關係，就比較有爭論了。像〈釋訓〉
篇第一條「明明、斤斤，察也」中的「斤斤」一詞，近世的學者們就有不同

的看法。如俞樾在〈爾雅釋詁、釋言、釋訓三篇名義說〉中即曾說道：

〈釋訓〉一篇所說，則直是後世箋注之祖，所以解釋經文。如「斤」字並不訓察，而〈周頌〉云：「斤斤其明」，合二字爲文，則有察義矣，故云：「斤斤，察也。」（駱鴻凱《爾雅論略》頁 60 引）

依俞氏的說法，可以知道「斤」字並不訓「察」。如果「斤」字沒有「察」義，「斤斤」之「察」義就不是源於其組成單字的意義了。以下先列出郭、邢、邵、郝四人對此條的注解以便於分析。

（一）《郭注》：「皆聰明鑒察。」（《郭注》依《十三經注疏》。）

（二）《邢疏》：「舍人曰：『明明，言其明甚。』孫炎曰：『明明，性理之察也。』孫炎曰：『明明，性理之察也；斤斤，重愼之察也。』《周頌・執競》云：『斤斤其明。』聰明鑒察也。」（頁 55，《十三經注疏》。）

（三）《邵疏》：「〈釋詁〉云：『察，審也。』《賈誼書・道術》篇：『纖微皆審謂之察，反察爲眊。』〈呂刑〉云：『明明棐常』，《逸周書・王子晉解》云：『明明赫赫。』〈周頌・執競〉云：『斤斤其明。』皆言察也。斤與明義同。《漢書・律曆志》云：『斤者，明也。』孫炎云：『明明，性理之察也。斤斤，重愼之察也。』《後漢書》註引李巡云：『斤斤，精詳之察也。』《釋文》引舍人云：『斤斤，物精詳之察。』《漢書・敘傳》云：『平津斤斤。』《後漢書・吳漢傳》云：『斤斤謹愼。』按：今本《後漢書》作「斤斤謹質。」（〈吳蓋陳臧列傳第八〉，卷一八，頁 683）俱本雅訓。斤斤又作扃扃。《左氏・襄五年傳》引逸詩云：『我心扃扃。』杜註：『扃扃，明察也。』」

（《爾雅正義・釋訓第三》，《皇清經解》卷五○七，頁 1。）

（四）《郝疏》：「察者，〈釋詁〉云：『審也』，〈釋言〉云：『清也』。清、審皆明晰之義。明者，《詩・大明》、《常武》傳並云：『察也。』《常武・正義》引舍人曰：『明明，言其明甚。』孫炎曰：『明明，性理之察。』斤者，《釋文》云：『樊居覸反。』是樊光讀斤爲僅。《釋名》云：『斤，謹也。』是斤有明審之義。故《漢書・律曆志》云：『斤者，明也。』《詩・執競・傳》：『斤斤，明察也。』《爾雅釋文》引舍人云：『斤斤，物精詳之察。』孫炎云：『斤斤，重愼之察也。』」

（《爾雅郭注義疏・上之三》，頁 1。）〔註13〕

〔註13〕本文所用的《爾雅義疏》的版本是清同治四年刊行的郝氏家刻本，即宋翔鳳

諸疏在引用例證及訓解疊字的詞義方面，一般都以《郝疏》最詳，所以
上文處理各條時，大多以《郝疏》爲主。這條的註釋，雖則《邵疏》比《郝
疏》更爲詳盡，我們仍然以《郝疏》爲出發點，來探討「斤斤」的問題。

一、「斤斤」的意義

《詩・執競・傳》中，即把「斤斤」解爲「明察也」。《郝疏》雖有引用
這條資料，但放在《釋名》與《漢書》兩個例證之後。郝氏這種做法，顯然
是因爲他要從構成疊字的單字的意義開始，而把對疊字本身的釋義放在後
面。從單字義來求取疊字義，可以說是郝氏訓解疊字的慣例，在〈釋詁〉篇
中的「旺旺、皇皇……美也」條，郝氏對這些疊字的處理方式就是如此。該
條中共有「旺旺」、「皇皇」、「藐藐」、「穆穆」四個疊字，郝氏都從單字開始
解釋，並沒有任何特殊的處理。如釋「旺旺」一詞即說：「旺者，《說文》云：
『光美也。』與旺同。《廣韻》云：『旺，美光。』旺、旺同。」（《爾雅義疏》
卷上之一，頁 58）再如「藐藐」，郝氏云：「藐者，懇之叚音也。《說文》：『懇，
美也。』通作藐。」（同書，頁 58）

就「斤斤」而論，郝氏如果要從單字來疏解，首要的工作在證明「斤」
字與「察」字有相似的語義。對於「斤」字，郝氏提出《釋名》及《漢書・
律曆志》的用例。以下先列出「斤」字出現在《釋名》的上下文，然後略加
討論。

> 斤，謹也。板廣不可得削，又有節，則用此斤之所以詳謹，令平滅
> 斧跡也。（《釋名・釋用器》第二一）

郝氏由「斤，謹也」的用例而以爲「斤有明審之義」。換言之，他以爲「謹」
字是用來解釋「斤」字，「謹」字有「明審」之義，所以「斤」字也有同樣的
意義。在一般的注解中，「某，某也」的句式，通常是表示以後一字來解釋前
一字，後字與前字有義同或義近的關係。

因此，郝氏作這樣的論斷是很自然的。但《釋名》一書的內容與訓釋形
式與一般注解並不完全相同。《釋名・序》中有言：

> 夫名之於實，各有義類，百姓日稱而不知其所以之意，故撰天地……

在序文中所說的「足本」，內容較《皇清經解》本爲多。臺北藝文印書館影印，
民國 76 年 10 月 4 版。《爾雅正義》則用《皇清經解》本，冊一五，復興書局
影印，民國 50 年 5 月初版。

車服、喪紀，下及民庶應用之器，論敘指歸，謂之《釋名》。

換言之，《釋名》中的訓釋，是在探討各種事物得名的由來，所以《四庫提要》說此書是「以同聲相諧，推論稱名辨物之意。」而事物得名之由來，大約是源於其形狀、特性、作用等。〔註14〕如〈釋形體〉：「腕，宛也，言可宛屈也。」中的「腕，宛也」，並不是說「腕」字的語義是「宛」，而是說「腕」之命名的來由，可能是因爲腕具有「宛」（可宛屈）的特性。同理，考察「斤，謹也」的上下文，可以推測「謹」並非訓釋「斤」字的語義，而是在說明使用「斤」這種器具須要有「謹」（詳謹）的態度。「謹」字既不在訓釋「斤」的語義，則根據「謹」的語義來證明「斤」可訓爲「察」，是很難成立的。

《釋名》把「斤」視爲一種器具，與《說文》所說的「斤，斫木斧也。象形。」（頁 723），是一致的。《說文》所根據的是小篆的字形，今人研究甲骨文、金文的字形，基本上也認爲是斧頭的形狀。〔註15〕從「斤」字的原始字形所推得的本義看來，《釋名》對「斤」的解釋大抵是正確的。經籍中也不難尋到用例，如「斧斤以時入山林」（《孟子‧梁惠王上》）（頁 12）、「不夭斤斧，物無害者，無所可用」（《莊子‧逍遙遊》）；正以「斤」、「斧」二字並用。由此可以確定「斤」是一種類似斧頭的工具。在這樣一種類似斧頭的工具與「詳謹」之義之間，實在不易看出直接的關係。因此，要證明「斤」有「謹」義，必須提出其他更具說服力的用例。

關於《漢書‧律曆志》的用例，先列原文：

> 權者，銖、兩、斤、鈞、石也，所以稱物平施，知輕重也。……二十四銖爲兩。十六兩爲斤。三十斤爲鈞。四鈞爲石。……銖者，物繇忽微始，至於成著，可殊異也。兩者，兩黃鐘律之重也。二十四銖而成兩者，二十四氣之象也。斤者，明也，三百八十四銖，《易》二篇之爻，陰陽變動之象也。……鈞者，均也，陽施其氣，陰化其物，皆得其成就平均也。權與物均，重萬一千五百二十銖，當萬物

〔註14〕如齊佩瑢先生即曾歸納事物得名之由來：「不外實德業三者，細分之約有八，即形貌、顏色、聲音、性質、成分、作用、位置、比喻。」（《訓詁學概論》，頁 145 至 147）王玉堂先生《聲訓瑣議》一文則分爲「形制、顏色、功用、內質、外飾、所在、心理」等。（《古漢語論集》，頁 269 至 271）

〔註15〕可參見李孝定先生編定的《甲骨文字集釋》（卷一四，頁 4091）及周法高先生的《金文詁林補》（冊一四，頁 4027）。此外，于省吾先生在《甲骨文字釋林》中對斤字之初文及所象之形有獨特的看法，但基本上仍認爲斤是斧類的器具。關於于先生的看法，可參考該書頁 341。

之象也。……石者，大也，權之大者也。始於銖，兩於兩，明於斤，
均於鈞，終於石，物終石大也。（《漢書・律曆志》卷二一上，頁 969
至 970）

由〈律曆志〉的原文看來，「斤」應與銖、兩、鈞、石一樣，都屬重量單位。
「斤」的字形原是像斧的器具，可在《說文》中找到證據，「斤」字可作爲重
量單位，《說文》則沒有直接的解釋，而清儒段玉裁在《說文解字注》「斤」
字下則說：

按此篆「象形」之下當有「一曰十六兩也」六字，乃與金部「銖」、
「鈞」，兩部「兩」，禾部「秞」合成五權…。班固說五權曰「斤，
明也」，即《爾雅》、《毛傳》之「斤斤，察也。」（頁 723。下文簡
稱《段注》。）

「五權」中的其他四個重量單位，都可以在《說文》中找到證據，如「鈞」
字，許慎即直釋曰：「三十斤也。」（頁 715）再如「兩」字，許慎云：「二十
四銖爲一兩。」（頁 358）

值得注意的是，段氏似乎與邵、郝二氏一樣，將作爲重量的「斤」與《爾
雅》「斤斤」一詞的訓釋相提並論。朱珔《說文叚借義證》同意段氏的看法，
且有進一步的說明：

《說苑・辨物》篇：「十六兩爲一斤。」而《漢書・律曆志》說五權
云：「斤者，明也。」即《爾雅・釋訓》、《周頌・毛傳》之「斤斤，
察也。」是斤可借爲明察之義。邵謂《一切經音義》引《埤蒼》訓
「忻」爲察，則與《爾雅》斤斤可通，是「忻」爲斤之假借。（《說
文解字詁林》冊一一，頁 242）

朱文引用了《說苑》的用例，同時也將作爲重量單位的「斤」與「斤斤」一
詞牽連在一起，而其處理方式則是將斤的「明察」義視爲假借義。換言之，
依朱文則「斤」字本身並沒有「察」義，而必須求諸假借。

清儒朱駿聲在《說文通訓定聲》中則說：

〔叚借〕託名幖識字，《小爾雅・衡》：「二鍰四兩謂之斤。」《漢書・
律曆志》：「十六兩爲一斤，……斤者明也。」又重言形況字，《詩・
執競》「斤斤其明。」《爾雅・釋訓》「明明、斤斤，察也。」（同上，
頁 241）

朱駿聲也引用了幾乎相同的用例，但明確的將作爲重量單位的「斤」字與「斤

斤」區分開來，認爲「斤斤」的「明察」義與「斤」的重量義無關。

由前述數位學者的說法，可以歸納成以下兩點：

（一）《漢書·律曆志》「斤者，明也」一例中的「斤」字，可以確定是作爲重量單位。

（二）既然「斤」字可以確定爲重量單位，那麼「明」字如果是解釋「斤」字的，「明」的意義就不可能是「明察」或「察」，是以朱琦必須說「斤」的明察義是假借義。而由此即可說明此處的「斤」字原本並非明察義。

以「斤」字而言，在典籍中出現的機會並不多，但《釋名》及《漢書》的兩個用義：斧類的用具及重量單位，就正好是先秦兩漢典籍中最常見的兩種意義。〔註 16〕此二義與「斤斤」的「察」義無關。從這個角度來看，可以說疊字「斤斤」的「察」義並不是由其單字義而來。

然而，像朱琦等學者卻可以藉由「假借」，而得到與「察」義相合的單字，從而說明「斤斤」的疊字義仍由單字而來。可是，即使如此，仍不能確定「斤斤」究竟是假借何字而有察義，因爲不同的學者可以有不同的判斷。如前引朱琦的說法，他認爲「斤」是「忻」的假借。然而馬瑞辰在《毛詩傳箋通釋》「斤斤其明」條中提出另一個字作爲「斤」字的假借字，他說：

> 按《爾雅·釋訓》「明明、斤斤，察也」，「斤斤」即「昕昕」之渻借。
> 《一切經音義》引《爾雅》「昕，察也」，當作「昕昕，察也。」即
> 《爾雅》「斤斤，察也」之異文。《說文》：「昕，旦明也。」《廣雅》：
> 「昕，明也。」重言之則曰「昕昕」矣。（頁 330）

則是以「斤」爲「昕」之假借。前引《邵疏》云：

> 「斤斤」又作「扄扄」。《左氏·襄五年傳》引逸詩云：「我心扄扄。」
> 杜註：「扄扄，明察也。」（卷五〇七，頁 1）

邵氏雖是認爲「斤」有察義的，但「斤斤」與「扄扄」音近，又可訓爲「明

〔註 16〕用作爲斧頭義的，如前文曾提過的《孟子》及《莊子》外，在《左傳·哀公十五年》有「天或者以陳氏爲斧斤。」（頁 1035）《墨子·備穴》篇亦有「爲斤斧鋸鑿鑺。」在先秦典籍中「斤」字作重量解的用例較少，但在《墨子·雜守》篇中有「重五斤已上諸林木，渥水中，無過一茷」一例。如以斧頭義爲本義，則「斤」的重量義，可能如段玉裁所言是假借義，《段注》在「銖」字條下說：「斤本無其字，以斫木之斤爲之。」（頁 714 至 715）斤的重量義可能至兩漢才開始普遍使用，《漢書·律曆志》的用例自是最重要的，其他如《說苑·辨物》篇的「十六兩爲一斤」等。

察」。則未嘗不可以說「斤」也可能是「扃」的假借。簡言之，只要訓爲「明察」或類似意義的音近字，都可能是「斤」字的假借。

從這個例子可以看出，由於古代漢語中有「借字」和「借義」的現象，使疊字義與單字義之間的關係，除了少數的例子之外，大多不易確定。

二、「明明」的意義

與「斤斤」同條之中，還有另外一個疊字「明明」。從《毛傳》來看，「明明」這個疊字的意義可說是出自其單字義。《邢疏》引舍人曰：「明明，言其明甚。」則「明明」只是「明」的強調而已，與「明」字的意義並無太大的分別。

「明明」一詞在《詩經》中共出現六次，分別是〈小雅·小明〉、〈大雅·大明〉、〈大雅·江漢〉、〈大雅·常武〉、〈魯頌·有駜〉、〈魯頌·泮水〉等篇。其中〈大明〉、〈常武〉兩篇《毛傳》解作「察」，其他四篇《毛傳》無注；鄭玄則解作「光明」（〈小明〉），或作「昭察」（〈常武〉），或作「施明德」（〈大明〉）、「明義明德」（〈有駜〉）。這些解釋若作嚴格的區分，是有些差異的。如「光明」是作形容詞用，是「明」字的「光明」義擴充而得。「察」或「昭察」亦作形容詞用，則是用「明」的「顯明」義重疊而成。至於「施明德」、「明義明德」則似乎將「明明」的「明」作動詞用，看作是動詞的重疊了。但籠統說來，三義都可算是「明」義的引申或擴充。因此，基本上這些「明明」的意義仍然相近。〈釋訓〉將「明明」解爲「察」，與《毛傳》、《鄭箋》對這六個用例的說明相符。

然而，後世的經學家對這六個用例的看法卻與《毛傳》、《鄭箋》不完全一致。王引之在《經義述聞·尚書上》「明聽朕言」條下，對「明」及「明明」提出不同的解釋。他說：

家大人曰：「《爾雅》：『孟，勉也。』」孟與明，古同聲而通用。故勉謂之孟，亦謂之明。〈盤庚〉曰：「明聽朕言，無荒失朕命。」言當勉從朕言無荒失也。〈顧命〉曰：「爾尚明時朕言」，言當勉承朕言也。〈洛誥〉曰：「明作有功」，言勉作事也。又曰：「公明保予沖子」，言公當勉保予沖子也。〈多方〉曰：「爾邑克明，爾惟克勤乃事」，言爾邑中能勉行之，爾則惟能勤乃事也。《韓子·六反》篇曰：「使士民明焉盡力致死，則功伐可立而爵祿可致。」言勉焉盡力致死也。

重言之則曰「明明」，《爾雅》曰：「亹亹，勉也。」鄭注〈禮器〉曰：「亹亹猶勉勉也。」亹亹、勉勉、明明，一聲之轉。〈大雅‧江漢〉篇曰：「明明天子，令聞不已」，猶言亹亹文王，令聞不已也。〈魯頌‧有駜〉篇曰：「夙夜在公，在公明明」，言在公勉勉也。明字古讀若芒……不知明之爲勉，故解經多失其義。（卷三，頁 34 至 35）

類似的敘述，也出現在同書《毛詩下》「明明天子」條（卷七，頁 15）及《爾雅上》「孟，勉也」條（卷二六，頁 15 至 16），但以此條最爲詳盡。基本上，王氏以「明」、「勉」音近義通，所以「明」字也有「勉」義，進而重疊之後的「明明」也就是「勉勉」，可解爲「勉」義。陳奐《詩毛氏傳疏》及馬瑞辰《毛詩傳箋通釋》也都提到「明明」可解釋爲「勉勉」。如馬氏在〈有駜〉篇「在公明明」條下說：

《箋》：「在於公之所但明義明德也。」《禮記》曰：「大學之道在明明德。」瑞辰按：明、勉一聲之轉，明明即勉勉之叚借，謂其在公盡力也。《箋》訓爲明明德，失之。（頁 353）

而陳奐《詩毛氏傳疏》在〈江漢〉、〈有駜〉、〈泮水〉三用例中都將「明明」釋爲「勉勉」。如他對〈江漢〉篇「明明天子」的解釋，即幾乎與王氏的說法全同。

就王氏所提出的證據來看，似乎很難否認明、勉音近而通，「明明」可解爲「勉」的事實。值得注意的是，王氏只提出〈江漢〉及〈有駜〉的兩用例爲「勉」義，並未說明其他四例應作何解。陳氏對〈小明〉及〈常武〉則採用「明察」的解釋，〈大明〉未解。此六例雖同爲「明明」，陳氏將其區分爲兩組不同的意義。若參考《詩序》、《毛傳》、《鄭箋》的說法，並對各用例的原文略作考察，可以發現，王氏解爲「勉」的〈江漢〉及〈有駜〉篇，勤勉的主角是人，如前者的「明明天子」，後者的「明明在公，在公明明」。陳氏多增的〈泮水〉一例，原句爲「明明魯侯」，自然也是人。至於其他三個用例，則或爲「文王」或爲「上天」。上天云云，固然不能用勤勉來形容，「文王」德配上天，也不應用勤勉來形容，而「明明」又與「赫赫」相對成文，則解爲「光明」或「明察」，自然比較妥當。王氏及陳氏把〈江漢〉等三個用例中的「明明」解爲「勉勉」，是可以成立的。

表面看起來，「明明」的意義問題似乎很簡單。但經過上述的分析，則它的情況實在是「懋懋」和「斤斤」的綜合；換言之，比「懋懋」和「斤斤」

還要複雜。首先，它的意義源於其單字義，並無爭論，這與「懋懋」是一樣的。「懋」（茂）有「豐」和「勉」兩個意義，都是《爾雅》有記載的。把「懋懋」解爲「勉」，即取其「勉」義；把「懋懋」解爲「美」，即取其「豐」義而加以引伸；這都是把「懋懋」的意義視爲源於其單字義。依《爾雅・釋詁》，「明」有「成」義，而依《爾雅・釋言》，則「明」有「朗」義；但《爾雅》並無「明」有「勉」義的說法。「光明」是「朗」的另一種說法，而「察」可說是「朗」義的引伸；這是「明明」爲「察」的來源。而王氏把「明」解爲「勉」，則是把「明」斷爲「孟」的假借字；而「明明」之所以有「勉」義，正由於「明」有「勉」這種假借義。這與「斤」爲「昕」的借字所以「斤斤」有「察」義的說法是十分類似的。

　　從「明明」的意義，可以同時引生另一個問題，即〈釋訓〉在解經效用上的問題。由解經的角度來看，假如我們接受王氏和陳氏的說法，則「明明」的六個用例可分爲「光明」和「勤勉」兩種用法。〈釋訓〉只把「明明」解爲「察」，並沒有提到「勉」義，這就有兩個可能。一是〈釋訓〉只是提出「明明」的一般詞義，目的並不在解經，所以可能沒有考慮到不同文脈中的不同用義；那麼，它的解經效用就會受到相當的限制。另一個可能是〈釋訓〉的作者認爲六個用例都應該解爲「察」。從上引《毛傳》、《鄭箋》有關的資料來看，毛、鄭把六個用例中的「明明」都視爲同義或義近，所以兩種可能都可以成立。以「秩秩」爲例來檢討〈釋訓〉以至《爾雅》在解經效用的限制，會得到比較明確的答案。

　　〈釋訓〉篇中，共有「晏晏」、「秩秩」、「肅肅」、「藹藹」四個疊字出現過兩次。此外，還有「穆穆」一詞，在〈釋訓〉篇中出現一次，但在〈釋詁〉篇中也出現了一次。「晏晏」和「藹藹」在第二部分出現時並不在解釋疊字之義，而是句義，所以不能算有兩種詞義或用義；此點在第三章第三節有較詳細的說明，在此不作討論。至於「肅肅」一處訓爲恭，一處訓爲敬，二義相近，並不是兩種不同的解法。「穆穆」則一訓敬，一訓美，《郝疏》認爲「敬與美善義近」（卷上之三，頁 2）。「秩秩」有「智」義與「清」義，雖然《郝疏》也說兩者義近，但與「肅肅」和「穆穆」的兩義相比，「秩秩」的兩義顯然距離較遠。這是選取「秩秩」爲例的緣故。

　　「秩秩」一詞，〈釋訓〉分釋爲「清也」及「智也」二條。《郝疏》在「秩秩，清也」條下云：

> 〈假樂・傳〉：「抑抑，美也；秩秩，有常也。」……「秩，常也」，
> 見〈釋詁〉。又「秩秩，智也」，見此篇上文。智與清義亦近。《書》
> 云：「汝作秩宗」，下云「直哉惟清」，是秩有清義也。（卷上之三，
> 頁 22）

「秩秩，智也」條下云：

> 《詩・小戎・傳》：「秩秩，有知也。」〈巧言・傳〉：「秩秩，進知也。」
> 〈賓之初筵〉箋：「秩秩，知也。」知俱音智。義本《爾雅》。〈斯干・
> 傳〉云：「秩秩，流行也。」此篇下云：「秩秩，清也」，義皆相近。
> （卷上之三，頁 1）

則知〈釋訓〉的「清」及「智」兩種解釋至少可以適用於〈秦風・小戎〉、〈小雅・巧言〉、〈大雅・假樂〉、〈小雅・賓之初筵〉篇。「秩秩」一詞在《詩經》中出現過五次，上述四篇以外，〈小雅・斯干〉篇的解釋似乎是最特殊的，而且與〈釋訓〉篇的訓釋無關。此篇之原文爲「秩秩斯干，幽幽南山。如竹苞矣，如松茂矣」，《毛傳》云：

> 秩秩，流行也。干，澗也。

《鄭箋》云：

> 喻宣王之德，如澗水之源，秩秩流出無極已也。（頁 384）

則毛、鄭是以「秩秩」爲「水流出貌」。馬瑞辰《毛詩傳箋通釋》，則認爲〈釋訓〉訓爲「清」仍可適用於此詩，他說：

> 〈釋訓〉：「秩秩，清也」，蓋以釋此詩，狀澗水之清也。干與間、澗
> 雙聲古通用。（頁 178）

依馬瑞辰的說法，「秩秩」可以用來形容澗水之清澈，則此「秩秩」可作「清」解。由「秩秩」與「幽幽」對文來看，若「幽幽」如《毛傳》所釋爲「深遠」的意思，作形容詞用。則說「秩秩」作形容詞用，解爲「水清貌」，應該較只解爲「水流貌」爲合適。

　　由「秩秩」一例的討論，可以知道〈釋訓〉並不是沒有考慮到同一疊字在不同用例中的不同用義的。「明明」只有「察」義，相信是〈釋訓〉接受《毛傳》、《鄭箋》釋義的結果。至於一些不見得是解釋經書的條目，就另當別論了。

　　疊字是古代漢語中相當常見的複音詞形式。對疊字的處理，最根本的問題是疊字義與單字義的關聯。在疊字之中，有些例子是疊字義與單字義相同

相近的，也有些例子是疊字義與單字義截然不同的。詞彙學家把前者視爲可以分割的、意義源於單字義的合成詞，把後者視爲不可分割的、意義不源於單字義的單純詞。在理論上，這種分類是頗爲清楚的。然而，實際上要辨別一個疊字到底是合成詞或單純詞，往往不易，尤其在清儒巧妙地運用「假借」來說明疊字義與單字義的關係之下，這兩個類別之間的模糊地帶更日益擴大。以上從「戀戀」到「明明」等三個例子的分析，基本上就是要把這種困難呈顯出來。任何對疊字意義的理論分析，若不能妥善地處理這個問題，就很難令人信服。

　　此外，從「明明」和「秩秩」的說明，也可以了解到《爾雅》的釋義，的確不只是一般詞義的說明，而是經書特定文脈中的用義。

第三章　雙組重疊與句義

　　戴璉璋先生在《詩經語法研究》一文中將疊字分為兩類：一為「單組重疊」，一為「雙組重疊」。(《詩經語法研究》，頁 5 至 9)上一章所探討的是〈釋訓〉篇第一部分共五十九條，每一條的解釋詞都是一個單音詞，而被釋詞的數量就稍有差別。從第一條的「明明、斤斤，察也」至第四十四條的「痯痯、痻痻，病也」的被釋詞都是兩個由疊字組成的詞語，第四十五條的「殷殷、惸惸、忉忉、慱慱、欽欽、京京、忡忡、惙惙、怲怲、弈弈，憂也」的被釋詞有十個，第四十六條的「畇畇，田也」至第五十九條的「穰穰，福也」的被釋詞則只有一個。這些由一個單字重疊而成的詞語就是「單組重疊」。然而，《詩經》中還有兩疊字合用為一個詞的情況，即所謂「雙組重疊」。根據戴先生的統計，《詩經》中「雙組重疊」的例子共有二十四個，而〈釋訓〉篇中特別合併為一條加以訓釋者有五個，即「委委佗佗」、「子子孫孫」、「顒顒卬卬」、「噰噰喈喈」、「翕翕訿訿」。〔註1〕

　　〈釋訓〉篇的第二部分從第六十條「子子孫孫，引無極也」至第七十五條「抑抑，密也；秩秩，清也」共十六條。除了「委委佗佗」之外，其他四個「雙組重疊」都出現在這個部分裡面：「子子孫孫」在第六十條、「顒顒卬卬」在第六十一條、「噰噰喈喈」在第六十三條、「翕翕訿訿」在第七十三條。

〔註1〕至於其他的雙組重疊，《詩經》雖然合用為一句，但可能由於意義的關係，〈釋訓〉拆成不同的兩條，可以看作單組重疊。如《詩經》有「戰戰兢兢」一句，《爾雅》則分成「兢兢、繩繩，戒也」及「戰戰、蹌蹌，動也」。再如「穆穆皇皇」句，〈釋詁〉篇第四十一條云：「昄昄、皇皇、藐藐、穆穆、休、嘉、珍、褘、懿、鑠，美也。」「穆穆」、「皇皇」雖在同條中，但並未連在一起，即《爾雅》並未視為雙組重疊。

由此可見，在這部分裡，似乎包含了一種新的詞語結構。本章的第一個目標，就在探討這種「雙組重疊」的詞語結構的性質，與「單組重疊」有沒有差異。「委委佗佗」乃〈釋訓〉的第二十條，原屬於該篇的第一部分。第一部分所處理的，都是「單組重疊」，但「委委佗佗」在《詩經》中既有合用爲一句的情況，所以被歸爲「雙組重疊」，因此而在此章才加以探討。

就構詞形態來說，〈釋訓〉「雙組重疊」的五例中，「噰噰喈喈」、「翕翕訿訿」二例在《詩經》中具有「單組重疊」的用例，而「委委佗佗」、「顒顒卬卬」、「子子孫孫」等三例則沒有「單組重疊」的用例。如果將「雙組重疊」視爲不可分割的一個詞語，亦即不能分用或分釋的詞語，則就《詩經》的用法看來，「噰噰喈喈」、「翕翕訿訿」二例應屬於「單組重疊」，其他三例則有可能是「雙組重疊」。

然而，若再考慮在釋義過程中是否可以分釋的問題，則可知道「雙組重疊」與「單組重疊」的分界也像疊字之分類一樣，不是表面那麼明確的。其中「噰噰喈喈」二例在《詩經》雖然使用在同一句中，但因爲有分用爲「單組重疊」的用例，則可以分開解釋自無疑問。至於「委委佗佗」等三例則呈現不同的特質，包含不同的「雙組重疊」的類型。其中「顒顒卬卬」例雖然沒有分用的用例在，但在一般《詩》注中仍將其分開來解釋，因此，若說其爲一無法分割之「雙組重疊」，恐不如歸爲「單組重疊」爲妥。至於「子子孫孫」例則不可分釋亦不可分用，應是典型的「雙組重疊」。「委委佗佗」有分釋的情況，本應如「顒顒卬卬」一般，不應視爲具嚴格意義的「雙組重疊」。但從它與連綿字「委蛇」的關係來分析，將可發現這種所謂「雙組重疊」的來源以致構成方式都是比較特殊的。

除「雙組重疊」與「單組重疊」之區分問題以外，在釋義方面，這部分與第一部分亦不相同。在形式上，第一部分的釋義都是用一個單音詞，這部分的釋義卻不是單音詞，甚至不是詞語，而是一個句子；在內容上，第一部分的釋義解釋疊字的詞義，這部分卻是疊字所從出的句子的句義。因此，本章的第二個目標，則在於通過這部分的釋義來展示訓詁的範圍並不限於字義或詞義，並說明《爾雅》在解釋句義上的特式。

在本章第一節中，即先以可分用可分釋的「噰噰喈喈」與不可分用但可分釋的「顒顒卬卬」爲例加以比較，來顯出分用與分釋二個標準的差異。在第二節中再以不可分用不可分釋的「子子孫孫」及可分釋的「委委佗佗」爲

代表，以說明「雙組重疊」與其組成疊字之單字相合而成的詞語「子孫」、「委佗」（或「委蛇」）的關係。至於未處理的「雙組重疊」的例子「翕翕訿訿」，其性質上與「噰噰喈喈」相似，因此，在避免重複的考量下，未再討論該條。

　　至於這部分在釋義上的特色，《邵疏》在〈釋訓〉篇題辭中即曾談到這一部分的特殊之處，他說：

　　　此篇先釋重語，「子子孫孫」以下三十二句數繹《詩》義，協於古音。
　　　（卷五〇七，頁 1）〔註2〕

《郝疏》在同篇題辭中，討論「釋訓」的名義時也有類似的看法：

　　　釋訓云者，多形容寫貌之詞，故重文疊字累載於篇。于「子子孫孫」
　　　以下，則又略釋詩義，諧於古音。……《釋文》引張揖《雜字》云：
　　　「訓者謂字有意義也。」蓋訓之一字，兼意、義二端。「明明斤斤」
　　　之類爲釋義，「子子孫孫」之類爲釋意。意義合而爲訓。（卷上之三，
　　　頁 1）

邵、郝二氏觀察到「子子孫孫」以下的部分，有兩個特殊的現象，一是「略釋詩義」，一是「諧於古音」。先論後者，黃季剛先生在《爾雅音訓・釋訓》「儵儵、嘒嘒，罹禍毒也」條下亦云：「自『子子孫孫，引無極也』至『速速、蹙蹙，惟述鞠也』皆以韻語行之。」（《爾雅音訓》，頁 111）駱鴻凱先生則承邵、郝之說及黃季剛先生的說法云：

　　　「子子孫孫」以下三十二句，數繹《詩》義，協以古音，【《爾雅》
　　　用韻，〈釋訓〉、〈釋天〉爲多，「郝郝，耕也；繹繹，生也。」「毯毯，
　　　苗也；綿綿，穧也。」耕、生爲韻，苗、穧爲韻。自「子子孫孫引
　　　無極也」，至「速、蹙、惟、述、鞠也」，用韻十有六，極、德、直、
　　　力、服、息、德、忒、食、則、愿、職爲本韻，急、毒、告、鞠爲
　　　合韻】。〔註3〕（《爾雅論略》，頁 61）

由駱氏此文可知所謂「協於古音」、「以韻語行之」云云，主要乃指此一部分

〔註2〕邵氏所謂「三十二句」，應指「三十二疊字」而言，此三十二疊字，《邵疏》
　　　分爲八條，《郝疏》分爲十五條。
〔註3〕屬「本韻」者，極、德、直、力等十二字之古音皆屬「職韻」。屬「合韻」者，
　　　分別列出如下：
　　　急，見紐緝韻；
　　　毒，定紐覺韻；
　　　告，見紐覺韻；
　　　鞠，見紐覺韻。

各條解釋語的最後一字的古韻相近。〔註4〕

至於「略釋詩義」，依郝氏的說法，「訓」字之詞義包含「意」、「義」二端。所謂「義」，其實是指詞義，所謂「意」，則指章句之義。就〈釋訓〉的內容來看，前文討論過的「明明、斤斤，察也」一類的訓釋屬於「釋義」；下文所要討論的「噰噰喈喈」等例，則屬於「釋意」。此「釋意」自是指「略釋《詩》義」、「敷繹《詩》義」而言。以下對「噰噰喈喈」等「雙組重疊」例的探討即已大略涉及此類釋義的特殊性質，至於更詳細的實例討論，則留待第三節以「懽懽、惄惄」，「藹藹、萋萋」，「晏晏、旦旦」等三條非「雙組重疊」例子為代表，以說明此部分在解經上的意義。

第一節　雙組重疊與單組重疊的區分

本節首先以「噰噰喈喈」為例，討論《爾雅》對《詩經》中可分用可分釋的「雙組重疊」的訓釋。《爾雅·釋訓》云：「噰噰喈喈，民協服也」，而各家疏解如下：

（一）《郭注》：「鳳皇應德鳴相和，百姓懷附興頌歌。」

（二）《邢疏》：「〈大雅·卷阿〉……云：『菶菶萋萋，雝雝喈喈』，《毛傳》云：『鳳皇鳴也，臣竭其地則地極其化，天下和洽則鳳皇樂德。』《鄭箋》云：『噰噰喈喈，喻民臣和協，是皆臣下盡力，民人協服也。』故郭云：『鳳皇應德鳴相和，百姓懷附興頌歌』也。」（頁58）

（三）《邵疏》：「〈大雅·卷阿〉……云：『菶菶萋萋，雝雝喈喈』。……〈釋詁〉云：『噰噰，和也。』皆釋字義，此又言興喻之義也。……《尚書大傳》引《逸詩》云：『鳳凰喈喈。』《說文》云：『鳳凰鳴聲喈喈。』」

又：「《毛傳》：『……鳳凰鳴也，臣竭其力則地極其化，天下和洽則鳳凰樂德。』《鄭箋》：『……雝雝喈喈，喻民臣和協。』《疏》引孫

〔註4〕協韻之原因則未知，可能是為了便於諷頌。
　　又：郭璞對此一部分的注解也有押韻的情況，如「藹藹、萋萋」條下云：「梧桐茂，賢士眾；地極化，臣竭忠。」「噰噰喈喈」條下云：「鳳凰應德鳴相和，百姓懷附興頌歌。」又「佻佻、契契」條下亦云：「賦役不均，小國困竭；賢人憂歎，遠益切急。」也許《郭注》亦發覺此一部分有協韻的現象。

炎云：『言眾臣竭力則地極其化，梧桐盛也。』《郭註》本《傳》《箋》
爲義。《說文繫傳》引《郭註》作『梧桐茂實賢士眾。』」（卷 507，
頁 9 至 10）

（四）《郝疏》：「……『嗈嗈』已詳〈釋詁〉。此又釋興喻之義也。……『嗈
嗈【《詩》作「雝雝」】喈喈』，《詩》言鳳凰鳴聲，《爾雅》以爲譬
況之詞。故《鄭箋》本之而云：『……雝雝喈喈，喻民臣和協』，然
因民服而致鳳鳴。故《毛傳》云：『天下和洽則鳳皇樂德。』《詩》
與《爾雅》義相成也。」（卷上之三，頁 19）

依前述諸家的說法，此條是《詩・大雅・卷阿》篇「嗈嗈喈喈」一語的
訓釋。出現在此篇九章之最末，幾乎都是對詩義的討論。其中較特殊而值得
提出來比較與說明的是，〈釋詁〉篇也有一條是「關關、嗈嗈」，解爲「音聲
和」，《邵疏》認爲屬「釋字義」的一類，實際上正說明了此例可分釋爲兩疊
字的情況。此外，在〈釋言〉中有一條爲「肅、嗈」，解爲「聲」；〈釋訓〉篇
第一部分中有一條爲「廱廱、優優」，解爲「和」，皆與此條的訓釋有關聯。
對此三條的討論，可以顯示是否可分釋或分用的問題。

郭、邢、邵等氏對此三條的疏解都非常簡略，著重徵引《詩經》相關篇
章的意義，《郝疏》後出，採取了眾人的說法而最詳，他說：

因釋和義而及音聲之和也。……《大戴記・保傳》篇及《賈子・容
經》篇竝云：「聲曰和。」〈周語〉云：「聲應相保曰和。」是皆和之
著之聲音者也。……《詩・關雎・傳》：「關關，和聲也。」〈匏有苦
葉・傳〉：「雝雝，鴈聲和也。」按：〈卷阿〉鳳皇鳴亦曰雝雝，不獨
鴈也。通作「雝」。《詩》「有來雝雝」，《漢書》〈劉向〉及〈韋玄成〉
傳竝作「有來雍雍」，又通作「嗈」。《詩》「和鸞雝雝」，〈容經〉篇
作「和鸞嗈嗈」。又〈南都賦〉及〈歸田賦〉、〈笙賦〉注竝引「嗈嗈」
作「嚶嚶」。疑因〈釋訓〉「丁丁嚶嚶」相涉而誤也。〈天台山賦・注〉
又引作「噰噰」。〈四子講德論・注〉又作「邕邕」，〈釋訓〉云：「廱
廱，和也。」〈樂記〉又作「雍雍，和也。」以下諸文竝皆叚借，或
從俗作。《說文》「雝」本鳥名，借爲鳥聲，作「雝」爲正。（卷上之
一，頁 61）

此條之前一條釋爲「諧、輯、協，和也」，所以郝氏說「因釋和義而及音聲之
和」。接著郝氏引《大戴禮記》、《新書》、《國語》的說法，認爲「和」可以用

來指聲音之調和。以下則引《詩經》的用例，認爲「噰噰」或「雝雝」是指鳥鳴聲。再下一段則徵引各書的用例，說明「噰噰」有各種寫法，或爲假借或爲俗字。最後提出《說文》的解釋，認爲「雝」字才是「鳥聲」的正字。

郝氏說「因釋和義而及於音聲之和」，似乎表示「和」與「音聲和」的意義雖然不完全相同，但至少是相關的。而由郝氏所引《大戴禮記》等書的說法，可以證明聲音相和或調和時可稱爲「和」。然而，這並不等於「和」的意義即是「音聲和」。因爲「和」字應該是一個泛稱，可以用來指「聲音之和」，也可用以指其他事物。換言之，稱「聲音相和」爲「和」則可，說「和」的意義必爲「音聲和」則未必適合。如《郝疏》在〈釋言〉篇的「肅、噰，聲也」條，訓釋詞雖爲「聲」，但他仍引用《毛傳》解爲「鴈聲和」的用例，他說：

> 經典言肅、噰者多矣，此言其聲耳。⋯⋯以噰爲聲者，《詩‧匏有苦葉‧傳》：「雝雝，鴈聲和也。」（卷上之二，頁4）

在〈釋訓〉「廱廱，和也」條下，即「音聲和」與「和」二義合而爲一，他說：

> 廱者，《說文》以爲辟廱字。〈王制‧注〉云：「辟，明；廱，和也。」省作雝，又省作邕。或作雍。又別作噰。《文選‧笙賦‧注》引《爾雅》作「雍雍，和也」。〈四子講德論‧注〉又作「邕邕，和也」。〈釋詁〉云：「噰噰，音聲和也。」《一切經音義》廿五引《廣雅》云：「庸，和也。」是庸、廱同。《詩‧酌》及〈長發‧傳〉竝云：「龍，和也。」龍、廱義又同也。（卷上之三，頁2至3）

邵氏在〈釋訓〉篇同條中說：

> 《賈誼書》云：「剛柔得道謂之和，反和爲乖。」〈周頌‧雝〉云：「有來雝雝」，〈樂記〉云：「雝雝，和也。」（卷五○七，頁2）

邵氏基本上分辨了「和」與「音聲和」的不同。他所引用的「有來雝雝」句，《鄭箋》即解作「和」。此處之所以特別作此分辨，乃因在《詩經》中雖只有「雝雝」而無「噰噰」，但依《毛傳》、《鄭箋》則「雝雝」一詞可有「和」及「聲」的兩種意義。〈釋詁〉將「噰噰」解爲「音聲和」雖然與「和」義相關，但「聲」及「和」的意義畢竟是不同的。如「雝雝」一詞在《詩經》共出現在五篇中，其中毛、鄭解爲「聲」義的有〈邶風‧匏有苦葉〉的「雝雝鳴鴈」、〈小雅‧蓼蕭〉的「和鸞雝雝」、〈大雅‧卷阿〉的「雝雝喈喈」；解爲「和」的有〈大雅‧思齊〉的「雝雝在宮」及前引〈周頌‧雝〉的「有來雝雝」。對

「和」與「音聲和」作此分辨後，則較容易說明「噰噰」的意義。

〈釋詁〉篇的「噰噰」既解爲「音聲和」，則由「關關」解爲「鳥鳴聲」來看，「噰噰」應該也是「鳥鳴聲」，此一義在《詩經》中也寫作「雝雝」，在他書中則有另外的寫法。而在〈釋訓〉的「廱廱」解爲和，偏重在「和」的「和樂」、「和穆」義。

其次，略考「喈喈」的意義。「喈」字，《說文》云：「鳥鳴聲也。從口，皆聲。一曰：鳳皇鳴聲喈喈。」《段注》：「按此八字蓋後人所增。鳳皇亦鳥耳。《詩・風雨》曰：『雞鳴喈喈』，〈卷阿〉曰：『邕邕喈喈。』」（頁62）《說文》解「喈」爲「鳥鳴聲」，不知是否受到《詩經》用例的影響。至於「一曰」云云，無論是否如《段注》所言爲後人所增，應該是針對〈大雅・卷阿〉的用例而言。除〈卷阿〉篇之外，在《詩經》中「喈喈」還出現在其他五篇中。依毛、鄭的解釋，則「喈喈」不只是「鳥鳴聲」，尚有「樂器聲」。如果將〈邶風・北風〉篇「北風其喈」併入，則可能還有「風聲」。但就釋義的立場來說，「喈喈」一詞的意義籠統的解作「聲」或許較爲正確。因爲毛、鄭大約是「隨文釋義」，根據「喈喈」所在文脈描寫何事物，即解爲何種聲音。然而，若承認「噰噰喈喈」條是在訓釋〈大雅・卷阿〉篇，則依上下文脈來看，「喈喈」亦應解爲「鳥鳴聲」，甚或如《毛傳》解爲「鳳凰鳴」。這也就是陳奐《詩毛氏傳疏》中的說法：

> 雝、喈本爲鳥鳴聲，鳳皇亦鳥也。《傳》意以……「雝雝喈喈」句承「鳳皇鳴矣」，故云「鳳皇鳴」。（頁736至737）

經過以上的論述，可以知道，「噰噰」與「喈喈」二詞在《詩經》中雖然使用在同一句中，但有分用的情況，而可以分釋成兩個疊字，其意義皆爲「聲」或「鳥鳴聲」。

下文將以另一雙組重疊「顒顒卬卬，君之德也」爲例以說明在《詩經》中並未分用的疊字，但仍可分釋的情形。依例仍先列出《爾雅》諸家對此條的注解，以便分析：

（一）《郭注》：「道人君者之德望。」

（二）《邢疏》：「此道人君之德望也。顒顒卬卬，〈大雅・卷阿〉文也。君之德也者，作者釋之也。案：《詩》云：『顒顒卬卬，如圭如璋，令聞令望。』《毛傳》云：『顒顒，溫貌；卬卬，盛貌。』《鄭箋》云：『令，善也。王有賢臣與之以禮義相切瑳，體貌則顒顒然敬順，志

氣則卬卬然高朗，如玉之圭璋也。人聞之則有善聲譽，人望之則有善威儀。德行相副。』」（頁 57）

(三)《邵疏》：「〈大雅‧卷阿〉云：『顒顒卬卬』，此釋其義也。……《疏》引孫炎云：『顒顒，體貌溫潤也；卬卬，志氣高遠也。』虞翻《易註》云：『顒顒，君德有威容貌。容止可觀，進退可度，則下觀其德而順其化。《詩》曰：顒顒卬卬，如珪如璋，君德之義也。』案：虞註以顒顒爲有威，與《毛傳》、孫註義殊。《鄭箋》以爲敬順，葢兼有威及溫潤之義。《郭註》祇言德望，以有令德者必有令望也。《詩疏》云：『顒顒卬卬以下，徑訓《詩》興喻之義，不釋《詩》文。』〈平都相蔣君碑〉作『顒顒卬卬』。」（卷五〇七，頁 9）

(四)《郝疏》：「自此以下，但解作《詩》興喻之義，不釋《詩》文。此《卷阿》文。《傳》《箋》及《正義》引孫炎皆有說。」（卷上之三，頁 18）

在上列諸家中，《邢疏》指出此條是訓解〈大雅‧卷阿〉中的詞語，引用《毛傳》及《鄭箋》的解釋外，幾乎沒有再提出什麼新的資料或論據。《郝疏》的處理更加簡略，只重覆他在前引〈釋訓〉篇題辭的說法，認爲此條乃解「作《詩》興喻之義，不釋《詩》文」，幾未有其他任何論證。相形之下，《邵疏》頗爲詳細。然而，細察《邵疏》的討論，仍與《詩經》中的用例有關。

以下首先探討被釋詞「顒顒卬卬」及解釋詞「君之德」的詞義。「君之德」較無歧義，先略說之。所謂「君之德」，顧名思義，大約就是指人君的品德、德性等。《郭注》說「君人者之德望」，應該不誤。值得注意的是，《郭注》在「君之德」上加了一個「道」字。原來單以「君之德」一語來看，其重點是在「德」字上，「德」字爲名詞。則「顒顒卬卬」應該是一個形容詞，用來形容「人君的德性」。

其次，可論被釋詞的意義。由「顒顒卬卬」的單字義或許也能對了解「君之德」的訓釋有所助益。以下以《說文》及《段注》爲依據來探討「顒」、「卬」二字的意義，先考察「顒」字。

《說文》：「顒，大頭也。……《詩》曰：『其大有顒。』」

《段注》：「引伸之凡大皆有是偁。〈小雅‧六月〉：『其大有顒』，《傳》曰：『顒，大皃。』〈大雅‧卷阿‧傳〉曰：『顒顒，溫皃；卬卬，盛皃。』〈釋訓〉曰：『顒顒卬卬，君之德也。』又其引伸之義也。」

（頁 422）

依據《說文》的解釋，「顒」字的本義為「大頭」，引《詩》「其大有顒」的用例為證。段氏亦以「大頭」為本義，則「大」、「盛」為引申之義。由此組成單字「顒」字的本義來看，說「大」或「盛」為「大頭」的引申之義應是無庸置疑的。因此，段氏說「顒顒卬卬，君之德」為引申之義。而「盛大貌」正是「君之德」的形容。

至於「卬」字，《說文》云：「卬，望也。欲有所庶及也。……《詩》曰：『高山卬止。』」《段注》則云：

> 「卬」與「仰」義別，「仰」訓舉，「卬」訓望。今則仰行而卬廢，且多改卬為仰矣。〈小雅‧車牽〉曰：「高山卬止」，《箋》云：「卬慕。」〈過秦論〉：「常以十倍之地，百萬之眾，卬關而攻秦。」俗本作「叩」、作「仰」，皆字誤聲誤耳。……《廣雅》：「仰，恃也。」「仰」亦「卬」之誤。《大雅‧傳》曰：「顒顒卬卬，盛兒」，引伸之義也。〈釋詁〉、《毛傳》皆曰：「卬，我也。」語言之叚借也。（頁 389）

若按《說文》的解釋及《詩經》的用例來看，「卬」字應為「望」、「仰望」、「仰慕」之義，人所仰望、仰慕的，當然是盛大、高峻的人或物。

據邢、邵等人的說法，此條所釋的「顒顒卬卬」乃是《詩‧大雅‧卷阿》六章的「顒顒卬卬」。六章原文為「顒顒卬卬，如圭如璋，令聞令望。豈弟君子，四方為綱。」《毛傳》對此章只解了「顒顒卬卬」為「溫貌」與「盛貌」。《鄭箋》則申述毛說云：「王有賢臣與之以禮義相切瑳，體貌則顒顒然敬順，志氣則卬卬然高朗，如玉之圭璋也。人聞之則有善聲譽，人望之則有善威儀。德行相副。」經由鄭氏的進一步的疏解，「顒顒卬卬」一語有了更詳細的解釋，即「體貌敬順、志氣高朗」。而無論「顒顒卬卬」是「溫、盛」或「敬順、高朗」，都與前述的解釋如「大」、「高」等類似，雖可用於描寫人君之德性，但並不等於「人君之德性」，所以只能說是「君德」的形容而已。換言之，就解釋詞義的立場來說，「顒顒卬卬」並不能解為「君之德」，「君之德」並不是在解釋「顒顒卬卬」一語的詞義。這大約就是邵氏說的「不釋《詩》文」。

從另一個角度來看，「君之德」既不是在解釋《詩》文，是否如邵氏所言乃「徑訓詩興喻之義」呢？首先檢討一下邵氏所謂的「興喻」是什麼意思。邵氏對於所謂「興喻」一語並未特別加以定義，但《邵疏》在「顒顒卬卬」以下數條，曾屢次使用「興喻」一詞。如「丁丁嚶嚶，相切直也」下說：「〈小

雅‧伐木〉云：『伐木丁丁，鳥鳴嚶嚶。』興喻之義在朋友之相切正也。」（卷五〇七，頁 9）在「噰噰喈喈，民協服也」下也說：「〈釋詁〉云：『噰噰，和也。』皆釋字義，此又言興喻之義也。」（頁 9）在「哀哀悽悽，懷報德也」下又說：「〈小雅‧杕杜〉云：『其葉萋萋』，下云：『憂我父母』，興喻之義與《蓼莪》同。故皆爲懷抱德也。」（頁 10）而在「晏晏旦旦，悔爽忒也」至「謔謔謞謞，崇讒忒也」條下對「興喻之義」有較詳細的說明：

> 上文興喻之義有祇取諸物者，如丁丁嚶嚶、離離喈喈是也；有言人
> 兼及於物者，如哀哀與萋萋連舉，儵儵與嘽嘽連舉是也。以下惟舉
> 人之情狀言之。（頁 11）

可見邵氏此處所說的「興喻之義」，與一般的理解相差不大，「興喻之義」指的是這些疊字所從出的《詩經》的句義。且這種意義並不是詩文字面上的意義，而是經由比喻或引申、聯想而產生的言外之意。換言之，〈釋訓〉篇此一部份的被釋詞雖然是疊字，但實際上的訓釋對象並不是疊字本身。而是以疊字所形容的人、事、物作爲比喻或聯想、象徵的媒介，進而產生的其他字面意義以外的意義。因此，扼要的說就是該疊字所從出的《詩經》章句的比喻或象徵意義。這就牽涉到「顒顒卬卬」是否解釋《詩》句之義的問題。

「顒顒卬卬」的字面意義與「君之德」的意義事實上是無關的；而「顒顒卬卬」所在的篇章爲《詩‧大雅‧卷阿》第六章的「顒顒卬卬，如圭如璋，令聞令望。豈弟君子，四方爲綱。」因此，問題的關鍵最後就在於「君之德」與此章的詩句之義的關係如何。透過前引《鄭箋》的解釋，可以大略知道此章的章義，即指人君若能得到賢臣以禮義共同切磋，就可使自己的品德高尚如玉，內則志氣高朗，外則體貌敬順。因此，則能有美好的聲望，德行相合。這也就是《孔疏》所說的：

> 王者若得賢人與之以禮義相切磋，則能令王體貌顒顒然，溫和而敬
> 順；志氣卬卬然，充滿而高朗。以玉之成器如圭然如璋然。有善聲
> 譽爲人所聞知，有善威儀爲人所觀望。非徒有益於王，此樂易之君
> 子能與天下四方爲綱紀，王何得不求之乎？（頁 628）

因此，「君之德」的訓釋即可說是針對此句所作的解釋，「顒顒卬卬」即是「君之德」的具體表現。〔註5〕「君之德」即是在解釋「顒顒卬卬」所從出

〔註 5〕對此章的章義的理解可能還有些問題，如此處的「顒顒卬卬」可能指「人君」的德行，也可能指後文的「豈弟君子」的德行。《孔疏》的說法似乎即徘徊在

的詩句之義。

　　按邵、郝等人的說法，〈釋訓〉篇第二部份諸條，被釋詞雖爲疊字，但乃是以疊字作爲關鍵或媒介，以說明《詩》句的句義。在第三節中，將以其他非「雙組重疊」諸條爲例，對此一論點加以印證。

　　透過前文對「噰噰喈喈」及「顒顒卬卬」二語的分析可以看出，在《詩經》中雖用在同一句中，但「噰噰喈喈」有分用爲兩疊字的情況，「顒顒卬卬」雖然在《詩經》中未曾分用爲兩個疊字，但兩個疊字仍可分別解釋。假如能不能分用或分釋是判斷是否爲「雙組重疊」的基本標準，則「噰噰喈喈」及「顒顒卬卬」嚴格說來都不能算是「雙組重疊」。由此可見，單憑表面的結構，是很難判別「雙組重疊」和「單組重疊」的。

第二節　雙組重疊的特殊結構

　　前一節討論「噰噰喈喈」等二例，認爲是否可分釋或分用爲判斷「雙組重疊」的標準。由此二標準而言，不可分釋亦不可分用即爲「雙組重疊」，「子子孫孫」似乎是最標準的範例。然而，在衡量「噰噰喈喈」及「顒顒卬卬」能否分用或分釋時，是就其中所包含的兩個疊字，即「噰噰」和「喈喈」、「顒顒」和「卬卬」，來進行檢討。這其實已隱然設定了「雙組重疊」的來源是兩個「單組重疊」。「子子孫孫」中的兩個疊字是不能分用或分釋的，可是原因卻不見得是「子子」和「孫孫」不能分用或分釋，而可能因爲它的來源是「子孫」，而不是「子子」和「孫孫」。那麼，以「子子孫孫」爲「雙組重疊」的範例，「雙組重疊」的結構就比較特殊了。爲了進一步說明這問題，先討論「子子孫孫」一條，並列諸家的疏解如下：

　　（一）《郭注》：「世世昌盛長無窮。」

　　（二）《邢疏》：「子子孫孫，〈小雅・楚茨〉文也。引無極也者，作者所以
　　　　　釋之也。舍人曰：『子孫長行美道引無極也。』郭云：『世世昌盛長

　　　兩者之間，前言君王後言君子。陳奐《詩毛氏傳疏》從前後章節的比較，以
　爲此章的「顒顒卬卬」應指「君子」而言。他說：
　　　　「《傳》於上章『馮翼』爲君子之德，不爲『君德』，則此章『顒顒卬卬』
　　　亦爲君子之德，不爲君德，顯然明白。」（頁735）
　　　陳說固然頗有道理，但本文主要是在討論「君之德」的訓釋與《詩經》篇章
　的關係，而不完全在研究此章應作何解最爲正確。因此，只要「君之德」的
　訓釋可能成立即可。

無窮。』」（頁 57）

    （三）《邵疏》：「〈小雅·楚茨〉云：『子子孫孫。』……此釋其義也。《詩
        疏》引舍人云：『子孫長行美道引無極也。』古彝鼎銘多作『子子
        孫孫永用寶』，皆欲其昌盛無窮也。」（卷五〇七，頁 9）

    （四）《郝疏》：「引者，〈釋詁〉云：『長也。』《詩·楚茨·箋》：『願子孫
        勿廢而長行之。』《正義》引舍人曰：『子孫長行美道引無極也。』」
        （卷上三，頁 18）

四人之疏解幾乎沒有什麼差別，都認為這條訓釋是針對〈小雅·谷風·楚茨〉
篇的「子孫孫孫」句而言。就舍人注來看，所謂的「子子孫孫」應該即是「子
孫」一詞的疊用。而「子孫」一詞，一般而言即指「後代子孫」，似乎也不會
產生什麼歧義。就訓詁的角度來說，「子孫」是一個很常見的詞語，照理說也
不需要特別加以解釋。如在《詩經》中即有一些「子孫」的用例，如〈周南·
螽斯〉篇的「宜爾子孫」句，《毛傳》及《鄭箋》都未解。而事實上，前述四
人也未解「子子孫孫」一詞是何義，大約也是因為不需要再解。因此可以說，
在被釋詞的詞義方面，大概不會有什麼爭論。

    在解釋詞方面，依「明明、斤斤」一類的訓釋，〈釋訓〉篇如果真的要訓釋
「子子孫孫」，或許可以釋為「後代」或「後裔」；但〈釋訓〉不此之圖，卻釋
為「引無極」。因此，前述四人在解釋詞無需解的情況下，只解了「引無極」三
字。但「引無極」三字中的「無極」二字，也不太會有疑義。所以最後加以解
釋的只有「引」一字，而用的都是〈釋詁〉篇的「引，長也」的訓釋。

    單以「引無極」三字而論，「引」若解為「長」，則三字的意思應是「延
長至無窮無盡」。這個意思本應與作「後代」解的「子子孫孫」無直接關聯，
但〈釋訓〉卻以此為釋。其原因可能就在於〈釋訓〉篇的「子子孫孫」事實
上是在解〈小雅·楚茨〉篇的「子子孫孫」句。此句的上下文脈是「子子孫
孫，勿替引之」，依舍人注及《鄭箋》的說法，「引」亦解為「長」，《孔疏》
亦云：「願君之子孫世世勿廢而長行之，欲使長行此禮，常得福祿。」在此一
文脈中，「引無極」一語即可用來指後代子孫綿延久遠，無窮無盡。

    然而，無論是「長至無窮無盡」或「長行美道」，就文義來看，大約是對
「子子孫孫」即後代子孫的期望，只能作為補充「子子孫孫」一詞的敘述，
而不是對「子子孫孫」一詞的解釋。換言之，「引無極」一語可能與「子子孫
孫」一詞的意思相關，但不是「子子孫孫」的解釋，「子子孫孫」的詞義只有

「後代子孫」的意思。由此可見，「引無極」的解釋，乃以「子子孫孫」一語爲核心，解釋「子子孫孫，勿替引之」整句的含義。這與「嘖嘖喈喈」等二例的解釋性質是一樣的。

　　另一方面，從「雙組重疊」與「單組重疊」的區分來說，「子子孫孫」在《詩經》中並沒有單用爲「子子」或「孫孫」的，似乎不能分釋爲「子子」或「孫孫」。然而，王筠在《毛詩重言》卷下「子子孫孫」項下云：

> 《積古齋鼎彝銘》云「子子孫孫」者、云「子孫」者皆不可勝紀，
> 云「孫子」者凡三見。云「孫孫子子」者，〈王伯彝〉、〈楕妃彝〉是
> 也。云「子孫孫」者，〈萬壽鼎〉以下凡四見。云「子子孫」者，〈茲
> 太子鼎〉以下凡十見。但云「子」者，〈楚公鐘〉是也。云「孫孫」
> 者，〈楚良臣余義鐘〉是也。〈乃兮仲敦〉蓋銘云「孫孫」，器銘又曰
> 「子子孫孫」。……是知諸器異文，其義一也。（頁 13）

則可知雖無作「子子」者，但有作「孫孫」者，然較「子子孫孫」或「子孫」之構詞少得多。既然沒有作「子子」者，那麼「子子孫孫」當然不會是「子子」和「孫孫」組合而成的，但這並不表示這個詞語就是原始的、不可分割的。因爲「子子孫孫」可能是「子孫」的疊用，李雲光先生在《毛詩重言通釋》「子子」條下說：

> 「子子孫孫」爲「子孫」一詞長言之，衍爲重言者也。有子孫延續
> 無窮之意。（頁 6）

假如「子子孫孫」是「子孫」重疊而來，因而不能分用或分釋，那麼，分用和分釋就不能用作判別「雙組重疊」的標準了。有關的問題，透過下文對「委委佗佗」一語的討論，可以說明得較爲清楚。《爾雅·釋訓》云：「委委佗佗，美也。」四家注疏如下：

（一）《郭注》：「皆佳麗美豔之貌。」

（二）《邢疏》：「李巡曰：『委委佗佗，皆寬容之美也。』孫炎曰：『委委，
　　　　行之美；佗佗，長之美。』《詩·鄘風·君子偕老》云：『委委佗佗』，
　　　　《毛傳》云：『委委者，行可委曲從迹也。佗佗者，德平易也。』
　　　　是皆佳麗美艷之貌。」（頁 55）

（三）《邵疏》：「《釋文》云：『委，諸儒本竝作禕。舍人引《詩》釋云：
　　　　禕禕它它，如山如河。禕禕者，心之美。』舍人所引，〈鄘風·君
　　　　子偕老〉文。今本作『委委佗佗』。案：委蛇，《韓詩》作『禕隋』，

見〈衛尉衡方碑〉。舍人以『委』作『禕』，本於《韓詩》。」（卷五
○七，頁3至4）

又：「《詩疏》引李巡云：『皆容之美也。孫炎云：委委，行之美；
佗佗，長之美。』《郭註》與李、孫義同。《毛傳》云：『委委者，
行可委曲縱迹也。佗佗者，德平易也。』《詩釋文》引《韓詩》云：
『德之美貌』，與《郭註》義相成也。」（頁4）

（四）《郝疏》：「委者，《釋文》云：『諸儒本竝作禕，於宜反。舍人云：禕
禕者，心之美。』今按『禕』從衣，非。舍人蓋本〈釋詁〉『禕，美』
而爲說也。《釋文》又云：『佗本或作它字，音徒河反。顧舍人引詩
釋云：禕禕它它，如山如河。謝羊兒反。』《詩·正義》引李巡曰：
『委委佗佗，寬容之美也。【《邢疏》引寬作皆。】孫炎曰：委委，
行之美；佗佗，長之美。』《釋文》引《韓詩》云：『德之美貌。』
按：《毛傳》云：『委委者，行可委曲縱迹也。佗佗者，德平易也。』
是韓毛竝言德美，其義同。諸家則言貌美，與韓毛異。《隸釋·八載
衛尉衡方碑》云：『禕隋在公』，『禕隋』即『委佗』之聲借。《爾雅》
謝嶠：『佗，羊兒反』，則讀如移。《詩》『委蛇委蛇』，《釋文》引《韓
詩》作『逶迤』。《毛傳》『委蛇，行可從迹也』與〈君子偕老·傳〉
『行可委曲縱迹』義同。《說文》：『逶迆，衺去之皃。』是《韓詩》
之『逶迆』即『委蛇』。〈羔羊〉之『委蛇』又即『委佗』，『佗』亦
『它』之聲借。〈衡方碑〉之『禕隋』亦聲借也。『蛇』即『它』之
或體，『它』有曲長之義，故《毛傳》以委爲曲，孫炎以佗爲長，古
讀佗、迆、蛇俱同聲故同訓。」（卷上之三，頁6至7）

試比較四人的疏解，《郝疏》除了採取以上諸人所提出的資料與解釋外，還從
音義關係的角度來處理此條，是前三人所未及的。《郝疏》對「委委佗佗」的
處理，除了引用《爾雅·釋詁》的「畯畯……禕，美也」條的訓解外，還涉
及對《詩經》中〈召南·羔羊〉「委蛇委蛇」及〈鄘風·君子偕老〉「委委佗
佗」兩句的理解。是以《郝疏》提到的問題，概括而言有兩點：〈釋訓〉的「委
委佗佗」與〈釋詁〉同訓爲美的「禕」的關係。〈召南·羔羊〉「委蛇委蛇」
及〈鄘風·君子偕老〉「委委佗佗」的關係。

第一個問題，似乎也就是前文討論過的「單疊同訓」的「重語」。對此問
題的討論即牽涉到「委委佗佗」是否可分釋爲兩個詞語。《郝疏》在〈釋詁〉

「旺旺……禕，美也」條下亦曾云：

> 禕者，《玉篇》云：「於宜切，美貌。又歎辭。」《文選・東京賦》云：
> 「漢帝之德，侯其禕而。」薛綜注：「禕，美也。」通作委。……「禕」、
> 「禕」竝與「委」通。……又通作「徽」……「禕」、「猗」聲義同。
> 《禮・大學・注》：「猗猗，喻美盛。」然則「猗猗」又即「禕禕」
> 矣。（卷上之一，頁 59）

郝氏引《釋文》所載的異文，認為「禕」、「禕」並與「委」通，而與「禕」
音相近的字，如「徽」字都有「美」義。從這個角度來看，「委委」與「禕」
同訓，是以也應視為「單疊同訓」的「重語」。

王引之的看法略有差異，他在《經義述聞》「禕，美也」條下說：

> 〈釋訓〉曰：「委委佗佗，美也。」《釋文》：「委委，於危反。《詩》
> 云：『委委佗佗。』」是也。「諸儒本竝作『禕』，於宜反。舍人云：『禕
> 禕者，心之美。』引《詩》亦作『禕』。」是「禕」字重言之，亦
> 為美也。【今本《釋文》「禕」作「禕」。非。禕，於宜切。美也。字
> 從示。禕，許韋切，后祭服也。字從衣。】舍人引《詩》作「禕」
> 蓋本於三家。（《經義述聞》卷二十六，頁 18）

王氏基本上也認為「委委」是「禕」的重語，都解為「美」。但從衣的「禕」
字解為「后祭服」，從示的「禕」字才解為「美」，兩字的音、義皆不相同。
郝、王二人徵引相近的例證，但對「禕」、「禕」二字的關係及訓釋則有不完
全相同的看法。然而，無論如何，他們大抵都同意「禕」音有美義，則「委
委」一詞也就有美義，說「委委」是郝氏所謂的「重語」應該是正確的。而
由此看來，「委委佗佗」條的「委委」一詞即可訓釋為「美」，不論「佗佗」
何訓，則「委委」是可以單用、單釋的。

以下將藉著《詩經》「委委佗佗」及「委蛇委蛇」句的訓釋來進一步探討
「委委佗佗」是否可分釋為「委委」、「佗佗」二詞，而此二詞的組成單字合
成「委佗」一詞應作何解釋。雖然《郝疏》已引用了《毛傳》的說法，但此
處仍條列出《詩經》原文及《毛傳》對二句的解釋以醒眉目。

（一）〈鄘風・君子偕老〉：「委委佗佗，如山如河。」
　　　《毛傳》：「委委者，行可委曲蹤迹也。佗佗者，德平易也。」（頁
　　　111）

（二）〈召南・羔羊〉：「退食自公，委蛇委蛇。」

《毛傳》:「委蛇,行可從跡也。」

《鄭箋》:「委蛇,委曲自得之貌。」(頁 57)

《毛傳》、《鄭箋》對「委委」與「委蛇」二詞的訓釋相似,是以《郝疏》認爲二者義同。依《毛傳》的解釋,則〈君子偕老〉篇的「委委佗佗」一句顯然可分釋爲「委委」、「佗佗」二詞。較特殊的是「佗佗」一詞,《毛傳》解爲「德平易」,與「委委」或「委蛇」的意義似乎較無關係。因爲「行可委曲蹤迹」或「行可從跡」應指外在行爲,而「德平易」似乎是指內在的修養。姑且不論內在或外在的分別,單就《爾雅》而言,〈釋訓〉是將二詞釋爲「美」,則無論是「行可委曲蹤迹」或「德平易」似乎都與「美」無涉。《孔疏》對此有所說明:

> 〈釋訓〉云:「委委佗佗,美也。」李巡曰:「皆容之美也。」孫炎曰:「委委,行之美;佗佗,長之美。」郭璞曰:「皆佳麗美豔之貌。」
>
> 《傳》意陳善以駁宣姜,則以爲內實有德,其言行可委曲,德平易。
>
> 李巡與孫炎略同。則委委、佗佗皆行步之美。(頁 111)

就《詩經》原文而言,《毛傳》解爲「德平易」,似乎不見得正確。原文作「君子偕老,副笄六珈。委委佗佗,如山如河,象服是宜。子之不淑,云如之何。」《鄭箋》云:

> 子乃服飾如是而爲不善之行,於禮當如之何,深疾之。(頁 111)

則此處的「委委佗佗」指的只是外表的美,並不是「德平易」或「德美」。但「委委佗佗」若依《鄭箋》所釋則作「服飾美」而作「美」解,仍可成立。

以下再從「委委佗佗」與「委蛇委蛇」與「委佗」(或「委蛇」)間的關係來探討這個問題。這可由下列對二詩校勘的問題的爭論上表現出來。《經典釋文》在《召南·羔羊》篇「蛇」字下說:

> 本又作「蛇」,同。音移。……鄭云:「委曲自得之貌。」讀此句當云:「委蛇委蛇。」沈讀作「委委蛇蛇。」(冊上,頁 216)

〈羔羊〉篇原作「委蛇委蛇」,沈氏誤讀作「委委蛇蛇」,陸氏辨之,自無足怪。值得注意的是,孔廣森《經學卮言》「委蛇委蛇」條下云:

> 《釋文》云:「沈讀作委委蛇蛇。」按:古書遇重讀者,每於各字下疊小二,〈石鼓文〉「君子員獵員獵員斿」即書作「君子員二獵二員斿」。《宋書·樂志》載諸樂府辭皆如是。若〈秋胡行〉云:「願二登二泰二華二山二神二人二共二遨二遊二」,乃重讀「願登泰華山,神人共遨

遊」二句也。此詩舊本似亦作委二蛇二，故沈重誤讀耳。【晉人作頓
首頓首，亦頓下首下各疊之。】《後漢‧任光等傳‧贊》：「委佗還旅」，
「佗」與「蛇」形異聲同。抑或〈鄘風〉「委委佗佗」，別本又有作
「委佗委佗」者，而范史用之與？（《皇清經解》卷七一三，頁 1）

孔廣森注意到古書傳鈔的一個特殊現象，即詞句重覆時，就用一個「二」來代
表。因此，沈氏之所以將〈羔羊〉的「委蛇委蛇」讀作「委委蛇蛇」即因不
明此種現象。而由此種現象類推之，〈君子偕老〉篇的「委委佗佗」，也可能
是前人誤讀的結果，原應作「委佗委佗」。今人于省吾先生即持這種看法，而
且舉了更多《詩經》中的例子來證明。他在《澤螺居詩經新證》「委委佗佗」
條下說：

按「委委佗佗」應讀作「委佗委佗」，即〈羔羊〉之「委蛇委蛇」。
委佗，古人諄語。金文、石鼓文及古鈔本周秦載籍，凡遇重文不復
書，皆作二以代之。如敦煌寫本〈毛詩‧六月〉「既成我服，我服既
成」，作「既成我二服二既成」。又「四牡既佶，既佶且閑」，作「四
牡既二佶二且閑」。〈中谷有蓷〉「嘅其歎矣，嘅其歎矣」，作「嘅二其
二歎二矣」……〈式微〉「式微式微」，作「式二微二」。〈揚之水〉「懷
哉懷哉」，作「懷二哉二」。……此例不勝枚舉。〈羔羊〉「委蛇委蛇」，
作「委二蛇二」。此篇「委委佗佗」，作「委二佗二」，然則一讀「委
蛇委蛇」，一讀「委委佗佗」，自《毛傳》已如此，沿譌久矣。又〈羔
羊〉釋文「沈讀作委委虵虵」，亦猶此篇今作「委委佗佗」矣。（卷
上，頁 13）

依于氏所舉的例證來看，此種古書傳鈔的現象確實存在。除于氏所舉例證外，
《詩‧邶風‧簡兮》的首章「簡兮簡兮」，《阜陽漢簡》所載異文作「閒二旖二」，
正釋讀為「閒旖閒旖」；〈邶風‧靜女〉的「貽我彤管，彤管有煒」，《阜陽漢
簡》作「我□二筦二有諱」，亦應釋讀為「貽我□筦，□筦有諱」。（《阜陽漢簡
詩經釋文》，俱見胡平生、韓自強編著《阜陽漢簡詩經研究》頁 6）而〈羔羊〉
二章「委蛇委蛇，自公退食」一句的殘簡，正作「蛇二自公□」（同上，頁 3）。
然而，從《阜陽漢簡》來看，所有的疊字都用「二」號，甚至不是疊字而是同
一個字連用的，如〈衛風‧氓〉第六章「及爾偕老，老使我怨」，也寫成「及
爾偕老二使我怨」。那麼，「委二蛇二」的寫法就可能是「委委蛇蛇」，也可能是
「委蛇委蛇」。所以胡平生在《阜陽漢簡詩經研究》一文中就認為：

綜觀《詩經》疊字（重言詞），其作爲形容詞者（即所謂「重言形況
詞」），一般都不作「委蛇委蛇」的形式而多爲「委委佗佗」的形式。
如「顯顯印印」……「實實枚枚」。以此例之，則「委二蛇二」讀爲「委
委佗佗」順理成章。另一例證據是古文獻中又有「委委」與「佗佗」
單用之實例。《靈樞經・陰陽二十五人篇》：「足厥陰佗佗然。」〈通天
篇〉：「陰陽和平之人，其狀委委然。」故就音義、形式而言，「委委
佗佗」並不存在問題。然則「委委佗佗」並不排斥「委蛇委蛇」。蓋
「委蛇」一詞爲疊韻聯緜詞，情形特殊。……若以《詩經》「重言形
況詞」一般規則衡量，亦非允當。總之，根據現存資料，尚無法證明
「委委佗佗」是古人誤讀；從《毛詩》二者並存的情形看，應認爲「委
委佗佗」、「委蛇委蛇」兩讀皆可。（同上，頁41至42）

　　以上的種種可能對於判斷「委委佗佗」是否「雙組重疊」是大有影響的。
假如「委委佗佗」是「委蛇委蛇」的誤讀，就不是「雙組重疊」。假如不是誤
讀，就得檢討「委委」、「佗佗」是否可以分用、分釋。依《毛傳》以及上引
《靈樞經》的用例，這兩個疊字都可以分用、分釋，那麼「委委佗佗」就與
「顯顯印印」相似，皆不應歸於「雙組重疊」。但假如與「子子孫孫」之源於
「子孫」相類，「委委佗佗」乃源於「委蛇」而不是「委委」、「佗佗」，那就
有重新檢討的必要了。從上引《毛傳》對「委委佗佗」和《鄭箋》對「委蛇」
的釋義來看，這兩個詞語之間的關係是相當明顯的。以下先從「委佗」的意
義開始。

　　王筠《說文釋例》卷六「迤」字下云：

它、蛇本一字，倭與佗，蓋即委與它。但加人旁耳。……《廣韻》
有「蜲蛇」，因蛇從虫而加虫作蜲……【〈舞賦・注〉引《說文》曰：
「蜲蛇，邪行去也。」案所引蓋即迤迆。說解以賦云蜲蛇，故以蜲
蛇易迤迆。虫部無蜲字。】……委蛇，疊韻形容字也。凡形容之詞，
例皆借用無專字。（《說文詁林》，冊三，頁91至92）

王氏以「委蛇」爲「疊韻形容字」，及「凡形容之詞，例皆借用無專字」的說
法，能有效說明「委蛇」作爲「連綿字」在形態及聲音上的特色。

　　而在「委佗」的詞義方面，郝氏所引的《韓詩》及《說文》，一解爲「公
正貌」，一解爲「衺去之貌」，「正」與「衺」似乎正好相反。而「委佗」一詞
至此最少可有兩種不太相同的意義。若再加《爾雅》的「美」義，則有三種

解釋。那麼，這三種意義之間是什麼關係呢？其中有一個正確的意義嗎？針對這個問題，馬瑞辰在《毛詩傳箋通釋》中有相當詳細的舉證及說明，〔註6〕他說：

> 委蛇委蛇，《傳》：「委蛇，行可從跡也。」《箋》云：「委蛇，委曲自得之貌。」瑞辰按：委蛇二字疊韻。毛公以爲行有常度，故云行可從跡，從跡即蹤跡也。徐行者必紆曲，〈君子偕老〉詩，《傳》：「委委者，行可委曲從跡也。」義與此《傳》合。故《箋》申之以「委曲自得之貌」。（頁28）

《鄭箋》所謂「委曲自得之貌」與《爾雅》之所謂「美」，意義是相通的。而無論把這種釋義放到〈羔羊〉或〈君子偕老〉的上下文裡，都怡然理順。因此，「委委佗佗」源於「委蛇」的可能性是相當高的。如果「委委佗佗」源於「委蛇」，並以「委蛇」之義爲其意義核心，那麼，加上「子子孫孫」的情況，則這些所謂「雙組重疊」，就不是兩個疊字的重疊，而是一個單純複音詞或連綿字如「委蛇」的重疊，或是一個合成複音詞如「子孫」的重疊。

　　根據上文的分析，《爾雅》中五個被認爲是「雙組重疊」的詞語，實在都很難算成「雙組重疊」。但由於《爾雅》書中這種詞例只有五個，與《詩經》中共有二十四個的數量比較起來仍算少數。所以單據《爾雅》五例的檢討，並未能斷然否定「雙組重疊」的存在。這個問題，由於已超出《爾雅》的範圍，比較全面的檢討，仍有待其他進一步的研究。

第三節　〈釋訓〉篇單組重疊詞的釋義與釋意

　　〈釋訓〉4篇的第二部分雖然包含一些特殊的「雙組重疊」的詞語，其實爲數不多，只有寥寥幾條。這部分中佔大多數的是單組重疊的疊字，在十六

〔註6〕 清人吳善述《說文廣義校訂》云：
> 《後漢書·注》「委隨猶順從也。」許書倭訓「順貌」，亦委隨之意……委隨則柔靡、宛轉、屈曲。……逶佗即委佗，逶夷即委蛇，其別數十，不必強分。（轉引自《說文解字詁林》冊十，頁119至120）

劉師培先生《左盦外集·駢詞無定字釋例》亦云：
> 凡物之柔靡者必脆弱，脆弱則必欹傾……猗字緩讀之音則爲逶迤，逶迤即委蛇，爲邪行之形，《舞賦》「蜲蛇姌嫋」、《廣絕交論》「言匍匐逶迤」，咸即逶迤之異文。且蜲蛇諸詞均表斜施之象。（《劉申叔先生遺書》冊三，頁1695）

條中有十二條之多。

由前一節的討論可以知道,在這部分中的諸條乃是釋《詩》句的句義,而非疊字的詞義。上一節所處理的雙組重疊的例子,基本上都出現於同一詩篇的同一句子中。這部分的疊字雖列在同一條中,但不是同一詩句中連用的兩個疊字。同條中的疊字,有些是根本來自不同的詩篇,只是〈釋訓〉用同樣的解釋詞來解釋;有些雖來自相同的詩篇,但出現在不同的章節中;有些則出現同篇同章同句之中。據此,可以將此十二條訓釋依其解釋的二疊字彼此的關係,作一歸納:

一、異 篇

宴宴、粲粲,尼居息也。(〈小雅·北山〉、〈小雅·大東〉)

哀哀、悽悽,懷報德也。(〈小雅·蓼莪〉、〈小雅·杕杜〉)

儵儵、嘒嘒,罹禍毒也。(〈小雅·十月之交〉、〈小雅·小弁〉)

皋皋、琄琄,刺素食也。(〈大雅·召旻〉、〈小雅·大東〉)

懂懂、慆慆,憂無告也。(〈大雅·板〉、〈王風·黍離〉)

速速、蹙蹙,惟逑鞫也。(〈小雅·正月〉、〈小雅·節南山〉)

二、同 篇

(一)異章:

藹藹、萋萋,臣盡力也。(〈大雅·卷阿〉)

佻佻、契契,愈遐急也。(〈小雅·大東〉)

(二)同章:

丁丁、嚶嚶,相切直也。(〈小雅·伐木〉)

晏晏、旦旦,悔爽忒也。(〈衛風·氓〉)

憲憲、洩洩,制法則也。(〈大雅·板〉)

謔謔、謞謞,崇讒慝也。(〈大雅·板〉)

下文將自上述三類中各選取一條加以討論。首先以「懂懂、慆慆,憂無告也」條為例,討論數量最多的、來自不同篇章的疊字的條目。此條在訓釋內容上其實與其他同類之多條無別,但由此條的討論中將可顯示句義與組成句子的疊字之義的關係。先依例列出諸家注疏,再作討論。

(一)《郭注》:「賢者憂懼無所訴也。」

（二）《邢疏》：「謂賢者憂懼無所告訴也。〈大雅・板〉篇云：『老夫灌灌』，《毛傳》云：『灌灌猶款款也。』《鄭箋》云：『老夫諫女款款然。』〈王風〉云：『中心搖搖。』《毛傳》云：『搖搖，憂無所愬。』懽、灌，愮、搖音義同。（頁58）

（三）《邵疏》：「〈大雅・板〉云：『老夫灌灌』，《毛傳》『灌灌猶款款也。』《鄭箋》『老夫諫女款款然。』《王風・黍離》云：『中心搖搖。』，《毛傳》：『搖搖，憂無所愬。』《說文》引《爾雅》灌或作懽。愮、搖音義同。（卷五〇七，頁10）

（四）《郝疏》：「《說文》『懽』字下引《爾雅》曰：『懽懽、愮愮，憂無告也。』《玉篇》、《廣韻》『悹』字下云：『悹悹，憂無告也。』是悹、懽音義同。……《爾雅》釋文『灌，本或作懽。』今從宋本作懽，與《說文》合也。愮者，《玉篇》云：『憂也。』引《詩》曰：『憂心愮愮。』通作『搖』。《釋文》愮本又作搖。《詩・黍離・傳》『搖搖，憂無所愬。』又通作遙。《釋文》『搖』，樊本作『遙』。《詩・雄雉》云：『悠悠我思』，《說苑・辨物》篇作『遙遙我思』。〈釋詁〉云：『繇，憂也。』繇、愮音義同。遙、悠聲又近。悠悠亦憂也。又通作佻，《釋文》與愮同。」（卷上之三，頁21）

　　四家注疏中仍以《郝疏》最詳，《邢疏》及《邵疏》之疏解已收納於《郝疏》。下文的討論即以《郝疏》爲主。郝氏依其處理疊字的慣例，首先引用《說文》或其他字書對疊字之組成單字的本義的解釋。對於「愮愮」的詞義，《郝疏》也是採用這樣的處理方式。《郝疏》首先引用了《玉篇》爲證。《玉篇》卷第八〈心部第八十七〉云：

　　　愮，憂也。《詩》曰「憂心愮愮」。（《玉篇校釋》，頁1618）

似乎「愮」的本義就是「憂」，而「憂心愮愮」的「愮愮」的意義也是「憂」。「愮愮」一詞，《毛詩》作「搖搖」，三家詩作「愮愮」。「愮愮」出現在《詩・王風・黍離》第一章，原文如下：

　　彼黍離離，彼稷之苗。行邁靡靡，中心搖搖。知我者，謂我心憂；
　　不知我者，謂我何求。悠悠蒼天，此何人哉！

《詩序》釋此詩云：

　　〈黍離〉，閔宗周也。周大夫行役至于宗周，過故宗廟宮室，盡爲禾黍。閔周室之顛覆，彷徨不忍去，而作是詩也。（頁147）

就原詩文脈及《詩序》對詩意的說明而論，此「慅慅」解爲「憂」，是文從理順，沒有疑義的。那麼，單從「慅慅」一詞來看，「憂無告」到底是解釋詞義，還是解釋《詩經》的章句之義，就不易確定了。

「慅慅」與「憂無告」的意義相通相近，但本條中的另一個疊字「懽懽」的意義卻與「憂無告」不同甚至相反，則正提供一條較佳的線索，讓我們探討「憂無告」是詞義還是章句之義的解釋。

關於「懽」字之義，《說文》說：

> 懽，喜款也。《爾雅》曰：「懽懽、慅慅，憂無告也。」

《郝疏》也有引用《說文》，可是並沒有引用《說文》對「懽」字的解釋，而只說明《說文》曾引用《爾雅‧釋訓》這一條爲證。其中的緣故，大概是因爲依《說文》的釋義，則「懽」字的基本意義是「喜」，這與所謂「憂無告」所表達的顯然是兩種截然不同甚至相反的情感。《段注》自然已經覺察了這個明顯的問題。因此他在心部「懽」字下說道：

> 懽、款疊韻。款者，意有所欲也。欠部曰：「歡者，喜樂也。」懽與歡音義皆略同。〈釋訓〉文「懽懽」即〈大雅〉之「老夫灌灌」，《傳》曰：「灌灌猶款款也。」懽本訓喜款，而憂者款款然之誠，亦與喜樂之款款同其誠切。許說其本義，《爾雅》說其引申之義也。（頁 512）

《段注》的處理方式，基本上仍將「喜」義視爲本義，憂義則因喜、憂二種情緒之深切有相似之處，而由喜義引申而得。邵瑛《說文解字群經正字》亦云：

> 按懽爲喜款，是即懽心之懽。而又引〈釋訓〉以爲憂無告也，廣異義也。《說文》引經，此類多矣。（《說文解字詁林》冊八，頁 1213 引）

承培元《說文解字引經證例》又云：

> 此引《爾雅》證字之異義也。懽懽即「老夫灌灌」之「灌」。《毛傳》「猶款款也。」此云喜款而《爾雅》曰憂者，鄔君葢以懽爲矔之借也。目部「矔」：「目多精也。一曰瞋目曰矔。」《方言》「矔」，轉目顧視，此正眷眷顧視相憂之意也。（同上書，頁 1213 引）

段、邵、承三人的說法，大體上類似，都以「喜」爲懽字之本義，但對「憂」義，則或以爲引申義如段氏，或以爲假借義如承氏。但無論如何，他們都傾向於把「懽」視爲有「憂」的含義。其實，「懽」是否有「憂」義，是很成疑問的。上引四家《爾雅》的注疏都沒有解釋「懽」字的意義，更沒有斷言「懽」

字有「憂」義。它們所著重的是「憂無告」這句話的含義。從《邢疏》到《郝疏》，都認爲「憂無告」是解釋〈大雅・板〉中「老夫灌灌」的「灌灌」，即「懽懽」的異文。《大雅・生民・板》第四章說：

> 天之方虐，無然謔謔。老夫灌灌，小子蹻蹻。匪我言耄，爾用憂謔。
> 多將熇熇，不可救藥。

《毛傳》云：

> 懽懽猶款款也。

《鄭箋》亦云：

> 今王方爲酷虐之政，女無謔謔，然以讒慝助之。老夫諫女款款然自
> 謂也。（頁634）

從上下文義來看，「懽懽」或「灌灌」是「懇切深摯」的意思，亦即「款款」的意思，本身並沒有憂的含義。所以陳奐《詩毛氏傳疏》云：

> 《說文》：「懽，喜款也。款，意有所欲也。」……《楚辭》「悃悃款
> 款」，王注云：「心志純也。」今詩作「灌灌」，假借字。毛意「灌」
> 讀爲「懽」，「懽」與「款」聲同。古曰「懽懽」，今曰款款，此以今
> 語通古語也。皆是懇誠愷切之意，而與「憂無告」一訓無涉。（頁743）

就「懽懽」一詞本身來說，陳奐所謂「與『憂無告』一訓無涉」是不錯的，但就《大雅・板》的上下文義來看，「憂無告」是在說明賢者努力進諫而又恐不受重視的一片衷誠。換言之，「憂無告」不是用來解釋詞義，而是通過「懽懽」等關鍵詞，以總括整章的意義。

　　以上所說的是不同篇章的兩個疊字，由於所表達的句義相近，所以〈釋訓〉乃將二疊字合在同一條加以訓釋。如果不同篇的章句之義可因表達相同相近的意義而列爲同一條，則同一篇中的詩句，雖不在同一章中，但有可能因爲文意相承的關係，而使得章義相近，則合爲一條也應是很自然的。下文即以上列所謂同篇但不同章的「藹藹、萋萋，臣盡力也」條爲例來說明〈釋訓〉篇這一部分釋義的特色。仍先列諸家注疏。

　　（一）《郭注》：「梧桐茂，賢士眾，地極化，臣竭忠。」
　　（二）《邢疏》：「〈大雅・卷阿〉云：『藹藹王多吉士。』《鄭箋》云：『王
　　　　　之朝多善士藹藹然。』……臣竭其力則地極其化……《鄭箋》云：
　　　　　『菶菶、萋萋，喻君德盛也。……是皆臣下盡力，民人協服也。』」
　　　　（頁57至58）

（三）《邵疏》：「〈大雅‧卷阿〉云：『藹藹王多吉士』，又云：『萋萋菶菶』。……《說文》云：『藹藹，臣盡力之美。』……《毛傳》：『梧桐盛也，鳳凰鳴也。臣竭其力地極其化，天下和治則鳳凰樂德。』《鄭箋》：『菶菶萋萋，喻君德盛也。』……孫炎曰：『言眾臣竭力則地極其化，梧桐盛也。』《郭註》本《傳》《箋》為義。《說文繫傳》引《郭註》作『梧桐茂實賢士眾』。」（卷五○七，頁9至10）

（四）《郝疏》：「藹藹已見上文……此又釋興喻之義也。藹者，《說文》云：『臣盡力之美。萋，艸盛。』《文選‧籍田賦‧注》引《韓詩‧薛君章句》云：『萋萋，盛也。』《詩‧卷阿‧正義》引舍人曰：『藹藹，賢士之貌；萋萋，梧桐之貌。』孫義本《毛傳》，郭義與孫同。」
（卷上之三，頁19）

《說文》在言部「藹」字下云：「臣盡力之美。《詩》曰：『藹藹王多吉士。』」（《段注》，頁92）《說文》對「藹」字與〈釋訓〉對「藹藹」的訓釋相近但較詳，且顯然如上面所探討的諸例一樣，並非對「藹藹」一詞的解釋。在〈釋訓〉第一部分中即有一條為「藹藹、濟濟，止也。」《郝疏》說：

〈釋木〉云：「菩藹。」《郭注》：「樹實繁茂菴藹。」是藹本眾多之義，故《詩‧卷阿‧傳》：「藹藹猶濟濟也。」（卷上之三，頁5）

《廣雅‧釋訓》訓「藹藹」為「盛」，盛大、眾多之義相近。《詩‧卷阿》的「藹藹王多吉士」的「藹藹」亦應為眾多之義。陳奐《詩毛氏傳疏》即云：

王注《楚辭‧九歎》：「藹藹，盛多貌。」此云「猶濟濟」者，亦盛多之意。（頁736）

至於「萋」字，《說文》云：「艸盛。從艸，妻聲。《詩》曰：『菶菶萋萋』。」（《段注》，頁38）則「萋萋」一詞也是眾盛之義。此條的兩個疊字，屬同一篇中文義相承的兩章，從詞義來看，都可解作「眾多」，但〈釋訓〉將其合釋為「臣盡力」，顯然不是解釋詞義，而是如《郭注》所說的「梧桐茂，賢士眾，地極化，臣竭忠」，借賢士之眾多以反映臣子盡忠的情況。

同篇中文義相承的二章中的疊字可以合釋為一條，則同篇同章中的兩疊字就應合為一條。前列第三類中的「晏晏、旦旦，悔爽忒」一條，即是如此。依《邢疏》、《邵疏》及《郝疏》的說法，此條是釋〈衛風‧氓〉篇末章，原文如下：

及爾偕老，老使我怨。淇則有岸，隰則有泮。總角之宴，言笑晏晏。

信誓旦旦，不思其反。反是不思，亦已焉哉。

《詩序》釋此詩云：

> 氓，刺時也。宣公之時，禮義消亡，淫風大行，男女無別，遂相奔
> 誘；華落色衰，復相棄背；或乃因而自悔，喪其妃耦，故序其事以
> 風焉。美反正，刺淫佚也。（頁134）

朱熹《詩集傳》亦云：

> 此淫婦爲人所棄，而自敘其事以道其悔恨之意也。（頁40）

依《詩序》及朱熹的理解，這大抵是棄婦自悔之詩。而疊字所在的最後一章
「言笑晏晏，信誓旦旦」等句，則是棄婦回想當初溫柔笑語，山盟海誓，至
今只剩悔恨。因此，〈釋訓〉訓爲「悔爽忒」即就此義而言。

在〈釋訓〉篇第一部分中也有一條作「晏晏、溫溫，柔也」。即是釋疊字
「晏晏」的詞義，正可與此條釋章句之義者作一比較。《郝疏》云：

> 晏者，宴之叚借也。《說文》云：「宴，安也。」與柔同訓。通作晏。
> 晏晏猶安安也。……《詩·氓·傳》：「晏晏，和柔也。」（卷上之三，
> 頁3）

至於「旦旦」一詞的意義，《郝疏》云：

> 旦者……《說文》云：「怛，憯也。從心旦聲。」……憯痛之意，故
> 《鄭箋》言其「懇惻款誠。」（卷上之三，頁20）

則知「旦旦」者，乃是「懇切」之意。無論從「安」、「和柔」或「懇切」，實
在無法引伸出「悔爽忒」的意思來。可見「悔爽忒」一語，顯然不是解釋詞
義，而是解釋章句之義。

上文總共以三條爲例，雖然有同篇、異篇，同章、異章的分別，但正如前
文所討論的「雙組重疊」一般，〈釋訓〉在第二部分所處理的，基本上是疊字所
從出的詩篇的章句之義。這也就是徐灝在《說文解字注箋》「藹」字下說的：

> 《爾雅·釋訓》一篇，多渾舉詩詞而釋之。如云：「丁丁、嚶嚶，相
> 切直也」，乃釋詩之大旨，非以訓「丁丁、嚶嚶」也。「晏晏、旦旦，
> 悔爽忒也」，「晏晏」自屬言笑，「旦旦」自屬信誓，而「悔爽忒」亦
> 釋詩之大旨，非以訓「晏晏」、「旦旦」也。「藹藹、萋萋，臣盡力也」，
> 亦同此例。（《說文解字詁林》冊三，頁535）

〈釋訓〉篇第二部分諸例，無論是「雙組重疊」或「單組重疊」，都表現
出以下數點特色：

（一）〈釋訓〉此一部分所列的疊字，實際上只起了一種標誌的功能，其
　　　真正的訓釋對象乃在於疊字所在的章句之義，而非疊字本身的意
　　　義。

（二）由於疊字原是句子的構成分子，因此，疊字義會影響章句之義，句
　　　義對疊字之義也產生限制的作用。在彼此互相影響及制約之下，句
　　　義有時會與疊字相同或相近，如「愮愮」一詞。然而，在大部分的
　　　情況下，〈釋訓〉此部分的訓釋著重章句之義，而章句之義通常都
　　　不是疊字義所能涵蓋的，因此，二者一般是不同的，如「懂懂」等
　　　詞。

（三）就〈釋訓〉的訓詁解經功能而言，此一部分的訓釋已經脫離了詞語
　　　之義的限制。與第一部分的訓釋相較，第二部分的訓釋突顯了訓詁
　　　的實際內容，顯然不局限在詞義的解釋，而有擴展到章句之義的可
　　　能。

第四章　詞義、句義與篇義

　　在「粵夆，掣曳也」以下至〈釋訓〉篇末，依《十三經注疏》可分為三十九條，是〈釋訓〉篇以至《爾雅》中與《詩經》關係最直接的一部分。邵氏在〈釋訓〉篇題辭云：

　　　　《詩疏》云：「訓者，道也。道物之貌以告人也。〈釋訓〉道形貌也。」……
　　　　此篇先釋重語……次及連語，次引《詩》而釋之，錯舉其辭，多言
　　　　形體，兼及用物，俾諷誦者擬諸形容，得古人順敘之意。（卷五〇七，
　　　　頁1）

郝氏在〈釋訓〉篇題辭亦云：

　　　　訓者，〈釋詁〉云：「道也。」道謂言說之。……然則〈釋訓〉云者，
　　　　多形容寫貌之詞，故重文疊字累載於篇。……「抑、密」，「秩、清」
　　　　以下復取斷文零句，詮釋終篇。（卷上之三，頁1）

郝氏所謂「斷文零句」云云，即邵氏的「引詩而釋之」，也就是直接引用《詩經》原文加以訓釋的情形。俞樾〈爾雅釋詁、釋言、釋訓三篇名義說〉也說道：

　　　　至〈釋訓〉一篇所說，則直是後世箋注之祖，所以解釋經文。……
　　　　本篇所釋多重言，皆本經文，並有舉全句而釋之者。（駱鴻凱《爾雅
　　　　論略》頁60引）

今人殷孟倫先生在〈爾雅訓釋問題簡述〉一文中則說得更為清楚：

　　　　至於〈釋訓〉一篇，多半是形容擬議之詞。……「粵夆、制曳也」
　　　　以下至「蠢，不遜也」共十二條是引一些斷文來訓釋，自「如切如
　　　　磋」至「徒御不驚」共十六條是引一些詩句或斷文來訓釋……自「禮

褕，肉袒也」至「鬼之爲言歸也」共十七條，仍然是大部分掇取詩中斷文來訓釋。所說多半是指形體，兼及用物。(《中國語文研究》第八期)

黃季剛先生在《爾雅略說》一文中明確指出哪些條目直接引用詩文，屬於對《詩經》的訓釋。他說：

> 〈釋訓〉引〈淇奧〉之詩而釋之，又引「既微且尰」、「是刈是濩」、「履帝武敏」、「張仲孝友」、「有客宿宿」、「有客信信」、「其虛其徐」、「猗嗟名兮」、「式微式微」、「徒御不驚」……皆明引《詩》文而釋之。(《黃侃論學雜著‧爾雅略說》，頁367)

由前述諸人的說法來看，此一部分的訓釋確是針對《詩經》中的詞句及篇章。爲討論之便，可依與《詩經》關係的深淺先將此一部分之諸條分爲三類。第一類，即前述明引《詩》文爲釋的，有前列的十條(「有客宿宿」、「有客信信」屬同一條)；第二類，雖未引用《詩》文，但明顯是在解釋《詩經》中的詞、句者，如「甹夆，掣曳也」、「不遹，不蹟也」、「美女爲媛」等，共二十五條；第三類，似乎不是解釋《詩經》中的詞語的，如「舞、號，雩也」、「曁，不及也」、「矜、憐，撫掩之也」、「鬼之爲言歸也」四條。

先論與《詩經》較無關聯而數量最少的第三類。黃季剛先生在《爾雅音訓》之〈釋訓〉篇題辭中曾提及此類與《詩》文無關者，他說：

> 洪頤煊說：「〈釋訓〉一篇專爲釋《詩》而作。」……案……雩、曁、鬼【《詩》有「鬼方」與此義不合】諸條皆詩文所必無者。洪說亦未可固執也。(頁98)

「雩」、「曁」二字在《詩》文中從未出現，可以確定與《詩》無關。「鬼」字，在《詩經》中出現在兩處，一爲〈小雅‧節南山‧何人斯〉的「爲鬼爲蜮」(頁427至428)，毛、鄭、孔皆未特別解釋此字，依《孔疏》來看，是將此一鬼字作「鬼魂」義解。另一處爲〈大雅‧蕩〉的「覃及鬼方」(頁643)，《毛傳》云「鬼方，遠方也」，《孔疏》則云「鬼方，遠方，未知何方也」。因此，《爾雅》訓爲「歸」應與《詩》無關。此外，「矜、憐，撫掩之也」中的「憐」字，《詩經》中亦未嘗出現，亦可知非釋《詩經》中的詞語。本章以討論〈釋訓〉對《詩》文的訓釋爲主，因此，對此類諸條略去不論。

其次，第二類諸條甚多，具有多樣的訓釋格式，可依訓詁格式及被釋語的多寡再分類如下：

（一）「某，某也」或「某，某某也」或「某，某某某某也」，「某某，某
　　也」或「某某，某某也」或「某某者，某某也」

1. 「某、某，某也」：「菱、諼，忘也」。
2. 「某，某某也」：「饎，酒食也」、「蠢，不遜也」、「擗，拊心也」、「俯，
　　張誑也」。
3. 「某，某某某某也」：「緎，羔裘之縫也」。
4. 「某某，某也」：「每有，雖也」、「婆娑，舞也」、「誰昔，昔也」、「殿
　　屎，呻也」。
5. 「某某，某某也」：「曳呈，掣曳也」、「不俟，不來也」、「不遹，不
　　蹟也」、「不徹，不道也」、「勿念，勿忘也」、「不辰，不時也」、「禋
　　禩，肉袒也；暴虎，徒搏也」、「馮河，徒涉也」、「籧篨，口柔也；
　　戚施，面柔也」、「夸毗，體柔也」。
6. 「某某者，某某也」：「之子者，是子也」。
（二）「謂之」：「幬謂之帳」。
（三）「某某爲某」：「美女爲媛」、「美士爲彥」。
（四）「凡某爲某」：「凡曲者爲罶」。

　　上述四類九種主要是就訓釋格式而分，就實際的訓釋對象而言，可以清
楚看出，都是詞語的解釋。而詞語若大別之亦不過是解釋單音詞與雙音詞兩
種。單音詞作爲被釋語者，「菱、諼，忘也」、「饎，酒食也」、「緎，羔裘之縫
也」、「幬謂之帳」、「美女爲媛」、「凡曲者爲罶」數條，雖然解釋語有多少之
別，訓釋格式略有不同，實質上與〈釋詁〉、〈釋言〉篇之「某、某，某也」
或「某，某某也」的訓釋極類似。「之子者，是子也」一條中的被釋詞雖然是
「之子」二字，解釋語其實只訓釋了「之」字爲「是」，所以仍與此類相似。
下文對「如切如磋」條的討論中即會涉及此類中的「菱、諼，忘也」一詞，
是以不作獨立的討論。

　　至於被釋語爲雙音詞者，又可分爲二小類。一是「不字式」、「勿字式」、
「誰字式」，如「不俟，不來也」、「勿念，勿忘也」、「誰昔、昔也」。這一類
中的「不」、「勿」等是否定詞，而「誰」是疑問詞，抑三字均爲「語詞」或
「詞頭」，爭論頗多，於此從略。二則是連綿字，如「曳呈，掣曳也」、「籧篨，
口柔也」等。連綿字的部分，後文將以「曳呈」爲例，此處不贅。

　　第一類明引《詩》文爲釋者，乃討論〈釋訓〉篇解釋《詩》文意義及展

現〈釋訓〉訓詁解經功能的最佳實例。而此一類的實際訓釋對象即包含詞語、句子、篇章。其中釋詞語者，如「既微且尰」、「是刈是濩」、「履帝武敏」、「張仲孝友」、「猗嗟名兮」、「徒御不驚」等條，雖引用詩句為解，但實際上的解釋對象仍為單音詞，所以與前二篇相似，不特別討論。「有客宿宿，有客信信」條的「宿宿」、「信信」二詞，屬疊字的部分，可與前文所討論的疊字的構詞相比較，更可見〈釋訓〉在解《詩》上的功能。因此，以下將以專節討論。而「式微式微」、「其虛其徐」二條，基本上是解句義的，與「如切如磋」條中的「赫兮烜兮」一句，有相近之處，將以之為代表，即不特別討論此二條。且「如切如磋」條，為〈釋訓〉篇最長的一條，整體而言，屬篇章之義。藉由對此條的討論，除了顯示〈釋訓〉釋《詩》的方式具有多樣性外，且可呈顯訓詁的實際內容及在解經上的特殊意義。因此，以下亦特立一節加以討論，並以為本章之總結。

第一節　疊字的詞性與意義

在前文中多討論〈釋訓〉及《詩經》中的疊字問題，其疊字的詞性多屬於形容詞一類。而在此一部分引《詩》為釋的各條中，僅有一條涉及疊字，而此條所訓釋的疊字，似乎並非作形容詞用的疊字，依〈釋訓〉的訓釋，應為兩動詞的重疊。因此，本節中將以此條為例，探討在《詩經》中不作形容詞而為動詞疊用的疊字。

今人丁聲樹先生在《詩卷耳、芣苢「采采」說》一文中曾談到在《詩經》中另一個似乎不作形容詞用的疊字「采采」，他說：

〈周南‧卷耳〉、〈芣苢〉兩篇之「采采」〔「采采卷耳」「采采芣苢」〕，昔人解《詩》者約有二說：一以「采采」為外動詞，訓為「采而不已」；一以「采采」為形容詞，訓為「眾盛之貌」。

以全《詩》之例求之，單言「采」者其義雖為「采取」，重言「采采」必不得訓為「采取」。

徧考全《詩》，外動詞絕未有用疊字者，此可證「采采」之必非外動詞矣。

更考全《詩》通例，凡疊字之用於名詞上者皆為形容詞，如：

關關雎鳩。（〈周南‧關雎〉）

肅肅兔罝……赳赳武夫。(〈兔罝〉)

夫外動詞之用疊字，此今語所恆有（如言「采采花」，「鋤鋤地」，「讀讀書」，「作作詩」之類）而稽之《三百篇》乃無其例；且以聲樹之寡學，仰屋而思，《三百篇》外先秦群經諸子中似亦乏疊字外動詞之確例；是誠至可駭怪之事。竊疑周秦已上疊字之在語言中者，其用雖廣（如上所舉「名」「狀」「內動」諸詞皆是），而猶未及於外動詞；外動詞蓋祇有單言，尚無重言之習慣，故不見於載籍。降及漢代，語例漸變，疊字之用浸以擴張，向之未施於外動詞者今亦延及於外動詞。習之於脣吻者，不覺即形之於簡編；毛氏《詩傳》訓「采采」為「事采之」，《韓詩章句》亦言「采采而不已」，殆皆狃於當日語言之常例以釋《詩》而不自知其乖違。（周法高《中國古代語法·構詞篇》頁 110 引）

丁先生考察《詩經》中「采采」等例子，論及《詩經》的疊字並無用作外動詞重疊的情況，應是頗有說服力的。但《毛傳》對二例中的「采采」，一解為「事采之也」（〈周南·卷耳〉），一解為「非一辭也」（〈周南·芣苢〉）；「采」字之本義，《說文》正解為動詞「捋取」（頁 270）。則就原詩之文脈而言，「采采」是可能解作動詞疊用的。而本節所要討論的「宿宿」、「信信」二詞，丁先生以為作內動詞用，又認為也可能是形容詞。[註1] 則「宿宿」、「信信」二詞的詞性及意義頗值得再作研究。以下即以〈釋訓〉對此條的訓釋為例來討論這個問題。

　　先列諸家對「『有客宿宿』，言再宿也；『有客信信』，言四宿也」條的疏解。

（一）《郭注》：「再宿為信，重言之，故知四宿。」

（二）《邢疏》：「云『有客宿宿、有客信信』者，〈周頌·有客〉文也。云『言再宿也、言四宿也』者，釋之也。《毛傳》云：『一宿曰宿，再宿曰信。』各重言之故知再宿及四宿也。」（頁 60）

（三）《邵疏》：「此引《詩》文而釋之。……『有客宿宿』、『有客信信』〈周頌·有客〉文。……《毛傳》：『一宿曰宿，再宿曰信。』《孔

〔註 1〕 丁氏此文筆者未見全文，所論乃是周法高先生《中國古代語法》及戴璉璋先生《詩經語法研究》二文所引的片段。戴先生所引丁文乃見於《詩經語法研究》的註釋第 7。

疏》云：『〈釋訓〉因文重而倍之。《傳》分而各言之，其義同也。』
《左氏・莊三年傳》云：『凡師一宿爲舍，再宿爲信，過信爲次。』
此以師行言之也。〈周語〉云：『回祿信於聆隧，檮杌次於丕山』，《韋
註》：『再宿爲信，過信爲次。』則信、次之名不僅指師行而言矣。」
（卷五○七，頁 15）

（四）《郝疏》：「宿者，久也。言留止於此時久也。信者，申也。言已宿
留又重申也。《詩・有客・傳》云：『一宿曰宿，再宿曰信。』【本
《莊三年・左傳》文。】然則信乃再宿，宿僅一宿也。《爾雅》因
重文而倍言之，故宿宿言再宿，信信言四宿也。」（卷上之三，頁
27）

就本條的疏解而論，前引四人的處理差異不大，其中以邵氏的引證及說
明最詳盡，是以下文討論以《邵疏》爲主。除郭氏之外，其他三人都明確指
出此條所訓釋的乃是《詩・周頌・有客》篇中的詞語。而此條正如前文所言，
是直接引用《詩經》的原文再加以訓釋，因此對此條的訓釋，自然必須緊扣
原典而論。

欲探討某一詞語在特定文脈中的用義，除了訴諸原文之上下文的比較
外，其他典籍中類似詞語的用義乃是最主要的證據。因此，《邵疏》引用了《左
傳》及《國語》中關於組成單字的用例。依此二用例，「宿」是一個統稱，而
依「宿」的時間或次數之多寡有不同的名稱。即「一宿」稱爲「舍」，「再宿」
稱爲「信」，超過兩宿稱爲「次」。姑不論這種分類是否正確，《毛傳》及《孔
疏》的解釋基本上都採取這種說法。〔註2〕這個說法正好說明了《爾雅》對「宿
宿」及「信信」的訓釋。因爲經由簡單的推論可知「宿」爲「一宿」，所以「宿
宿」爲「再宿」；「信」爲「再宿」，則「信信」爲「四宿」。這就是《邢疏》「各
重言之故知再宿及四宿」，及《郝疏》所謂的「因重文而倍言之，故宿宿言再
宿，信信言四宿」。邵氏的引證基本上說明了《爾雅》之訓釋的來源，而此訓
釋亦爲《毛傳》、《孔疏》所認同。

〔註 2〕 雖然《毛傳》的「一宿曰『宿』」與《左傳》的「一宿爲『舍』」的說法似乎
有所不同，但「宿」字本爲通稱，可作爲計算單位之用。所以《毛傳》的「一
宿曰宿」主要並不在說明「一宿」的名稱爲「宿」，而在借由「宿」字對比出
「信」字的意義。而《左傳》的解釋主要則在強調三名的分別，因此，二者
在實質上應該無別。如陳奐《詩毛氏傳疏》即謂：「一宿爲舍，即一宿曰宿也。」
（頁 856）

　　值得注意的是，《邵疏》似乎並未解「宿」字的意義。《邵疏》之所以未特別解釋「宿」字，或許是因為《爾雅》訓為「言再宿也」、「言四宿也」，即表示「宿」字應該是一個常用而易解的字；否則，即不應以之作為解釋字。由「言四宿也」的訓釋來說，「信」字的意義事實上是從「宿」義推得的；而「宿宿」及「信信」的意義亦因而可說是由「宿」義得來的。由此可見，「宿」字是疏解此條的關鍵字。因此，不妨探討一下「宿」字之義。

　　《邵疏》未解「宿」字，而《郝疏》則將「宿」字解為「久」，又說「留止於此時久也」，似乎郝氏有其特殊的解釋。但《郝疏》基本上亦是維護《爾雅》的訓釋的，此由《郝疏》後文「《爾雅》因重文而倍言之，故宿宿言再宿，信信言四宿也」的說法可知。關於「宿」字的本義，《說文》據字形解為「止」，《段注》云：

　　凡止曰宿，夜止其一耑也。《毛傳》：「一宿曰宿，再宿曰信。」……止之義引申之則為素，如《史記》云：「宿將」、「宿學」是也。先期亦曰宿，《周禮》：「世婦掌女宮之宿戒」，〈祭統〉：「宮宰宿夫人」，《禮經》：「宿尸」，皆謂先期戒飭。鄭云：「宿讀為肅。」（頁344）

桂馥《說文解字義證》亦云：

　　止也者，《廣雅》同。《玉篇》：「宿，夜止也。」《論語》：「止子路宿。」《周禮》：「遺人三十里有宿，宿有路室。」（《說文解字詁林》冊六，頁105）

徐灝《說文解字注箋》又云：

　　夜宿乃此字本義。《楚辭・七諫・初放》篇：「塊鞠兮當道宿。」王注：「夜止曰宿。」是也。……凡經宿則久，故又引申為舊，如云「宿艸」及「宿將」、「宿學」之類皆是。段謂止之引申為素，非也。宿戒亦經宿之義。（同上，冊六，頁105）

則「止」或「夜止」應是「宿」字的本義及常用義，今人據甲、金文字形的研究也得到類似的結論。〔註3〕因此，「久」、「舊」等義或可稱為引申義。〔註4〕

〔註3〕詳細的說明可見李孝定先生的《甲骨文字集釋》卷七，頁2463至2464。
〔註4〕《小爾雅・廣詁》篇即有一條為「固、歷、彌、宿、舊、尚，久也。」胡承珙《小爾雅義證》釋云：
　　宿者，《廣雅・釋言》云：「宿，留也。」《爾雅・釋詁》云：「留，久也。」《莊子・徐無鬼》篇云：「枯槁之士宿名。」《漢書・韓安國傳》云：「孝文寤于兵之不可宿」，《注》云：「宿，久留也。」（卷一，頁10）

「宿」字的本義既爲「止」或「夜止」，則應可將「宿宿」視爲動詞的重疊。如此，《爾雅》把「宿宿」解爲「再宿」，「信信」訓爲「四宿」，可說再自然不過了。

此外，《毛傳》與《孔疏》基本上與《爾雅》的訓釋相近。如《孔疏》云：

> 有客已一宿又一宿，有客經一信復一信，至已多日，可以去矣。我
> 周人授之縶絆以絆其馬，愛而留之，不欲使去也。（頁 737）

此段文字即釋「有客宿宿，有客信信。言授之縶，以縶其馬」等四句，可稱文從理順。然而，從第二章「明明」的例子來看，《爾雅》的訓釋並不一定是適合《詩經》特定文句的唯一的解法。今人于省吾先生對「宿宿」、「信信」即有不同的看法，他在《澤螺居詩經新證》卷中「于是處處」條下說：

> 《詩》義本謂于是處、于是廬、于是言、于是語，是說京師之野，
> 正是可處、可廬、可言、可語的居住地址，猶〈斯干〉之稱「爰居
> 爰處，爰笑爰語」，作重言者以足成其詞句而已。〈有客〉「有客宿宿，
> 有客信信」，《毛傳》謂「一宿曰宿，再宿曰信」，是說有客宿，有客
> 信。由此可見，重言與單詞每無別。（頁 158）

于氏從「于時處處」作「于是處」而認爲「有客宿宿」應該也作「有客宿」，作「宿宿」是「成其詞句」而已。就于氏的看法而言，「宿宿」可能只是「宿」之義，而不是兩個「宿」重疊，而有「再宿」的意義。李雲光先生在《毛詩重言通釋》「宿宿」條末的案語即同意于氏的看法，他說：

> 案宿宿、止宿也。動詞。雖重言宿宿、猶爲一宿之意、此先民之複
> 言也。《爾雅》云、言再宿也。非是。（頁 36）

「信信」條下又說：

> 案信信、再宿也。動詞。《爾雅》以其重言之、釋爲四宿、蓋非也。
> 此先民之複言、與單言義同。宿宿、處處、信信、語語、皆同此例。
> （頁 300）

王筠的《毛詩重言》也從另一角度觸及此一問題。他將「宿宿」、「信信」歸於「可以不必重而重者」之一類。這一類詞語包括「采采」、「燕燕」、「青青」、「處處」、「言言」、「語語」、「子子孫孫」等詞。關於此類詞語的特質，他在「采采」一詞下解釋爲「無取乎重言，故傳無然兒等字，凡屬事者放此」（篇下，頁 12），後文又說：

> 子、孫皆人名也。燕、罩、汕皆物名也。青、黃皆色名也。采、處、

　　言、語、譴、宿、信、高皆事名也。不必重而重之。（篇下，頁 13）

申言之，王筠的意思應是認爲這些詞語乃動詞或名詞重疊，與重疊以前的意義相同；也就是說，單字使用時即有某義，不必重疊後才有某義，所以即是不須重疊的一類。與一般作爲形容詞用的疊字不同。

　　總括起來，王筠、于省吾等與《爾雅》對「有客宿宿」、「有客信信」的訓釋，可以說都是以《毛傳》「一宿曰宿，再宿曰信」爲前提而產生的。二者之所以產生相異的結論，可能是在推論過程上的差異。王、于等以《毛傳》「一宿曰宿」只釋一個「宿」字，所以認爲「宿宿」的意義即等於「宿」，亦即等於「一宿」；因此于先生認爲「有客宿宿」即「有客宿」，李先生說「雖重言，猶一宿之意」。《爾雅》的訓釋則著重在「一宿曰宿」的「一宿」上，「宿」字既爲「一宿」，則「宿」字相疊爲「宿宿」，自然產生「二宿」之義。而對於「信信」一詞的訓釋即與此類似，不贅言。前引《孔疏》的「〈釋訓〉因文重而倍之。《傳》分而各言之，其義同也」就在說明這種情況。馬瑞辰《毛詩傳箋通釋》亦云：「《毛傳》據單文而言，故言一宿、再宿；《爾雅》據《詩》重文而言，故云：再宿、四宿。」（頁 338 至 339）這兩種說法的差異，仍涉及疊字的意義問題。兩種說法雖然都承認「宿宿」、「信信」這兩個疊字的意義源自單字義，但依《爾雅》等解法，則疊字義仍有超出單字義之處，依王、于等的解法，則疊字義完全等同於單字義。

　　其實就二語在《詩經》中的文脈而言，兩解的差別只是宿止時間的多寡，大體而言，《爾雅》的說法可通，于氏之解法也可通。只是《爾雅》的說法似乎更能符合後文「言授之縶，以縶其馬」的殷勤挽留之意。其次，若就《詩經》中的類似構詞而言，卻不能忽略于氏所舉的「于時處處」等例，作動詞用解爲「于時處」，的確比《鄭箋》釋爲「處其所當處」恰當。但于氏由此類推而以爲動詞重疊時必如此解釋，則未必盡然。如前文討論的「采采」一詞，也是以動詞相疊，即可解爲「採了又採」之義，則此「宿宿」也可說成是「宿了再宿」。那麼，《爾雅》若解爲「再宿」進而「四宿」似也不無可能。

　　另一方面，一如「宿」字，郭、邢、邵等人也都未釋「信」字之義，大概是因爲「信」字的「誠信」義與「再宿」義相差太遠，釋其本義亦無助於本條的疏解，是以未釋。以下試以「信」字之義爲線索，來檢討「宿宿」、「信信」的意義。

　　依《說文》的釋義，「信」的意思就是「誠」。《段注》云：

〈釋詁〉:「誠,信也。」《序》説會意曰:「武、信是也。」人言則無不信者,故從人言。息晉切,十二部。古多以爲屈伸之伸。(頁93)

則「信」字的本義當爲「誠信」、「信實」。因此,「信信」的「信」解爲「再宿」應該不是本義本用。《郝疏》云:「信者,申也。言已宿留又重申也。」郝氏把「信」字解爲「申」,乃要證明「信」字可以引申釋爲「再宿」。姑不論這個解釋是否正確,〔註5〕正如《段注》所説,「信」字在先秦兩漢的典籍中,常可作「伸」或「申」字之用。如《荀子‧天論》:「老子有見於詘無見於信」,楊倞注云:「信讀爲伸」(《荀子集解》,頁544)。又〈不苟〉篇有「剛強猛毅,靡所不信」,楊倞亦注云:「信讀爲伸,下同,古字通用。」(頁159)《穀梁傳‧隱公元年》:「信道而不信邪」,《范注》云:「信,申字,古今所共用。」(頁9)

朱駿聲《說文通訓定聲》則與郝氏有相同的説法,徵引〈有客〉篇的用例,認爲「申」字可有類似「再宿」的意義。然朱氏亦將「信」與「伸」、「申」之關係歸爲假借,他說:

【叚借】爲伸……《易‧繫辭》:「以求信也。」……又爲申,《詩‧九罭》:「于女信處」,〈有客〉:「有客信信」……按:謂之申者,重宿之義。(《説文解字詁林》,冊三,頁512)

據此,則「信」字即可藉著「申」、「伸」的常用義「延申」或「延長」,進而引申爲「再宿」義。〔註6〕換一個角度來想,如果「信」字可假借爲「申」,那麼「信」字似乎未必要用「申」字的常用義,而亦可用其假借義,那麼即有可能產生「再宿」以外的意義。如朱駿聲《說文通訓定聲》在「申」字下即云:

重言形況字,《論語》:「申申如也」,馬注:「和舒之兒也。」《皇疏》:「心和也。」《廣雅‧釋訓》:「申申,容也。」(同上,冊十一,頁783)

今人朱廣祁先生在討論《詩經》中的疊字時,即認爲「有客信信」的「信信」

〔註5〕《釋名》也釋信爲申,但解釋不同。〈言語〉篇云:「信,申也。言以相申束使不相違也。」

〔註6〕馬瑞辰《毛詩傳箋通釋》亦認爲「信」爲「申」的假借:「信者,申之叚借。《廣韻》:『申,重也。』重之故爲再宿。」(頁339)

是「申申」的假借，作形容詞用，可解為「儀態安詳、從容不迫」的意思。(《詩經雙音詞論稿》，頁 45) 依理類推，其實「宿宿」除了前述的兩種解釋以外，也可經由假借而有第三種解釋。朱珔在《說文叚借義證》「肅」字下說：

> 〈特牲饋食禮〉：「乃宿尸」，《注》：「宿讀為肅。」是宿為肅之假借。
>
> 〈禮器〉：「三日宿」，《正義》云：「宿之言肅，肅敬之義也。」(同上，冊三，頁 1082)

在「蹜」字下則說：

> 〈玉藻〉：「蹜蹜如也。」《釋文》出「宿」字，云：「本或作蹜。」……
>
> 《論語》：「足蹜蹜如有循。」《皇疏》：「蹜蹜猶蹴蹴也。」則宿之通蹜當為蹴之假借。(同上，冊三，頁 304)

朱駿聲在「宿」字下也說：

> 重言形況字：〈玉藻〉：「宿宿如也。」字或作「蹜」。【聲訓】〈禮器〉：「三日宿。」《疏》：「宿之言肅，肅敬之義也。」(同上，冊六，頁 705)

則「宿」至少可能假借為「肅」、「蹜」等字，而有「肅敬之義」。朱廣祈先生則認為「宿宿」為「縮縮」的假借，解為「形容舉止端莊」。(同上，頁 45) 〔註7〕

　　無論「宿宿」、「信信」為何字詞的假借，重要的是能不能通過原詩之上下文脈的檢驗。因此，不免要將「儀態安詳」、「舉止端莊」二義代入〈有客〉篇，略作考察。首先，就「有客宿宿」之單句而言，若解為「客人之儀態安詳」應該沒有太大的問題。其次，「有客宿宿」、「有客信信」原是相連並列的兩句，意義應該相關而能連貫。若將「信信」解為「舉止端莊」，則與「儀態安詳」之義相輔相成，用以描摹客人的行為舉止合宜，亦頗為適當。如此之客人，身為主人者，自然百般留客。是以此章後文云：「言授之縶，以縶其馬」，正是《孔疏》所說的「我周人授之縶絆以絆其馬，愛而留之，不欲使去也。」(頁 737) 因此，「宿宿」、「信信」假借為「申申」、「縮縮」而作形容詞解也可文從理順。

　　總括前文提出的三種解釋，前兩種大抵用「宿」、「信」的本義或常用義，第三種是訴諸假借。三種解釋，基本上都是把疊字義視為源於單字義。可是，

〔註7〕朱珔由「宿讀為肅」，而判斷「宿」、「肅」為假借，證據可能不夠充分。但「宿」、「肅」上古音都屬心紐覺韻，「蹜」、「縮」二字以「宿」為聲符，「蹴」屬精紐覺韻與「宿字的關係為旁紐疊韻；聲音關係都非常密切，有假借的可能。

源自單字的本義、常用義或假借義，實不易確定。這種現象，在第二章討論「斤斤」和「明明」的例子中已有清楚的說明，「宿宿」、「信信」這方面的問題，只是提供多一個例證而已。然而，對於疊字之義，這兩個詞語引生了一個新的問題，這就是疊字的詞性問題。無論是《詩經》或《爾雅》的疊字，都以形容性的、修飾性的佔絕大多數，名詞性或動詞性的都少之又少。如果像朱珔、朱廣祁等把「宿」、「信」視為「肅」或「縮」、「申」的假借字，把「宿宿」和「申申」定為形容詞而不是動詞，這兩個疊字就解作「儀態安詳」、「舉止端莊」。若採取王筠、于省吾的判斷，則「宿宿」和「信信」就是「單疊同訓」的動詞。若依《爾雅》、《毛傳》、《孔疏》等的釋義，則「宿宿」、「信信」其實只是連在一起使用的兩個獨立的動詞，嚴格來說，根本不是疊字。由此可見，疊字的問題一旦牽涉到詞性的問題時，不僅會產生歧義，甚至會對相關的詞語是否疊字的判斷，都會有相當程度的影響。

從訓詁或解經的角度來看，從上下文義來衡量，以上三種解釋皆可通。從切合詩意的立場來考慮，第三種似乎較為深刻。依訓詁的一般原則，為了避免濫用假借來求解，在不「破字」的情況下，能夠將經文解通沒有扞格，則應盡量採取原字的本義或常用義。如此，則第一、二種解釋就較為可取。如何抉擇，難有定論。然而，《爾雅》、《毛傳》、《孔疏》對於「宿宿」、「信信」，以至於「采采」的解釋，其實是傾向於不把這些動詞性的詞語看成嚴格意義的疊字，這是值得注意的。

第二節　〈釋訓〉篇的連綿字

關於連綿字的語義及聲音上的特殊性質，前人多有論述。如張壽林先生曾在《三百篇連綿字研究》中論及「連綿字」研究的簡史，他說：

> 宋季張有，作《復古編》，特標「聯緜」，首發其例……曹氏（本）《續編》，祖述其例……升菴楊氏，蓋宗其說。自後朱氏《指南》，艮齋《字學》，並揭斯例。降及有清，常州陳氏（奐）、棲霞郝氏（懿行）、高郵王氏（念孫）並解斯例；嘉定錢氏（坫）為《詩音表》，安邱王氏（筠）為《毛詩重言》、《毛詩雙聲疊韻說》，江寧鄧氏（廷楨）為《詩雙聲疊韻譜》，海寧王氏（國維）為《聯緜字譜》，發明益多。

由此可見，真正對這類詞語之意義作較深入的探討，大抵要從清人開始。清人

對此類詞語有特殊研究成果者，首推清代的訓詁家王氏父子。最有名的訓詁實
例是解「猶豫」一詞。王念孫在《廣雅疏證・釋訓》「躊躇，猶豫也」條下說：

> 此雙聲之相近者也。躊、猶，躇、豫爲疊韻。躊躇、猶豫爲雙聲。……
> 「猶豫」字或作「猶與」。單言之，則曰「猶」曰「豫」。《楚辭・九
> 章》：「壹心而不豫兮。」王注云：「豫，猶豫也。」《老子》云：「與
> 兮若冬涉川，猶兮若畏四鄰。」《淮南・兵略訓》云：「擊其猶猶，陵
> 其與與。」合言之則曰「猶豫」，轉之則曰「夷猶」、曰「容與」。《楚
> 辭・九歌》：「君不行兮夷猶。」王注云：「夷猶，猶豫也。」《九章》
> 云：「然容與而狐疑。」容與亦猶豫也。案：〈曲禮〉云：「卜筮者，
> 先聖王之所以使民決嫌疑，定猶與也。」《離騷》云：「心猶豫而狐疑
> 兮。」《史記・淮陰侯傳》云：「猛虎之猶豫，不若蜂蠆之致螫；騏驥
> 之躊躇，不如駑馬之安步；孟賁之狐疑，不如庸夫之必至也。」嫌疑、
> 狐疑、猶豫、躊躇皆雙聲字，狐疑與嫌疑一聲之轉耳。後人誤讀狐疑
> 二字，以爲狐性多疑，故曰狐疑。又因《離騷》猶豫、狐疑相對成文，
> 而謂「猶」是犬名，犬隨人行，每豫在前，待人不得，又來迎候。故
> 曰「猶豫」。或又謂「猶」是獸名，每聞人聲，即豫上樹，久之復下，
> 故曰「猶豫」。或又以豫字從象，而謂猶豫俱是多疑之獸。以上諸說
> 具見於《水經注》、《顏氏家訓》、《禮記正義》及《漢書》注、《文選》
> 注、《史記索隱》等書。夫雙聲之字，本因聲以見義，不求諸聲而求
> 諸字，固宜其說之多鑿也。（《廣雅疏證》卷第六，頁 33）

由王說可知所謂「連綿字」，在構成分子之聲音上有雙聲或疊韻的現象；因此
在字形上可能出現音近義同的多種字形；而在意義上面則不可分釋，應求諸
聲音而不可求諸字形。〈釋訓〉中的「峟峉，掣曳也」、「籧篨，口柔也」、「戚
施，面柔也」、「夸毗，體柔也」等條即是對「連綿字」的釋義，本節將以此
部分之第一條「峟峉，掣曳也」條爲例，來考察〈釋訓〉「連綿字」這種複音
詞的特色。

　　下即依慣例先列出諸家對「峟峉，掣曳也」一條的疏解。

（一）《郭注》：「謂牽拕。」

（二）《邢疏》：「孫炎曰：『謂相掣曳入於惡也。』郭云：『謂牽挽。』〈周
　　　頌・小毖〉：『嗣王求助也。』云：『莫予荓蜂。』《毛傳》云：『荓
　　　蜂，摩曳也。』《鄭箋》云：『群臣小人無敢我摩曳。謂爲譸詐誑欺

不可信也。』然則掣曳者，從旁牽挽之，言是挽離正道，使就邪僻。莘、甹，夆、蜂，掣、摼音義同。」（頁 59）

（三）《邵疏》：「〈周頌‧小毖〉云：『莫予莘蜂。』《毛傳》：『莘蜂，摼曳也。』《鄭箋》：『群臣小人無敢我摼曳。謂為譖詐誑欺不可信也。』《疏》引孫炎云：『謂相掣曳入於惡也。』

又：《詩疏》：『掣曳者，從旁牽挽之，言是挽離正道使就邪僻。』義本於《郭註》也。《疏》又引孫毓云：『群臣無有牽引扶助我』，亦以『掣曳』為『牽挽』也。甹、莘，蜂、夆，摼，掣音義同。宋本『挽』作「挓」（卷五○七，頁 11）

（四）《郝疏》：「掣者，《說文》作『摼』，云：『引縱曰摼。』通作『掣』。《廣雅》云：『摯，引也。』《玉篇》：『摯與摼同。』曳者，《說文》：『臾曳也。』臾曳蓋亦牽引之言也。甹夆者，蓋徶徉之省，《說文》『徶』、『徉』竝云『使也』。又云：『俜，使也。』聲借為『莘蜂』。《詩‧小毖‧傳》：『莘蜂，摼曳也。』《正義》引孫炎曰：『謂相掣曳入於惡也。』《文選‧海賦》云：『或掣掣洩洩於裸人之國』，『掣洩』即『掣曳』。〈海外西經〉云：『并封，其狀如彘，前後有首。』〈大荒西經〉又作：『屏蓬，左右有首。』蓋『屏蓬』與『莘蜂』，俱字之叚音，其義則同。又借為『併蠡』，《潛夫論‧愼微》篇引《詩》作『莫與併蠡』。」（卷上之三，頁 23）

由諸家注疏的處理顯示，雖然此條並非直接徵引詩句加以解釋，但所釋詞語卻極可能出自《詩‧周頌‧小毖》篇。四人疏解的論斷大抵一致，皆以解釋詞「掣曳」為「牽挽」或「牽引」之義，是以被釋詞「甹夆」即是此義。而此條所釋的「甹夆」，就是〈小毖〉篇「莫予莘蜂」句中的「莘蜂」一詞。「甹」與「莘」、「蜂」與「夆」的音、義相同。

四疏之中，《郝疏》所引用的資料及證據最為詳盡。與其他三人幾乎只解《詩》義相較，《郝疏》引用了許多其他典籍（如《說文》、《山海經》、《文選》等）的用例及詞書的訓釋來證明「甹夆」為「牽引」義。其處理方式，乃以組成解釋語「掣曳」的單字的釋義為基礎。

《說文》無《爾雅》的「掣」或《毛傳》的「摼」，只有郝氏所引的「摼」，解為「引縱」。《段注》云：

　　《爾雅‧釋文》作「引而縱之曰摼。」引，開弓也。縱，緩也，一

曰舍也。按：引縱者，謂宜遠而引之使近，宜近而縱之使遠，皆爲牽掣也。不必如《釋文》所據。《爾雅》曰：「粵夆，掣曳也。」（頁608）

則段氏似以「引」、「縱」爲兩種相反的動作，但兩者都有「牽制」的意思。王筠《說文句讀》則採《釋文》的說法，認爲「摩」義原是「引」、「縱」二義之合。他在《說文句讀》中就說：「合引與縱而後謂之摩」（轉引自《說文詁林》冊九，頁1251）。在《說文釋例》中也說：

《爾雅·釋文》作「引而縱之曰摩」，段氏訾之，不知正是完本也。引而縱之者，猶言縱而引之也。引不離縱，縱不離引，乃是摩意。段氏曰宜近而縱之使遠，則是竟縱之矣。何摩之云？放紙鳶者，是摩象也。以爲引亦可，以爲縱亦可也。（同上，頁1251至1252）

兩人的說法雖然略有差異，但事實上並沒有太大的不同，都不離「牽制」、「牽引」之義。而如桂馥的《說文解字義證》及朱氏的《說文通訓定聲》也未嘗有異說，皆引用《郭注》「牽挽」之解釋。

其次，可論「曳」字。《說文》解爲「臾曳」，《段注》云：

臾曳已見上文，故但云臾曳也。此許之通例也。臾、曳雙聲，猶牽引也。引之則長，故衣長曰曳地。（頁754）

則段氏明確指出「曳」即「牽引」義。桂馥《說文解字義證》則云：

臾曳也者，《一切經音義》十九引作「申也，牽也。」《玉篇》：「曳，申也，牽也。」……賈誼〈弔屈原文〉：「賢聖逝曳兮」，胡廣曰：「逆曳不得順道而行也。」（《說文詁林》冊十一，頁790）

王筠《說文句讀》亦云：

元應引作「申也，牽也。」嚴氏謂申爲臾之譌，是也。案：此謂曳義同臾，復以牽也總承臾曳而申明之。然《玉篇》亦如元應，故未敢改。（同上，冊十一，頁790）

沈濤《說文古本考》則從許書訓釋體例的觀點，同意「申」字爲「臾」字之譌，《說文》原將「曳」字訓爲「臾」而不是「臾曳」。他說：

濤案：《一切經音義》卷十九引「曳」：「申也，牽也。」「申」即「臾」字傳寫之誤。是古臾下無曳字。蓋束縛捽抴爲臾，抴、曳聲義相近。許君蓋以曳釋臾，以臾釋曳，正合本書互訓之例，古無「臾曳」之語，「曳」字爲二徐妄竄無疑。「牽也」，蓋古本之一訓，今奪。（同

上，冊十一，頁790）

朱駿聲《說文通訓定聲》又云：

> 曳曳……束縛捽抴之意，按實與抴同。字亦作拽。《易‧睽》：「見輿
> 曳」，〈未濟〉：「曳其輪」……《禮記‧曲禮》：「車輪曳踵」，《儀禮‧
> 士相見禮》：「武舉前曳踵」，《注》：「古人作抴。」《楚辭》：「怨思曳
> 彗星之皓旰兮」，《注》：「引也。」（同上，冊十一，頁791）

綜合前述諸人的疏釋，無論許書原訓爲「臾曳」、「臾」，或直以「牽」釋之，
事實上意義並沒有太大的差別，都是「牽引」、「拖曳」等義。分析了二字的
意義後，再將二字合而觀之，「掣曳」一詞可以算是一個合義複詞，其一般意
義大抵即是「牽引」、「牽挽」等。〔註8〕解釋語「掣曳」的意義既可確定爲「牽
挽」，則被釋詞「甹夆」自然也是「牽挽」的意義。

事實上，一如「掣曳」，對於被釋詞「甹夆」，郝氏也引用了《說文》的
解釋。不同之處在於，《說文》原收有「甹」、「夆」二字，但他並未徵引，卻
認爲「甹夆」是「俜徦」二字的省體。然而，《說文》將「俜」、「徦」訓爲「使」
而非「牽引」之類的意思。「使」和「牽引」二義有沒有關係，仍有待探討。

先論郝氏所說的「俜徦」。《段注》「俜」字下云：

> 疑「使」上當有「俜徦」二字。〈周頌〉：「莫予荓蜂」，「蜂」本又作
> 「夆」。毛曰：「荓蜂，摩曳也。」〈釋訓〉作「甹夆，摩曳也。」「俜
> 徦」蓋「甹夆」之正字，「摩曳」者，使之也。〈大雅‧傳〉曰：「荓，
> 使也。」（頁77）

而在「徦」下亦云：

> 疑當作「俜徦也」三字。（頁77）

在《說文》中此二字正好先後排列，且二字同訓爲「使」。依段氏「疑『使』上
當有『俜徦』二字」及「疑當作『俜徦也』三字」的說法，他似乎以爲「俜徦」
一詞是一個不可分割的單純複音詞，而整個複音詞的意思才是「使」。〔註9〕其

〔註8〕陳奐《詩毛氏傳疏》亦云：「『荓夆』雙聲，『摩曳』雙聲。今俗所謂扯曳是也。」
（頁862）「扯曳」與「牽引」義亦相近。

〔註9〕《說文》以釋單字義爲主，遇到二字才能合成一義的連綿字，雖亦依一般體例
分成二字，但直接以連綿字訓釋。如〈釋訓〉篇釋爲「口柔」的「籧篨」一
詞，《說文》在「籧」字云：「籧篨，粗竹席也」，「篨」字下即云：「籧篨也。」
（頁194）又如「瑾瑜」一詞，「瑾」字下云：「瑾瑜，美玉也」，「瑜」字下云：
「瑾瑜也。」（頁10）《段注》云：「凡合二字成文，如『瑾瑜』、『玫瑰』之類，
其義既舉於上字，則下字例不複舉。」（頁10）是以段氏以「俜徦」一詞亦應

次，他以此二字爲「甹夆」的正字，而此二字訓爲「使」即在解〈小毖〉的「莆蜂」一詞。換言之，在此處他提出另一個解釋，即「甹夆」應解爲「使」；或者說，「甹夆」可能有另一個語義爲「使」。朱駿聲《說文通訓定聲》「夆」字下則逕以「甹夆」爲連綿字，他說：

> 使也。從彳夆聲，讀若「蠭」。按：《爾雅》：「甹夆，掣曳也。」即許書之「僻徸」。《詩‧小毖》：「莫予莆蜂」，《傳》：「摩曳也。」以「莆蜂」爲之亦同。甹夆，雙聲連語。（同上，冊五，頁 396）

在「夆」字下也說；

> 【叚借】爲徸，《爾雅‧釋訓》：「甹夆，掣曳也。」《注》謂「牽挓。」亦雙聲連語。《詩‧小毖》作「莆蜂」，亦同。（同上，冊五，頁 397）

朱珔《說文叚借義證》又說：

> 《詩‧小毖‧毛傳》：「莆蜂，摩曳也。」「莆蜂」乃「僻徸」之假借。……《爾雅‧釋訓》：「甹夆，掣曳也。」「甹夆」又「僻徸」之省借。……《潛夫論‧愼微》篇引《詩》「莫與併蠭」，亦僻徸之假借。（《說文詁林》，冊三，頁 195 至 196）

綜合這些說明，則「甹夆」、「莆蜂」、「僻徸」都是同一個詞的不同寫法。今人朱起鳳先生在《辭通》卷一「甹夆」條下則列出其他幾個不同的字形，如「僻徸」、「莆蜂」、「併蠭」等，其實也就是《郝疏》所舉的用例，更可證明「甹夆」是一個連綿字。而此條的按語，則總結了上述諸人的看法，他說：

> 《說文解字》云：「僻，使也。徸，使也。」合言之則曰僻徸。此即《爾雅》「甹夆」之所本。《詩》作「莆蜂」，莆、甹音同，蜂、夆形近。甹爲僻字之省。蠭乃蜂字之通……甹夆者，謂牽引而使之也。字雖不同，其義則一。（頁 78）

至於「使」與「牽」義的關係，王筠《說文句讀》以爲「掣曳」與「使」義相近，他在「僻」字下說：

> 《繫傳》曰：「僻猶抎也。徸猶夆也。夆，掣曳使之也。」案：夆上蓋脫抎字，〈釋詁〉：「俾、拼、抎，使也。」〈釋訓〉：「甹夆，掣曳也。」（同上，冊三，頁 195）

歸納前引諸說，無論《說文》的「僻徸」是否即爲正字，[註10]《爾雅》的

如是，則大約是以此詞屬「合二字成文」之類的連綿字。

〔註10〕于省吾先生即云：「舊說謂《說文》作『僻徸』爲正字，其他均係假借字，殊

「甹夆」原爲以音表義的連綿字，其實也就是《詩經》的「荓蜂」，可解爲「使」或「牽引」。而《說文》分訓「甹」字爲「亟詞」或「俠」，「夆」字爲「牾」，則與「甹夆」一詞之合義無關，以下就不另作探討，〔註11〕而直接討論《詩‧周頌‧小毖》篇「莫予荓蜂」中「荓蜂」的用義。

首先，自然應該先檢驗《爾雅》「牽挽」的訓釋。前文已經說過《毛傳》的解釋基本上是相同的，所以《鄭箋》與《孔疏》亦採取同樣的解釋。《鄭箋》云：

> 群臣小人無敢我摩曳，謂爲譎詐誑欺不可信也。女如是，徒自求辛苦毒螫之害耳，謂將有刑誅。（頁745）

《孔疏》則疏釋云：

> 汝等群臣莫復於我摯曳牽我以入惡道，若其如是，我必刑誅於汝，是汝自求是辛苦毒螫之害耳。（頁745）

又云：

> 摯曳者，從旁牽挽之，言是挽離正道，使就邪僻。故知謂譎詐誑欺不可信，若管蔡流言之類也。毒螫，如彼毒蟲之螫，故言謂將有刑誅。（頁745）

此二段文字即解「莫予荓蜂，自求辛螫」二句，大抵以「荓蜂」爲「牽挽」義。則二句的意思是君主敕戒臣下，不應牽引君主入於惡道，否則不免於刑誅。就文義看來，相當通順，則可知《爾雅》的訓釋基本上可以成立。此外，《孔疏》還提及與「牽挽」不同的解釋，云：

> 孫炎曰：「謂相摯曳入於惡也。」彼作甹夆，古今字耳。王肅云：「以言才薄莫之藩援，則自得辛毒。」孫毓云：「群臣無肯牽引扶助我，我則自得辛螫之毒。」此二家以荓蜂爲摯曳爲善，自求爲王身自求。（頁745）

孫炎與孫毓的說法似有不同，一爲牽引於善，一爲牽引於惡，但事實上兩者都是「牽引」義。換言之，是對《詩》義的理解略有不同，但以詞義而言並

不足據。」（《澤螺居詩經新證》，卷中，頁167）

〔註11〕值得略說的是，《段注》在「夆」字下云：

> 午部曰：「牾，逆也。」夆訓牾，猶逢、迎、逆、遇、遻互相爲訓。〈釋訓〉曰：「甹夆，摯曳也。」摯曳者，牾逆之意。（頁239）

段氏在此又以摯曳爲「牾逆」義，則「甹夆」似也有相同的意義，那麼就與前文所說的「牽挽」義不同。

無不同。胡承珙引汪龍《毛詩異義》的說法，但另有自己的意見，他在《毛詩後箋》中說：

> 汪氏《異義》曰：「序以此篇爲『嗣王求助』，王、孫之解是也。如《箋》說則是敕戒之詞，非求助矣。」承珙案：「摩曳者，謂牽引而使之也。……竊意『莫予』與『自求』，文相呼應。莫者，無也，言往日之事無有摩曳使我爲之者，乃我自求辛螫之害耳。……自求辛螫，禍福無門，唯人所召……正謂無人撃曳於我，禍福皆自己求之，解經較《箋》爲勝。」（《皇清經解續篇》冊八，卷四七五，頁8）

汪說根據《詩序》而擇取王、孫之說，則是「牽引而爲善」之解；胡氏注意及詩文之上下文義的對應，將「莫」字解爲「無」、「沒有」，「莽蜂」爲「牽引」之義，但無善惡之分。馬瑞辰《毛詩傳箋通釋》亦據《詩序》而同意汪說，馬氏云：

> 今按：莽蜂之義止爲摩曳，故善惡皆通。然從孫毓說謂「群臣莫予牽引扶助」，正與《序》言「嗣王求助」義合。則較勝《箋》義矣。
>
> （《毛詩傳箋通釋》，頁342）

　　若再綜合前述三種說法，作較詳盡的分析，鄭玄、孔穎達、汪龍、胡承珙、馬瑞辰五人對「莽蜂」的詞義的理解基本上是一致的，皆解爲「牽引」。而此「牽引」義原是中性的詞語，之所以有善、惡之分，乃受上下文義的影響。

　　對於「莽蜂」的意義，王肅又有另一種不同的解釋。依《孔疏》所引王肅的話「言才薄莫之藩援，則自得辛毒」來看，他似乎是解「莽蜂」爲「藩援」而非「牽引」。今人于省吾先生在《澤螺居詩經新證》即取王說，他在該書卷中「莫予莽蜂」條說道：

> 是莽蜂亦作畀夆、儕夆、併螽，都係音近通用。……舊皆訓莽蜂爲摩曳、爲撃曳，即牽撃之義，都是臆測。
>
> 班篹和番生篹均有「辥王位」之語，毛公鼎作「嚼朕位」，辥與嚼即畀字的古文。郭沫若《兩周金文辭大系攷釋》謂辥「乃叚爲屏」，並引《左傳》「俾屏予一人以在位」及此詩「莫予莽蜂」爲證。按莽與屏並從并聲，故可通借，郭說甚確。《荀子・儒效》「周公屏成王而及武王，凡三見；又《逸周書・嘗麥解》：「爾弗敬恤爾執，以屏助予一人。」均可以補證郭說。由此可見，莽蜂之莽可讀作屏是沒有

問題的。但蜂字舊不得其解，我以爲蜂應讀作旁字的去聲，蜂、旁雙聲。古韻蜂屬東部，旁屬陽部，東陽通諧。《史記·項羽本紀》的螽（同蜂）午，《漢書·霍光傳》作旁午，是蜂、旁字通之證。《楚辭·惜誦》：「日有志極而無旁。」王注謂「旁，輔也」。總之，茻蜂應讀作屏旁，屏旁應訓作屏藩輔助，與前文引《逸周書》所說的「屏助」爲同義語。舊說謂此詩係成王遭管蔡之難，爲求助而作，可備一說。「莫予屏旁，自求辛螫」，這是說，予莫有屏藩輔助，乃自尋辛苦耳。辛螫訓爲辛勤、辛苦，詳馬瑞辰《毛詩傳箋通釋》。孔疏引王肅解此詩說「以言才薄，莫之藩援，則自得辛毒。」清代學者皆崇鄭屈王，殊不知王氏此說頗爲切合，但佐證不足，故特加以辨釋。

（頁 166 至 168）

于說認爲「茻蜂」一詞乃假借「屏旁」，應解爲「屏藩輔助」。由于氏所舉的例證來看，理據頗爲充足，不易反駁。將于氏此義代入原詩，亦可說得通，甚至比作「牽引」更爲怡然理順。然而，于氏似乎對「莫予茻蜂」一句的句法理解有誤。一般而言，在否定敘述句中，代詞作爲賓語，通常都在動詞前，而「莫予茻蜂」句即是如此。「莫」爲否定意義，則此句爲否定句。「茻蜂」爲動詞，故在其前的「予」似應爲賓語，前文所討論的三解基本上亦都是此種結構。而于氏似乎以「予」字爲主語而云「予莫有屏藩輔助」，違反句法規則。但是，基本上于說只要依句法修正爲「沒有人輔助我」，則「茻蜂」作「輔助」解仍可成立。〔註 12〕不過，依于氏的解釋，則「茻蜂」一詞就是一個由「茻」（屏藩）和「蜂」（旁助）兩個單音詞結合而成詞組或合成的複音詞，而不是一個不可分割的單純的複音詞或連綿字。

對於連綿字在意義上和結構不可分割的特色，近世學者很少有異議。但由「茻蜂」一例可見，對於一個特定詞語是否連綿字，卻仍可以有不同的判斷，以至於對這詞語的意義，也可以有不同的分析。其中的關鍵，仍是古代漢語在使用時有「假借字」和「假借義」的現象。關於疊字的性質，學者們的意見本來就不一致，加上「假借字」和「假借義」的現象的存在，對其意

〔註12〕其實，「茻蜂」除了「牽挽」、「輔助」之解外，還有其他解釋。如朱熹《詩集傳》解「茻」爲使，「蜂」爲「小物而有毒」。但此種解釋顯然昧於「茻蜂」作爲連綿字的特質而強爲之解，故未加以討論。本文原以《爾雅》的研究爲主，不再探討其他不同解法。

義的分析，尤其是疊字義與單字義的關係問題，就更難有一致判斷了。

第三節　〈釋訓〉與《詩經》章句之義

本節將討論「『如切如磋』，道學也。『如琢如磨』，自脩也。『瑟兮僩兮』，恂慄也。『赫兮烜兮』，威儀也。『有斐君子，終不可諼兮。』道盛德至善，民之不能忘也。」一條。這是〈釋訓〉篇最長的一條，也是《爾雅》全書之中最獨特的一條。這條的被釋語不是一個詞語或一組詞語，甚至不是像〈釋訓〉篇第二部分的被釋語是一個或兩個句子，而是〈衛風‧淇澳〉第一章全章。這可說是《爾雅》有解經功能的明證。從這條的內容來看，其中包含詞語的解釋，如「赫兮」、「烜兮」；也含有句義，如「如切如磋」、「如琢如磨」；更有對詩篇之義的串講，如最後一部分的「有斐君子，終不可諼兮。道盛德至善，民之不能忘也」。這不但顯示出《爾雅》雖是釋義之書，但所釋之義並不限於詞義，這同時也反映出，假如訓詁的首務就是解經，則訓詁的範圍絕不限於詞義，必須兼及句義和章義。此條較長，包含六句，因此以下分成三小節來討論。諸家之說亦分三部列之。第一小節先討論「如切如磋，道學也。如琢如磨，自脩也」二句。

一、「如切如磋，道學也。如琢如磨，自脩也。」

先列諸家對「『如切如磋』，道學也。『如琢如磨』，自脩也。」的注疏：

（一）《郭注》：「骨象須切磋而為器，人須學問以成德。玉石之被琢磨猶人自脩飾。」

（二）《邢疏》：「此舉〈衛風‧淇澳〉篇文以釋之也。云『如切如磋』者，詩文也。云『道學也』者，作者以釋《詩》也。道，言也。言人之學以成德，如切磋骨象以成器。《毛傳》云：『治骨曰切，象曰磋。道其學而成也。』故郭云：『骨象須切磋而為器，人須學問以成德』。云『如作如磨』者，詩文也。云『自脩也』者，釋之也。言人自脩飾如琢磨玉石。《毛傳》云：『治玉曰琢，石曰磨。聽其規勸以自脩，如玉石之見琢磨。』郭云：『玉石之被雕磨猶人自脩飾。』」（頁 59）

（三）《邵疏》：「此釋〈衛風‧淇澳〉之詩。《禮記‧大學》引之，《孔疏》云：『記者引《爾雅》以釋之也。』『骨謂之切，象謂之磋，玉謂之

琢，石謂之磨』，俱見下文〈釋器〉。〈學記〉云：『玉不琢不成器，人不學不知道。』《荀子・大略》篇：『人之于文學也，猶玉之于琢磨也。詩曰：如切如磋，如琢如磨。謂學問也。』《毛傳》：『道其學而成也，聽其規諫以自脩，如玉石之見琢磨也。』《禮記・鄭注》：『道，猶言也。』《孔疏》：『初習謂之學，重習謂之脩。』」（卷五○七，頁 13 至 14）

（四）《郝疏》：「此釋《詩・淇奧》之文，《禮記・大學》述之。切磋琢磨者，〈釋器〉云：『骨謂之切，象謂之磋，玉謂之琢，石謂之磨。』《毛傳》本《爾雅》而申之云：『道其學而成也，聽其規諫以自脩，如玉石之見琢磨也。』《大學・注》云：『道，猶言也。』《正義》曰：『初習謂之學，重習謂之脩。』」（卷上之三，頁 26）

前列諸人的注解幾乎沒有任何差異，都說明此條是引《詩・衛風・淇奧》之文而釋之，然後舉《毛傳》的解釋。值得注意的是《禮記・大學》篇也引用此首詩，其訓釋與《爾雅》全同，所以，邵、郝二氏亦引《禮記・鄭注》及《正義》。此條本是引用《詩經》之文再加以訓釋，因此，以下所討論的詞義乃針對《詩經》特定文脈的用義。但是，本文重點在探究《爾雅》的訓釋，是以先論解釋語再論被釋語，則能顯示二者的關係與第一部分的訓釋不同，並非同義詞，而較接近第二部分的「興喻之義」。

此二句的解釋語為「道學」與「自脩」。「道學」一語的「道」，《毛傳》云：「道其學而成」，是以「道」為「講論」之義，則「道學」為「講習學問」之義。「自脩」的「脩」字之義，《正義》雖分初習為「學」、重習為「脩」，但實質上二義無別，因此，「自脩」可解為「自我脩習」，應無疑義。

至於被釋語，主要牽涉到「切」、「磋」、「琢」、「磨」四字。前引諸疏都未特別加以訓詁，大約因為《爾雅・釋器》篇中即有一條專門訓釋此四字。且原詩作「如切」、「如磋」等，「如」字本有比喻之意，是以探討此四字的字義對理解詩義未必有幫助。然而，這並不等於探討此四字之義對於詩義的了解就完全沒有益處。相反的，就像〈釋訓〉篇第二部分的訓釋，「道學」、「自脩」仍是藉由「切」、「磋」等字的字義進一步比喻而成。因此，以下仍略作說明。

〈釋器〉云：「金謂之鏤，木謂之刻，骨謂之切，象謂之磋，玉謂之琢，石謂之磨。」《郭注》云：「六者皆治器之名。」《郝疏》與《邵疏》相近而較詳，以下只引《郝疏》，郝氏云：

切者，《說文》云：「刌也。」《玉篇》云：「治骨也。」〈大宰〉鄭眾注云：「珠曰切。」《賈疏》以《爾雅》云「骨曰切」，蓋鄭讀《爾雅》本作珠也。今按：珠質堅滑非可切之物，恐誤耳，然骨亦難切斷。《釋文》：「切本或作齘。」《說文》：「齘，齒差也。從齒屑聲。讀若切。」《玉篇》：「齘，治骨也。」是齘、切同。《玉篇》竝云「治骨」，是其字通。臧氏《經義雜記》十七云：「齘是齒之參差，治骨者因其差參而治之，俾齊一。故切磋字以齘爲正。今《爾雅》作切，後人改也。」

磋者，《玉篇》云：「治象也。」《論衡·量知》篇作「象曰瑳」。《說文》：「瑳，玉色鮮白。」蓋治象齒令其鮮白如玉。上云：「象謂之鵠」，亦訓爲白，是《爾雅》「磋」字當依《論衡》作「瑳」矣。

琢者，《說文》云：「治玉也。」《詩》：「追琢其章」，《箋》云：「追琢玉使成文章」，是鄭以追琢皆治玉之名。追即雕也。以此上云玉謂之雕，下云雕謂之琢，是雕、琢通名，《箋》義本《爾雅》也。

磨者，《說文》作「𥓟」，「𥓟」，礱也、礪也。以礪石礱磨之。《論語》「磨而不磷」，言石堅難治也。

《詩·淇澳·傳》「治骨曰切，象曰磋，玉曰琢，石曰磨。」於《爾雅》上加一治字，即文義了然矣。故《正義》引孫炎曰：「治器之名。」郭與孫同。（卷中之二，頁 19 至 20）

《郝疏》相當詳盡，基本上已將四字的意義說明得很清楚。就意義而言，切、磋、琢、磨四字都作動詞用。雖然，《爾雅》的訓釋是將四字嚴格區分爲對不同器物所作的工作，但大抵說來都不出「整治」、「修飭」之義，是以《郭注》云：「皆治器之名。」而其他清代訓詁《詩經》的專著，如陳奐《詩毛氏傳疏》、馬瑞辰《毛詩傳箋通釋》、胡承珙《毛詩後箋》皆無異說。《爾雅》的訓釋是針對不同的對象分成四個名稱，宋儒朱熹則依「治器」的工具及材料將四種動作分成兩組，他在《大學章句》中說：

切以刀鋸，琢以椎鑿，皆裁物使成形質也。磋以鑢錫，磨以沙石，皆治物使滑澤也。治骨角者，既切而復磋之。治玉石者，既琢而復磨之，皆言其治之大緒，而益致其精也。（《四書章句集注》，頁 6）

則朱氏之說似乎還將磋、磨二行爲視作切、琢的進一步動作，切、琢爲「裁

物使成形質」，磋、磨則使成形質之物更加「滑澤」，這才達到朱氏說的「益致其精」的目的。〔註 13〕朱氏此處基本上是針對《大學》首章「止於至善」而言，所以解爲「精益求精以止於至善」之意。而此「精益求精」義雖與切、磋、琢、磨四種動作有密切關係，但仍是四種動作所產生的結果或目的，而非四字作「精益求精」解。因此，無論如何，其基本的「整治」義並沒有改變。

　　同樣的道理，《爾雅》對此二句所作的訓釋，被釋語的字面意義與解釋語的「講習學問」、「自我脩習」義無涉。然而，「道學」、「自脩」的意思其實是結合「切」、「磋」、「琢」、「磨」四種活動的關係所引繹出來的意思，以說明講學、修德須經過不斷的努力才能有所成。此即如《毛傳》所釋：「道其學而成也，聽其規諫以自脩，如玉石之見琢磨也。」此種切磋、琢磨的工夫自然亦不限於爲學與修德，只是《爾雅》特舉此二事作爲君子之首務。這樣的解釋，顯然不是釋詞義而是釋句義。

二、「瑟兮僩兮，恂慄也。赫兮烜兮，威儀也。」

　　先列諸家對「『瑟兮僩兮』，恂慄也。『赫兮烜兮』，威儀也」的疏解，再作討論。

　　（一）《郭注》：「恒戰竦。貌光宣。」

　　（二）《邢疏》：「『瑟兮僩兮』者，《詩》文也。『恂慄』者，釋之也。謂嚴恂戰栗也。故郭云：『恒戰竦。』《毛傳》云：『瑟，矜莊貌。僩，寬大貌。』是外貌莊嚴又內寬裕也。『赫兮烜兮』者，《詩》文也。『威儀』者，釋之也。言赫烜者，容儀發揚之言，故言威儀也。《毛傳》云：『赫，有明德赫赫然。烜，威儀容止宣著也。』故郭云：『貌光宣。』」（頁 60）

　　（三）《邵疏》：「《毛傳》：『瑟，矜莊貌。僩，寬大也。赫，有明德赫赫然。烜，威儀容止宣著也。』《詩‧釋文》引《韓詩》云：『僩，美貌。』《說文》云：『武貌。』《禮記‧鄭註》：『恂字或作峻，讀如嚴峻之峻。言其容貌嚴栗也。』烜，《釋文》引《韓詩》作宣。宣，顯也。《說文》引《詩》作愃，云『寬嫺心腹貌。』」（卷五〇七，頁 14）

〔註13〕此處關於《毛傳》與朱熹訓釋之差異的分析乃據岑溢成先生的《大學義理疏解》一書。（頁 59）俞樾《詩名物證古》也注意到二說有異，但未再加以分析。

〔註14〕

　　試與前一小節所列注疏作一比較，可以很清楚的看出，諸疏對此二句的處理方式與前二句略有差異，尤以《邵疏》為然。《邢疏》只引用《毛傳》的解釋，《邵疏》則徵引《毛傳》之外，還引了《說文》的訓釋。此至少有兩種可能：其一，解釋語或被釋語有較難解的詞語，《毛傳》未解，所以必須再加解釋；二，《毛傳》雖已解，但解釋有誤或有其他解釋可通。《邵疏》中特別加以訓釋的解釋語「恂」字即屬第一種情形；被釋語的「僩」、「咺」二字則屬於後者。因此，下文不妨依序略釋此三字之義，亦可藉以顯示與前二句的訓釋不同之處。

　　先論「恂慄」的「恂」字。鄭氏解恂為「嚴峻」，則「恂慄」變為「嚴栗」之義。《郭注》「恒戰竦」，似以二字合為「戰慄」之義。邢氏云：「嚴恂戰栗」，則將二字分釋為「嚴峻」與「戰栗」。王引之《經義述聞》對此三說有所取捨，他說：

> 家大人曰：邢兼用《禮記》注以釋《爾雅》，故云嚴恂戰慄，不知嚴恂二字義不相屬，邵則直用《禮記》注為解，皆非郭義也。郭云「恒戰竦」者，謂悚懼戰慄也。《莊子·齊物論》篇：「民木處則惴慄恂懼。」《釋文》：「恂，恐貌。崔云：戰也。」是其證。且恂與慄連文，則恂非嚴峻可知。（卷二七，頁29至30）

王氏父子是以《郭注》為主而批評其他二說，基本立場上也許不太客觀，但他舉出的《莊子》的用例是以「惴慄恂懼」四字連文，必然解為「恐懼」、「戰慄」等義。因此，說「恂」字可以解為「戰慄」是有證據的。然而，這並不表示「恂慄」中的「恂」必不可解為「嚴峻」。「恂慄」是解釋「瑟兮僩兮」的，因此，以下續論「僩」字，或能對此有所說明。

　　「僩」，《毛傳》解為「寬大」，《韓詩》釋為「美貌」，《說文》則訓為「武」，正舉《詩經》此句。三說略異。陳奐《詩毛氏傳疏》則為《毛傳》之說另外舉出兩個用例作為佐證，他說：

> 《荀子·榮辱》篇：「塞者俄且通也，陋者俄且僩也，愚者俄且知也。」皆反對成文。陋者，隘陋，則「僩者，寬大」，《傳》訓本《荀子》。又《新書·道術》篇：「容志審道謂之僩，反僩為野」，亦與《傳》

〔註14〕郝氏對此二句及下二句的訓釋，除了一二詞語略有變動外，幾乎與《邵疏》完全相同，是以未列，以省篇幅。下二句即作同樣處理，不另加說明。

「寬大」義近。（頁 154）

但此二例似乎並不必然釋爲「寬大」，由《新書》「反僩爲野」來看，「僩」或應爲「文雅」之義。而《荀子》的「陋者俄且僩也」的陋與僩對文，亦可將陋視爲「鄙陋」，而「僩」亦可作「文雅」解。胡承珙《毛詩後箋》也認爲「文雅」與「寬大」二義相近：

> 《賈子·傅職》篇：「明僩雅以道之文」，又《道術》篇：「容志審道謂之僩，反僩爲野」，「僩雅」猶言嫻雅，「容志審道」亦寬大嫻雅之意。「反僩爲野」，與《荀子》陋、僩反對相同，是亦與毛義近。（《皇清經解續篇》冊七，卷四五二，頁 3 至 4）

則「寬大」之義似可成立。《段注》則維護《說文》「武貌」的訓釋，以爲「僩」應爲「擱」，並舉出各種辭書的解釋，但似乎並不反對《毛傳》的解釋。段氏云：

> 〈衛風·淇奧·傳〉：「瑟，矜莊皃。僩，寬大也。」許言「僩，武皃」，與毛異者，以《爾雅》及《大學》皆曰「瑟兮僩兮，恂栗也」。恂或作峻，讀如嚴峻之峻，言其容貌嚴栗與「寬大」不相應，故易之。僩，《左傳》、《方言》、《廣雅》皆作擱。《左傳》「擱然授兵登陴」，《服注》：「擱然，猛皃也。」《杜注》：「擱然，勁忿皃。」《方言》：「擱，猛也。晉魏之間曰擱。」《廣雅》亦曰：「擱，猛也。」而《荀卿子》……則以陋隘與寬大反對，與毛合。（頁 373 至 374）

則《說文》的「武貌」亦非無據。而王鳴盛《蛾術篇》則調合二說云：

> 《鄭注》以「恂」爲「嚴峻貌」，《毛傳》：「寬大皃」，寬大則武，狹小則不武。《荀子》……陋者俄且僩也，陋則不武，不陋則武。亦與許合。（《蛾術篇》卷二六，《說字》一二，頁 386）

至於《韓詩》之「美貌」解，朱駿聲認爲是「嫺」字之借。（《說文解字詁林》冊七，頁 94），而「嫺」爲「嫻雅」義，則又如前引胡承珙說與「寬大」義近。

　　總括前說，三義似乎又可因此而併爲一義。然而，此種標準略嫌太寬，「美」或可與「寬大」義相關，但與「武」義則較遠。就《詩經》上下文脈而言，二義皆可成立，故可說「寬大」、「武貌」二義並通。但若如段氏所說，以《爾雅》的訓釋爲主，考慮到上文作爲解釋語的「恂」字義，則或可將「恂」字釋爲「戰慄」或「恐懼」義，「僩」字解爲「武貌」。而此「瑟」字的「矜莊貌」可指內心莊嚴，「武貌」可指外在容貌剛毅，則亦可通。然而，若再考慮

下一句的「赫兮烜兮」，則似有文義重複的情況。下可論「烜」字。

烜，《郭注》云：「貌光宣」；《毛詩》作「咺」，解爲「威儀容止宣著也」；《韓詩》作「宣」，解爲「顯也」，三解相近。《說文》引《詩》作「愃」，訓爲「寬嫻心腹兒」，與前一義較無關聯。馬氏《毛詩傳箋通釋》對「烜」、「咺」、「愃」三字的關係及其意義有詳盡的說明：

> 《說文》：「朝鮮謂兒泣不止曰咺。」此咺之本義。咺，《韓詩》作宣，云「宣，顯也。」與《毛傳》訓「宣著」義合，則《毛傳》亦以咺爲宣之叚借。鄭注《大學》云：「咺，寬綽貌。」據《說文》「愃，寬閒心腹貌」，引詩：「赫兮愃兮」。《玉篇》「愃，寬心也」，是鄭讀咺如愃，與《說文》義合。……《韓詩》作「宣」者，即愃之省。……據《大學》訓「威儀」，則義從《毛傳》訓威儀宣著爲正。作愃者亦叚借耳。《爾雅》作烜，《釋文》：「烜者，光明宣著。」《廣雅·釋詁》：「烜，明也。」正與宣著義同。（頁61）

則馬氏以爲「烜」字之正解應如《毛傳》說，烜爲正字，宣、咺、愃爲假借。王筠《說文解字句讀》「愃」字下則云：

> 案許君此說特爲引《詩》立解。葢以《毛傳》、《韓詩章句》皆不得詩意，故本之《大學》「威儀也」之說，以成此詩不易之解也。〈力命〉篇注引鄭君注《禮記》曰：「咺，寬綽貌。」葢即本之許君，惜今《禮記注》闕之。（《說文解字詁林》冊八，頁1160）

《說文釋例》卷十八又云：

> 《韓詩》作「宣」，「宣，顯也。」《爾雅·釋訓》亦作「咺」。《郭注》：「貌光宣。」乃合釋赫咺也。……按許君之說閒、愃與《毛傳》異者，葢據《禮記》、《爾雅》……覺《傳》未安而易之也。寬閒心腹，猶云心廣體胖，赫是威，愃是儀，合而言之，猶云恭而安也。《韓詩》作「宣」乃省借。今本作「咺」則聲借。……朱子以赫爲盛大，以咺爲宣著，亦本毛義，然嫌於詞不順也。則總說之曰宣著盛大之貌。是謂詩人倒文以就韻也，恐未然也。（《說文解字詁林》冊八，頁1161）

則王氏是以愃爲正字，其他異文皆爲假借或省體，且採《說文》之訓釋，其他訓釋皆「不得詩意」。

值得注意的是，馬、王二氏各取《毛傳》與《說文》的解釋，但都認爲是從《爾雅》「威儀」的訓釋而來。那麼，是否此二說在某一程度上亦有相通

之處呢？其關鍵大約在於「威儀」二字。《毛傳》訓爲「宣著」，是就「威儀」呈顯於外的「呈顯」義而言；而《說文》的「寬嫺心腹」義，則就「威儀」的外在容貌「心廣體胖」而言。因此，皆可合於《爾雅》的訓釋。而同句的赫字依《毛傳》解爲「明德赫赫然」，也可進一步釋爲「著見於外」及「內心之德」二義而與前述「烜」之二義相配。因此，就《詩經》上下文脈而言，二義雖有差異，但基本上都可以說得通。第三小節的訓釋，亦是引《詩》而釋之，釋興喻之義者，但與第一小節仍有所不同。

三、「有斐君子，終不可諼兮。道盛德至善，民之不能忘也。」

茲列三人對「『有斐君子，終不可諼兮。』道盛德至善，民之不能忘也」部分的注疏：

(一)《郭注》：「斐，文貌。常思詠。」

(二)《邢疏》：「云『有斐君子，終不可諼兮。』者，詩文也。云『道盛德至善，民之不能忘也』者，釋之也。《毛傳》云：『斐，文章貌。諼，忘也。』此道有斐然文章之君子，盛德至善如此。故民稱之常思詠終不能忘也。案《詩》稱君子謂武公。」（頁 60）

(三)《邵疏》：「斐，《毛詩》作『匪』，『文章貌』。《釋文》引《韓詩》作『邲，美貌』。諼，忘也。已見上文。《禮記・鄭註》：『民不能忘，以其意誠而德著也。』」（卷五〇七，頁 14）

三人的注疏都集中在對「斐」、「諼」二字的訓釋上。先論「斐」字，馬瑞辰《毛詩傳箋通釋》云：

《傳》：「匪，文貌。」瑞辰按：《說文》：「斐，分別文也。」匪即斐之叚借，故《釋文》云：「匪，本又作斐，同。芳尾切。」《大學》及《一切經音義》引《詩》正作斐。《韓詩》作「邲，美貌」。《廣韻》：「邲，好貌。」古蓋讀匪如邲。匪，通作邲，猶斐通作蔚也。【《易・萃・象傳》：「其文蔚也。」《說文》引作「斐」。】《說文》卪部有邲，云：「邲，宰之也。」《韓詩》作邲。《廣韻》：「邲，好貌。」（頁 60）

陳奐《詩毛氏傳疏》亦云：

匪，文章貌。《傳》本《序》「有文章」作訓。匪即斐之假借。《禮記》、《爾雅》、《玉篇》、《列女傳》引《詩》正作「有斐君子」。《釋文》引《韓詩》作「邲，美兒。」《廣韻・六至》：「邲，好兒」，用《韓

詩》也。（頁154）

李黼平《毛詩紬義》又云：

> 《正義》曰：「《論語》云：『斐然成章。』《序》曰：『有文章』，故斐爲文章貌。」如《正義》云云，不言匪與斐通，則《正義》本正作「斐」字。校書者依《釋文》本而改之耳。（《皇清經解》冊十九，卷一三三四，頁1）

由諸家說可知，《毛詩》的「匪」即「斐」的假借。「斐」，《毛傳》、《鄭注》訓爲「文貌」或「文章」貌。「斐」與《韓詩》的「邲」，《易》之「蔚」字相通。而「美」、「好」等訓也與「文章貌」義近。

至於「諼」字，〈釋訓〉篇即有一條爲「萲、諼，忘也」。《邵疏》云：

> 《文選·註》引《韓詩·薛君章句》云：「諼草，忘憂也。」《說文》作「藼」，云：「令人忘憂草也。」……《爾雅·釋文》引《詩》云：「焉得萲草」，《毛傳》云：「萲草令人善忘。」今〈衛風·伯兮〉云：「焉得諼草」，《毛傳》：「諼草令人忘憂。」與陸氏所據本異。〈考槃〉云：「永矢弗諼」，《毛傳》用《爾雅》。（卷五○七，頁12）

《郝疏》亦云：

> 萲者，藼之省。《說文》作「藼」，或作「蕿」。又作「萱」，云：「令人忘憂草也。」引《詩》「焉得藼草。」今《詩》借作諼。……《玉篇》：「令人善忘憂草。」疑《毛傳》今本「忘」上脫「善」字。《爾雅·釋文》「忘」下脫「憂」字也。諼者，《詩·淇奧·傳》及〈考槃·箋〉竝云：「諼，忘也。」諼即萲之叚音。（卷上之三，頁24）

黃季剛先生《爾雅音訓》又云：

> 萲、諼同字並見。……引申訓忘，蕿草字即從之以得義。《文選·謝惠連西陵遇風獻康樂詩·注》引《韓詩》曰：「焉得蒞草」，薛君曰：「蒞草，忘憂也。」是萲又作蒞矣。（頁113）

《段注》在「諼」字下則云：

> 〈衛風〉「終不可諼兮」，《傳》曰：「諼，忘也。」此諼蓋藼之假借。藼本令人忘憂之草。引伸之，凡忘皆曰藼。《伯兮》詩作「諼艸」，〈淇奧〉詩作「不可諼」，皆假借也。（頁96）

對於「諼」字的解釋，諸家大抵無異說，馬瑞辰、陳奐等人亦同。則可歸納而知，「藼」字本爲「忘憂草」，引申爲忘義。「諼」、「萱」、「萲」等字或爲假

借或爲異體字，而「諼」即訓爲「忘」。

　　較值得說明的是此二句的訓釋方式，在本條中最特殊，與前面討論的二組四句，完全不同。此二句亦引用原詩，但並非對特定詞語加以訓釋，乃引用原詩中的兩句，而對其字面意義加以串講疏解，與《鄭箋》的處理方式類似。再以此條而論，也是本篇中最長而最特殊的，包含不同的訓釋內容與語言單位。「道學」、「自學」雖是針對特定詞語的用義，但屬第二部分的「興喻之義」；「恂慄」、「威儀」二釋，則一是訓釋詞語的原義，一是詞語所涉及的行爲。最後一部分則爲串解句義，雖未解特定詞語，但在解釋語中已涵攝詞語意義的訓釋。此條的訓釋，實類似於《鄭箋》的處理。上述本條的特殊性質，亦即本文以之爲最後一條討論的原因。

第五章　結　論

　　經過前幾章對〈釋訓〉篇訓釋實例的探討後，本章將略述各章所討論的問題及所得。綜合爲兩個方面。第一個方面是把《爾雅》視爲詞義之書，通過〈釋訓〉篇的主要內容反省古代漢語的複音詞，尤其是「疊字」的意義問題。考察的問題有二：一是檢討「疊字義」及其「單字義」的關係，二是檢討「雙組重疊」的問題。第二個方面是把《爾雅》視爲訓詁解經之書，通過〈釋訓〉對《詩經》特定文句的解釋，檢討訓詁的範圍的問題。

　　〈釋訓〉篇的內容，實際上是包含許多複雜的成分的，其中有對一般詞語的解釋，也有對特定經書，即《詩經》中的詞語、句子、篇章等不同的語言單位的釋義。從分量來看，疊字佔了其中的大部分。因此，本文的重點實放在疊字的意義問題上。

　　疊字的意義問題，主要在於疊字義是否由單字義而來。前人的看法多以爲疊字義乃由單字義而來，所以疊字義可由單字義求得。而今人則多半從語言學的觀點，認爲疊字並不能或不應拆開來解釋，疊字義基本上並非由單字義而來，以至把疊字視爲連綿字的一部分。有些疊字的意義顯然源於組成它的單字的意義，甚至與這單字同義。有些疊字的意義則似乎與組成它的單字的意義無關。所以有些學者的做法就是把疊字分成兩類，如周秉鈞《古漢語綱要》就說：「重言詞又可分成兩類：不重不能用的是一類，不重也能用的是一類。」（頁 239）所謂重言詞指的就是疊字。趙克勤《古漢語詞彙概要》也認爲重言詞可分成兩類，他說：

　　　　實際上，古書重言詞有兩類：一類重言詞的意義與單字的基本意義
　　　　相同；一類重言詞的意義與單字毫無關係。……一種重言詞是由兩

個形音義完全相同的單音詞組成，重言詞的意義基本上就是單音詞的意義，這實際上是兩個相同單音詞的重疊形式，因此有人又把這種重言詞叫做「疊詞」。……一種重言詞雖然也由兩個形音義完全相同的單字組成，但這兩個字只不過代表兩個音節，它們與重言詞的意義毫無關係。有人把這種重言詞稱為「疊字」。（頁 73 至 74）

從理論上來看，這種做法是相當客觀的。可是，要實際辨別這兩類，並不容易。所以趙克勤在分析重言的用法時，就說：「後面所談的重言詞，兩類都有，不再一一加以區分」。（同上，頁 74）事實上，除了少數的例子之外，真要一一加以區分，幾乎是不可能的。造成這種辨認上的困難的，正是重言詞與其組成單字在意義上的複雜性。

本文先後以「懋懋」、「斤斤」、「明明」三例，從不同的方面和層次顯示疊字義和單字義的關係的複雜性。「懋懋」與「明明」的意義，都顯然跟組成它們的單字的意義相同或相近。「懋懋」之訓為「勉」，屬於「單疊同訓」的例子，則疊字義不僅源自單字義，而且與單字義相同。「明明」之訓為「察」，雖非「單疊同訓」，但「明」字之義亦與「察」近，所以「明明」的疊字義與其單字義大體無別。然而，這兩個詞的疊字義雖然都源自單字義，若單字義不只一個，則疊字義到底源自單字的哪一種意義，實難斷言。如「懋」（即「茂」）有「勉」義，亦有「豐」義；「明」有「察」義，亦有「勉」義。由於組成疊字的單字有歧義，於是疊字也隨之有歧義。此外，「明明」之所以有「勉」義，源於「明」有「勉」義，而「明」之有「勉」義，乃因為「明」可用作「孟」之假借字，而「孟」有「勉」義，故「明」有「勉」這種假借義，於是「明明」亦隨之有「勉」義。由此可見，疊字義與單字義的關係所以複雜，歧義和假借這兩種現象，是最主要的原因。一旦引入「假借」，則一些原來被視為不可分割、意義與單字義無關的疊字，很容易就會被解釋為意義仍出自其單字義。如「斤斤」常常被用作不可分割的、不重不能用的疊字，但若把「斤」視為「昕」的假借字，則「斤斤」立刻就變成可以分割的、不重也能用的「重言詞」。結果，這大大加強了盡量把疊字義的源頭追溯到單字義的趨向。事實上，「假借」的現象往往是引致疊字產生歧義，使疊字義及單字義的關係難以確定，甚至使疊字的詞性的判定也產生分歧的主因。古漢語中的疊字，大多是形容詞，動詞或名詞都很少，所以在處理疊字的意義時，除了把疊字義的源頭追溯到單字義的趨向外，還有一種盡量把一些被認定為動詞或名詞的疊

字解釋為形容詞的趨向。「采采」、「宿宿」、「信信」的不同解釋，就是這種趨向的表現。這種趨向的形成，「假借」的影響也非常大。「采采」、「宿宿」、「信信」所以可能解為形容性的疊字，都是透過「假借」來證成的。「假借」影響所及，一些原來被公認為不可分割的「連綿字」，如「粤夆」等，竟然可以分析為兩個意義相近的動詞：「屏藩」、「輔助」，而成為由兩個可以分割的動詞所組成的合成複音詞或詞組。結果，疊字和非疊字、疊字義和單字義、形容性與非形容性疊字、連綿字與非連綿字之間的分界，全都變得模糊了。在這種情況下，任何有關疊字以至複音詞的理論或判斷，若不能面對和處理這種複雜性，都很難成立。對於這個複雜的問題，本文的目的只在把問題及其癥結充分鋪露出來，並沒有提出一套理論或解決的意圖。

在疊字的基礎上，有些學者認為古漢語的複音詞中，還有一種「雙組重疊」的存在。〈釋訓〉篇中，被歸為「雙組重疊」的共有五個。本文從來源上檢討「噰噰喈喈」、「顒顒卬卬」、「子子孫孫」、「委委佗佗」等四例，發現「子子孫孫」、「委委佗佗」與其他三例不同。其他三例是由兩組疊字合成的，但由於兩組疊字都可以單獨使用或單獨解釋，所以與其斷言它們是一個「雙組重疊」，還不如把它們判定為兩個「單組重疊」。「子子孫孫」顯然是「子孫」的重疊，而不是「子子」、「孫孫」的組合，而重疊後的「子子孫孫」的意義，其實與「子孫」的意義並沒有太大的分別，這與一般的疊字義出自其組成單字的意義的情況是一樣的。那麼，這所謂「雙組重疊」與「單組重疊」並無本質的差別。「委委佗佗」是「委委」、「佗佗」的組合，抑為「委蛇」的重疊，並沒有足夠資料來判定。若為前者，而「委委」、「佗佗」是可以單獨使用或單獨解釋，則「委委佗佗」就像「顒顒卬卬」一樣，只是兩個疊字的連續使用而已，不能算作不能獨用或獨釋的「雙組重疊」。若為後者，則「委委佗佗」就像「子子孫孫」一樣，與「單組重疊」並無明確的分別。據此，則「雙組重疊」能否成立、是否存在，就很成疑問了。

除了對古漢語的複音詞提供許多寶貴的資料之外，〈釋訓〉篇對於訓詁的範圍，也提供了十分具體的例證。近世一些訓詁學專著往往認為「說明字義的就是訓詁學」，於是把訓詁學的範圍局限在字義和詞義的探究上。其實，正如陸宗達《訓詁簡論》所說的：

> 訓詁學是以解釋詞義為基礎工作的。除此之外，它還從分析句讀、
> 闡述語法這兩個方面，對虛詞和句子結構進行分析，實際上為後來

的語法學提供了素材。在釋詞、釋句的過程中，它承擔著說明修辭
手法和研究特殊的表達方式的任務，以後的修辭學即從中取材。同
時，它還串講大意和分析篇章結構，就整段或整篇文章進行分析解
釋。（頁 15）

訓詁無疑應以詞義爲基礎或出發點，但不應限於詞義，須延伸到句義以至章
義。事實上，若以最早以「訓詁」爲名的《毛詩詁訓傳》來對照，從詞義到
章句之義，原是訓詁的本來面目。《爾雅》一般被視爲專釋詞義之書，但其中
竟然有些條目不是解釋詞義，而是解釋《詩經》一些句子的句義，如「子子
孫孫」等，更有一些涉及章義，如「晏晏、旦旦，悔爽忒也」等。這正是訓
詁範圍當不限於詞義，而應以句義、章義爲目標的明證。

參考書目

一、《爾雅》類

1. 郭璞注、邢昺疏，《爾雅注疏》，南昌府學重刊宋本《十三經注疏》，藍燈文化事業公司，原書缺出版日期。

2. 邵晉涵，《爾雅正義》，《皇清經解》第十五冊，復興書局，民國 50 年 5 月出版。

3. 郝懿行，《爾雅義疏》，藝文印書館，民國 76 年 10 月 4 版。

4. 王念孫，《爾雅郝注刊誤》，《羅雪堂先生全集續篇》第十四冊，臺灣大通書局，民國六十五年七月初版。

5. 王念孫，《廣雅疏證》，上海古籍出版社，1983 年 6 月第 1 版。
   又：（陳雄根標點本），香港中文大學出版社，1978 年。

6. 胡承珙，《小爾雅義證》，《四部備要》，臺灣中華書局，民國 68 年 11 月臺 3 版。

7. 王引之，《經義述聞》，上海古籍出版社，1985 年 7 月第 1 版。

8. 嚴元照，《爾雅匡名》，藝文印書館，民國 77 年 3 月初版。

9. 黃季剛，《爾雅音訓》，藝文印書館，民國 77 年 3 月初版。

10. 高明，《爾雅辨例》，《高明小學論叢》，黎明文化事業股份有限公司，民國 69 年 9 月再版。

11. 駱鴻凱，《爾雅論略》，湖南嶽麓書社，1985 年 10 月第 1 版。

12. 謝雲飛，《爾雅義訓釋例》，華岡出版部，民國 58 年 12 月。

13. 林明波，《唐以前小學書之分類與考證》，東吳大學中國學術著作獎助委員會，民國 64 年 10 月。

14. 徐朝華，《爾雅今注》，南開大學出版社，1987 年 7 月第 1 版。

15. 顧廷龍、王世偉，《爾雅導讀》，巴蜀書社，1990 年 1 月第 1 版。

16. 殷孟倫，《爾雅訓釋問題簡述》，《中國語文研究》第八期，香港中文大學中國文化研究所，1986 年 8 月 1 版。

17. 魏培泉，《詩毛傳與爾雅釋詁等三篇之比較研究》，《中國文學研究》第二輯，臺灣大學中國文學研究所，民國 77 年 5 月。

18. 張清常，《爾雅研究的回顧與展望》，《語言研究》第六期，1984 年 5 月。

19. 盧國屏，《清代爾雅學》，政大中文研究所碩士論文，民國 76 年 12 月。

二、《詩經》類

1. 朱熹，《詩經集註》，新陸書局，民國 71 年 8 月初版。

2. 陳奐，《詩毛氏傳疏》，學生書局，民國 56 年 9 月初版。

3. 馬瑞辰，《毛詩傳箋通釋》，廣文書局，民國 60 年 11 月初版。

4. 王筠，《毛詩重言》，《百部叢書集成‧式訓堂叢書》，藝文印書館，民國 60 年 10 月。

5. 胡承珙，《毛詩後箋》，《皇清經解續篇》第七冊，藝文印書館。

6. 李雲光，《毛詩重言通釋》，臺灣商務印書館，民國 67 年 12 月初版。

7. 于省吾，《詩經楚辭新證》，木鐸出版社，民國 71 年 11 月初版。

8. 朱廣祈，《詩經雙音詞論稿》，河南人民出版社，1985 年 4 月第 1 版。

9. 戴璉璋，《詩經語法研究》，《中國學術年刊》第一期，民國 65 年 12 月。

10. 梁克虎，《詩經疊字試探》，《廣西大學學報》，1981 年 1 期。

11. 胡平生、韓自強，《阜陽漢簡詩經研究》，上海古籍出版社，1988 年 5 月第 1 版。

12. 丁聲樹，《詩卷耳、茉莒「采采」說》，《國立北京大學四十週年紀念論文集》，民國 29 年。

三、語言文字類

1. 方以智，《通雅》，（點校重排本），《方以智全書》第一冊上，上海古籍出版社，1988 年 9 月第 1 版。

2. 段玉裁，《說文解字注》，蘭臺書局，民國 60 年 10 月再版。

3. 阮元，《經籍纂詁》，宏業書局，民國 61 年 5 月。

4. 王引之，《經傳釋詞》，江蘇古籍出版社，1985 年 7 月第 1 版。

5. 盧文弨，《經典釋文考證》，新文豐出版社，民國 73 年 6 月。

6. 俞樾，《古書疑義舉例》（重排本），清流出版社，民國 65 年 10 月。

7. 楊樹達，《詞詮》，臺灣商務印書館，民國 66 年 1 月臺 3 版。

8. 符定一，《聯緜字典》，臺灣中華書局，民國 68 年 5 月臺 5 版。

9. 裴學海，《古書虛字集釋》，廣文書局，民國 68 年 6 月 4 版。

10. 于省吾，《甲骨文字釋林》，臺灣大通書局，民國 70 年 10 月初版。

11. 朱起鳳，《辭通》，臺灣開明書店，民國 71 年 3 月臺 3 版。

12. 丁福保，《說文解字詁林》，鼎文出版社，民國 72 年 4 月 2 版。

13. 黃季剛先生口述、黃焯先生筆記，《文字‧聲韻‧訓詁筆記》，木鐸出版社，民國 72 年 9 月。

14. 洪成玉，《古漢語詞義分析》，天津人民出版社，1985 年 11 月第 1 版。

15. 郭錫良，《漢字古音手冊》，北京大學出版社，1986 年 11 月第 1 版。

16. 趙克勤，《古漢語詞匯概要》，浙江教育出版社，1987 年 4 月第 1 版。

17. 王力，《中國語言學史》，駱駝出版社，民國 76 年 7 月。

18. 胡樸安，《中國訓詁學史》，臺灣商務印書館，民國 77 年 11 月臺 11 版。

19. 陸宗達，《訓詁簡論》，北京出版社，1980 年 7 月第 1 版。

20. 趙世舉，《古漢語易混問題辨析》，陝西人民出版社，1989 年 8 月第 1 版。

21. 胡楚生，《訓詁學大綱》，華正書局，民國 79 年 9 月 3 版。

22. 李孝定，《甲骨文字集釋》，中央研究院歷史語言研究所專刊第 50，民國 80 年 3 月。

23. 周秉鈞，《古漢語綱要》，湖南教育出版社，1991 年 7 月 8 版。

24. 周法高，《金文詁林補》，中央研究院歷史語言研究所專刊第 77，民國 71 年 5 月。

25. 戴璉璋，《尚書句首、句中、句末語氣詞探究》，《淡江學報》第三期，民國 53 年。

26. 蘇文擢，《經詁拾存》，《中國語文研究》第二期，香港中文大學中國文化研究所，1981 年 1 月 1 版。

27. 岑溢成，《訓詁學與清儒訓詁方法》，香港新亞研究所博士論文，民國 73 年。

28. 王玉堂，《聲訓瑣議》，《古漢語論集》第一輯，湖南師範學院古漢語研究室編，湖南教育出版社，1985 年 3 月第 1 版。

29. 何耿鏞，《中國經學與語言文字學》，《廈門大學學報》哲學社會科學版，1986 年第 4 期。

30. 岑溢成，《小學探義》，《人文學報》第 5 期，中央大學，民國 76 年 6 月。

四、其他

1. 王充，《論衡》，《四庫叢刊》，臺灣商務印書館，民國 68 年 11 月臺 1 版。

2. 陸德明，《經典釋文》，上海古籍出版社，1985 年 10 月第 1 版。

3. 朱熹,《四書章句集注》(點校重排本),漢京出版社,民國 76 年 10 月初版。

4. 顧炎武,《原抄本日知錄》,明倫出版社,原書缺出版日期。

5. 戴震,《戴東原先生全集》,大化書局,民國 76 年 4 月再版。

6. 王鳴盛,《蛾術篇》,中文出版社,1979 年 12 月。

7. 段玉裁,《段玉裁遺書》,大化書局,民國 75 年 4 月再版。

8. 阮元,《揅經室集》,臺灣商務印書館,民國 56 年 3 月臺 1 版。

9. 洪頤煊,《讀書叢錄》,廣文書局,民國 66 年 1 月初版。

10. 劉毓崧,《通義堂文集》,《求恕齋叢書》,《叢書集成續編》第 196 冊,新文豐出版公司,民國 78 年 7 月臺 1 版。

11. 屈萬里,《尚書集釋》,聯經出版公司,民國 72 年 7 月。

12. 朱廷獻,《尚書異文疏證》,臺灣中華書局,民國 59 年 6 月初版。

《經傳釋詞》辯例

程南洲　著

作者簡介

程南洲，1941 年出生，臺灣雲林人。國立政治大學中國文學研究所博士班畢業，獲國家文學博士學位。歷任國立政治大學、國立臺北商業技術學院、明志科技大學、開南大學等校教授。著有《東漢時代之春秋左氏學》、《左傳賈逵注與杜預注之比較研究》、《倫敦所藏敦煌老子寫本殘卷研究》等書。

提　　要

　　清‧阮元曰：「實字易訓，虛詞難釋。」蓋語詞之釋，肇於《爾雅》，然所釋有限。兩漢之時，說經者崇尚雅訓，凡實義所在，皆明著之，而語詞之例，則略而不究，或以實義釋之，遂使文義扞格，而意義難明。下逮魏晉《顏氏家訓》，雖有〈音辭篇〉，於語詞亦少有發明。唐宋之際，漸有創見。至清劉燦著《支雅》，首列釋詞之篇，劉淇作《助字辨略》，專辨助字之義，始有釋詞之專著。迄乎王氏引之，更刺取九經、三傳以及周秦兩漢之書，作成《經傳釋詞》十卷，遂於訓詁學中另立釋詞一派。王氏之後，吳昌瑩《經傳衍詞》、裴學海《古書虛字集釋》皆是續裘之作。逮乎馬建忠《文通》、楊樹達《詞詮》，更以文法之詞性辨折虛詞，釋詞學又進入一新境界矣。總之，王氏《釋詞》乃是集《爾雅》之來虛詞之大成，下開釋詞學一派之宗脈，其功倬矣。

　　本論文共分六章，首章辯折《釋詞》編排之次序，次章按文法詞性辯折《釋詞》所訓釋之類別，三章辯折《釋詞》訓釋字義所用之方法，四章辯折《釋詞》所訓釋之範圍，五章說明《釋詞》訓詁所用之術語，末章為結論，綜論《釋詞》一書之優劣得失。

目

次

序

　　阮元曰：「實字易訓，虛詞難釋。」誠哉斯言！余大學畢業後，曾在中學任教國文多年，學生常以虛字相質問，雖詳加解釋，亦每爲所苦。當時計劃作一有系統之研究，但課務繁忙，無暇及此。嗣後入政治大學中國文學研究所繼續進修，因素來仰慕高郵王氏父子貫通經訓，兼及詞氣，《經傳釋詞》一書尤爲釋詞學之先聲，故選「《經傳釋詞》辯例」爲論文題目，作綜合性之研究，以探討釋詞學草創時期之概貌。蓋語詞之釋，肇於《爾雅》，然所釋有限。兩漢之時，說經者崇尙雅訓，凡實義所在，皆明著之，而語詞之例，則略而不究，或以實義釋之，遂使文義扞格，而意義難明。下逮魏晉，《顏氏家訓》雖有〈音辭篇〉，於古訓亦罕有發明。唐宋之時，漸有創見。至清劉燦著《支雅》，首列釋詞之篇，劉淇作《助字辨略》，專辨助字之義，始有釋詞之專著。迄乎王氏引之，更刺取九經、三傳以及周、秦兩漢之書，以演繹歸納之方法，「比例而知，觸類而長」、「引而申之，以盡其義類」，作成《經傳釋詞》十卷，遂於訓詁學中別立釋詞一派。王氏之後，吳昌瑩《經傳衍詞》、裴學海《古書虛字集釋》皆是續裘之作。逮乎馬建忠《文通》、楊樹達《詞詮》、許師詩英先生《常字虛字淺釋》，更以文法之詞性辯析虛詞，釋詞學又進入一新境界矣。總之，王氏《釋詞》乃是集《爾雅》以來虛詞之大成，下開釋詞學一派之宗脈，其功偉矣。

　　本篇共分六章，首章辯析《釋詞》編排之次序：《釋詞》係按守溫三十六字母，依喉、牙、舌、齒、脣之順序編排而成。計卷一、二、三、四爲喉音字，卷五爲牙音字，卷六爲舌音字，卷七、八、九爲齒音字，卷十爲脣音字。次章按文法詞性辯析《釋詞》所訓釋之類別，其詞類有動詞、繫詞、準繫詞、

限制詞、指稱詞、關係詞、語氣詞七類，加上通用字，共得八類。三章辯析《釋詞》訓釋字義所用之方法，共得十三種，即采聲轉以訓釋者、采引申假借以訓釋者、采無義假借以訓釋者、舉類書以證明者、舉同文以證明者、舉兩文以比較者、舉互文以證明者、舉別本以證明者、舉古注以證明者、舉後人所引以證明者、舉對文以證明者、舉連文以證明者以及采字通以證明者十三種是也。四章辯析《釋詞》所訓釋之範圍，計《釋詞》所采之訓釋之書、文有四十九種（詳見目錄），本篇所列，大體按經、史、子、集之順序加以區分，即一至十八爲經類，十九至二十八爲史類，二十九至四十二爲子類，四十三至四十九爲集類，唯本篇未明標經、史、子、集之目，實則隱含此意。五章說明《釋詞》訓詁所用之術語。末章爲結論，綜論《釋詞》一書之優劣得失。

　　是篇之作，承高師仲華先生提示題目，復蒙熊師翰叔先生諄諄指授，始底於成，師恩難忘，謹此致謝。唯書成倉促，疏漏錯誤，在所難免，博雅君子，幸垂教焉。

中華民國六十二年六月　程南洲謹識

凡　例

一、本篇所取乃以藝文印書館印行學海堂《皇清經解》本爲主，並參考世界
書局《經傳釋詞》本及華聯出版社《經傳釋詞》本整理而成。

二、本篇旨在辯析《釋詞》編排之次序、訓釋之類別、訓釋之方法及訓釋
之範圍，對字義之正誤未予論述，因前人辨正《釋詞》之錯誤已多，故
不贅焉。

三、本篇解說所用之切語，悉依《廣韻》之反切。古聲根據黃氏古本聲十九
紐，古韻則根據段氏古十七部諧聲表。

四、本篇第二章按詞性分類，因中國文法之詞類各家分法略有不同，本篇之
詞類係依許師詩英先生《中國文法講話》爲準，按名詞、形容詞、動詞、
繫詞、準繫詞、限制詞、指稱詞、關係詞、語氣詞之順序排列而成。唯
《經傳釋詞》所訓釋之詞類但有動詞、繫詞、準繫詞、限制詞、指稱詞、
關係詞、語氣詞七類而已。

五、本篇所用文法術語，多以許師詩英先生《中國文法講話》爲準，爲節省
篇幅，概不另加解釋。

六、本篇第二章所用之例句，皆以《釋詞》之例句爲主，舉證時，例句之前
皆冠以「王氏自舉之例云」或「王氏之例云」等字，以資分別。《釋詞》
所無者，再舉他例補充之。

第一章　《經傳釋詞》編排之次序

　　《經傳釋詞》全書共分十卷，凡百六十字，其編排之次序，係根據守溫三十六字母，按：喉、牙、舌、齒、脣之順序而排定。卷一、二、三、四為喉音字，卷五為牙音字，卷六為舌音字，卷七、八、九為齒音字，卷十為脣音字。茲分述如后：

一、卷一、二、三、四為喉音字，即影、曉、匣、喻（爲）四母也

（一）卷一，共十字

  1. 與：《廣韻》以諸切，喻母。

  2. 目：同以，《廣韻》羊已切，喻母。

  3. 猶：《廣韻》以周切，喻母。

  4. 由：《廣韻》以周切，喻母。

  5. 繇：《廣韻》以周切，喻母。

  6. 因：《廣韻》於眞切，影母。

  7. 用：《廣韻》余頌切，喻母。

  8. 允：《廣韻》余準切，喻母。

  9. 於：《廣韻》央居切，影母。

  10. 于：《廣韻》羽俱切，喻（爲）母。

（二）卷二，共八字

  1. 爰：《廣韻》雨元切，喻（爲）母。

  2. 粵：《廣韻》王伐切，喻（爲）母。

  3. 曰：《廣韻》王伐切，喻（爲）母。

  4. 聿：音聿，《廣韻》餘律切，喻母。

5. 安：《廣韻》烏寒切，影母。

6. 焉：《廣韻》於乾切，影母。

7. 爲：《廣韻》薳支切，又王僞切，皆屬喻（爲）母。

8. 謂：《廣韻》于貴切，喻（爲）母。

（三）卷三，共十二字

1. 惟：《廣韻》以追切，喻母。

2. 云：《廣韻》王分切，喻（爲）母。

3. 有：《廣韻》云久切，喻（爲）母。

4. 或：《廣韻》胡國切，匣母。

5. 抑：《廣韻》於力切，影母。

6. 一：《廣韻》於悉切，影母。

7. 亦：《廣韻》羊益切，喻母。

8. 伊：《廣韻》於脂切，影母。

9. 夷：《廣韻》以脂切，喻母。

10. 洪：《廣韻》戶公切，匣母。

11. 庸：《廣韻》餘封切，喻母。

12. 台，音飴，《廣韻》與之切，喻母。

（四）卷四，共二十二字

1. 惡，音烏，《廣韻》哀都切，影母。

2. 侯：《廣韻》戶鉤切，匣母。

3. 遐：《廣韻》胡加切，匣母。

4. 號，音豪，《廣韻》胡刀切，匣母。

5. 曷：《廣韻》胡葛切，匣母。

6. 盍：《廣韻》胡臘切，匣母。

7. 許：《廣韻》虛呂切，曉母。

8. 行：《廣韻》戶庚切，匣母。

9. 況：《廣韻》許訪切，曉母。

10. 鄉，音向，《廣韻》許亮切，曉母。

11. 汔，音迄，《廣韻》許訖切，曉母。

12. 歟：《廣韻》以諸切，喻母。

13. 邪：《廣韻》以遮切，喻母。

14. 也：《廣韻》羊者切，喻母。

15. 矣：《廣韻》于紀切，喻（為）母。

16. 乎：《廣韻》戶吳切，匣母。

17. 俞：《廣韻》羊朱切，喻母。

18. 於：音烏，《廣韻》哀都切，影母。

19. 猗：《廣韻》於離切，影母。

20. 噫：《廣韻》於其切，影母。

21. 嘻：《廣韻》許其切，曉母。

22. 吁：《廣韻》況于切，曉母。

二、卷五為牙音字，即見、溪、群、疑四母也

（一）卷五共有二十三字。

1. 孔：《廣韻》康董切，溪母。

2. 今：《廣韻》居吟切，見母。

3. 羌：《廣韻》去羊切，溪母。

4. 愸：《廣韻》魚觀切，疑母。

5. 言：《廣韻》語軒切，疑母。

6. 宜：《廣韻》魚羈切，疑母。

7. 可：《廣韻》枯我切，溪母。

8. 幾：《廣韻》居依切，見母。

9. 祈：《廣韻》渠希切，羣母。

10. 豈：《廣韻》袪狶切，溪母。

11. 蓋：《廣韻》古太切，見母。

12. 厥：《廣韻》居月切，見母。

13. 及：《廣韻》其立切，羣母。

14. 其：《廣韻》渠之切，羣母。

15. 其，音記，《廣韻》居吏切，見母。

16. 其，音姬，《廣韻》居之切，見母。

17. 居：《廣韻》居之切，見母。

18. 詎：《廣韻》其呂切，羣母。

19. 固：《廣韻》古暮切，見母。

20. 故：《廣韻》古暮切，見母。

21. 顧：《廣韻》古暮切，見母。

22. 苟：《廣韻》古厚切，見母。

23. 皋：《廣韻》古勞切，見母。

三、卷六為舌音字，即端、透、定、泥、知、徹、澄、娘、來九母也

（二）卷六共有十五字。

    1. 乃：《廣韻》奴亥切，泥母。

    2. 寧：《廣韻》奴丁切，泥母。

    3. 能：《廣韻》奴登切，泥母。

    4. 徒：《廣韻》同都切，定母。

    5. 獨：《廣韻》徒谷切，定母。

    6. 奈：《廣韻》奴帶切，泥母。

    7. 那：《廣韻》諾何切，又奴箇切，泥母。

    8. 都：《廣韻》當孤切，端母。

    9. 當：《廣韻》都郎切，端母。

    10. 儻：《廣韻》他朗切，透母。

    11. 殆：《廣韻》徒亥切，定母。

    12. 誕：《廣韻》徒旱切，定母。

    13. 迪：《廣韻》徒歷切，定母。

    14. 直：《廣韻》除力切，澄母。

    15. 疇：《廣韻》直由切，澄母。

四、卷七、八、九皆為齒音字，其中卷七屬日母，卷八屬精、清、從、
    心、邪五母，卷九則為照、穿、牀、審、禪五母

（一）卷七共有九字，皆屬日母字

    1. 而：《廣韻》如之切，日母。

    2. 如：《廣韻》人諸切，日母。

    3. 若：《廣韻》而灼切，日母。

    4. 然：《廣韻》如延切，日母。

    5. 爾，《廣韻》兒氏切，日母。

    6. 耳：《廣韻》而止切，日母。

7. 仍：《廣韻》如乘切，日母。

8. 聊：《廣韻》落蕭切，來母。

9. 來：《廣韻》落哀切，來母。

按：：聊、來二字應側於卷六舌音字內，不當列在此卷。

（二）卷八共有二十二字，皆屬精、清、從、心、邪五母

1. 雖：《廣韻》息遺切，心母。

2. 肆：《廣韻》息思切，心母。

3. 自：《廣韻》疾二切，從母。

4. 茲：《廣韻》子之切，精母。

5. 斯：《廣韻》息移切，心母。

6. 些：《廣韻》寫邪切，心母。

7. 思：《廣韻》息慈切，心母。

8. 將：《廣韻》即良切，精母。

9. 且：《廣韻》子魚切，精母。

10. 且：王氏自注為子餘反，子為精母。

11. 徂：《廣韻》昨胡切，從母。

12. 作：《廣韻》則落切，精母。

13. 曾：《廣韻》作滕切，精母。

14. 曾，音層，《廣韻》昨棱切，從母。

15. 朁：音慘，《廣韻》七感切，清母。

16. 哉：《廣韻》祖才切，精母。

17. 載：《廣韻》作亥切，精母。

18. 則：《廣韻》子德切，精母。

19. 即：《廣韻》即良切，精母。

20. 嗞，音茲，《廣韻》子之切，精母。

21. 差：今作嗟，《廣韻》子邪切，精母。

22. 此，音紫，《廣韻》將此切，精母。

（三）、卷九共有二十五字，皆屬照、穿、牀、審、禪五母

1. 終：《廣韻》職戎切，照母。

2. 誰：《廣韻》視隹切，禪母。

3. 孰：《廣韻》殊六切，禪母。

    4. 者：《廣韻》章也切，照母。

    5. 諸：《廣韻》章魚切，照母。

    6. 之：《廣韻》止而切，照母。

    7. 旃：《廣韻》諸延切，照母。

    8. 是：《廣韻》承紙切，禪母。

    9. 時：《廣韻》市之切，禪母。

    10. 寔：《廣韻》常職切，禪母。

    11. 只：《廣韻》章移切，照母。

    12. 啻：《廣韻》施智切，審母。

    13. 祇，音支，《廣韻》章移也，照母。

    14. 適：《廣韻》施隻切，審母。

    15. 識：《廣韻》賞職切，審母。

    16. 屬，音燭，《廣韻》之欲切，照母。

    17. 止：《廣韻》諸市切，照母。

    18. 所：《廣韻》疏舉切，審（疏）母。

    19. 矧：《廣韻》式忍切，審母。

    20. 爽：《廣韻》疏兩切，審（疏）母。

    21. 庶：《廣韻》商署切，審母。

    22. 尚：《廣韻》時亮切，禪母。

    23. 逝：《廣韻》時制切，禪母。

    24. 率：《廣韻》所律切，審（疏）母。

    25. 式：《廣韻》賞職切，審母。

五、卷十皆為脣音字，即幫、滂、並、明、非、敷、奉、微八母也

（一）卷十共有十四字。

    1. 彼：《廣韻》甫委切，非母。

    2. 末：《廣韻》莫撥切，明母。

    3. 蔑：《廣韻》莫結切，明母。

    4. 比：《廣韻》卑履切，幫母。

    5. 薄：《廣韻》傍各切，並母。

    6. 每：《廣韻》武罪切，微母。

    7. 不：《廣韻》甫鳩切，又音方久切，分勿切，甫、方、分皆為非母。

8. 非：《廣韻》甫微切，非母。

9. 匪：《廣韻》府尾切，非母。

10. 無：《廣韻》武夫切，微母。

11. 罔：《廣韻》文兩切，微母。

12. 微：《廣韻》無非切，微母。

13. 勿：《廣韻》又弗切，微母。

14. 夫，音扶，《廣韻》防無切，奉母。

第二章　《經傳釋詞》所訓釋之類別

　　《經傳釋詞》所訓釋之類別，錢熙祚〈跋語〉曾分爲六類，錢氏曰：

> 其例類大略有六：一曰常語：如與，及也；以，用也之類是也。一
> 曰語助：如《左傳》「其與不然乎」？《國語》「何辭之與有」？「與」
> 字無意義之類是也。一曰歎詞：如《書》「已予惟小子」，《詩》「猗
> 嗟昌兮」，「已」、「猗」皆歎聲之類是也。一曰發聲：如易「於稽其
> 類」，書「於予擊石拊石」，「於」字亦無意義之類是也。一曰通用：
> 如粵之通越，員之同云之類是也。一曰別義：如「與」爲「及」，又
> 爲「以」，爲「爲」，爲「爲」去聲，爲「謂」，爲「如」。「以」爲「用」，
> 爲「由」，又爲「謂」，爲「與」，爲「及」，爲「而」之類是也。

詳觀錢氏之說，其分類殊欠精當。蓋凡常用之字，不論其詞性爲何，錢氏皆
歸爲「常語」一類。凡不屬常語、語助、歎詞、發聲者，則列爲「別義」一
類，此二類分之未免過於廣泛，而語助、歎詞、發聲三類則可併爲「語氣詞」
一類。故本文不採錢氏之分類法，而以文法之詞性作爲分類之標準，茲根據
許師詩英先生《中國文法講話》所列之詞性，將本書所訓釋之類別分爲七類，
即動詞、繫詞、準繫詞、限制詞、指稱詞、關係詞、語氣詞是也。另加通用
字一類，共有八類。動詞爲實詞，分量最少，繫詞、準繫詞、限制詞、指稱
詞四類意義較爲空洞，介於實詞與虛詞之間。關係詞、語氣詞二類別爲虛詞，
訓釋之例最多。通用字係指通叚之字。茲將各類說明如后：

一、動　詞

　　凡指稱行爲或事件發生之詞皆謂之動詞。茲將本書之動詞列舉如后：

1. 卷一：與，猶「謂」也。

按：與訓爲謂，作動詞用，其義與「言」、「以爲」相當。王氏自舉之例云：

〈曾子事父母〉曰：「夫禮，大之由也，不與小之自也。」不，非也；與，謂也，言禮在由其大者，非謂由其小者而已也。李善本《文選‧報任少卿書》曰：「假令僕伏法受誅，若九牛亡一毛，與螻蟻何以異，而世又不與能死節也。」

2. 卷一：以，猶「謂」也。

按：以訓爲謂，作動詞用，其意與「以爲」相當。王氏自舉之例云：

《禮記‧檀弓》曰：「昔者吾有斯子也，吾以將爲賢人也。」言吾謂將爲賢人也。昭二十五年《左傳》曰：「公以告臧孫，臧孫以難；告郈孫，郈孫以可，勸。」言臧孫謂難，郈孫謂可也。〈齊策〉曰：「臣之妻私臣，臣之妾畏臣，臣之客欲有求於臣，皆以美於徐公。」言皆謂美於徐公也。

3. 卷二：《說文》云：「曰，詞也。」《廣雅》曰：「曰，言也。」此常語也。

按：曰訓爲言，動詞，此爲最通常之用法。如《論語‧學而篇》：「子曰：『學而時習之，不亦說乎？』」是也。

4. 卷二：為，猶「用」也。

按：爲訓爲用，動詞。王氏自舉之例云：

桓六年《左傳》曰：「我而已，大國何爲。」言大國何用也。〈吳語〉曰：「危事不可以爲安，死事不可以爲生，則無爲貴智矣。」言無用貴智也。成七年《穀梁傳》曰：「雩不月而時，非之也；冬無爲雩也。」言無用雩也。

5. 卷二：為，猶「有」也。

按：爲訓爲有，動詞。王氏自舉之例云：

〈楚語〉曰：「若於目觀則美，縮於財用則匱，是聚民利以自封而癉民也，胡美之爲？」言胡美之有也。又曰：「君而討臣，何讎之爲？」言何讎之有也。又曰：「若夫白珩，先生之玩也，何寶之爲？」言何寶之有也。

何讎之有，即有何讎也。何寶之有，即有何寶也。爲倒裝句。以上之爲，皆

作動詞用。

6. 卷二：為，猶「謂」也。

　　按：爲訓爲謂，可作動詞，亦可作準繫詞。作動詞時，其義相當「以爲」，作準繫詞時，其義相當於口語「叫做」。本書二義合成一條，分之則兼有此二用也。王氏自舉之例云：

　　　　宣二年《穀梁傳》曰：「趙盾曰：天乎天乎！予無罪！孰爲盾而忍弑其君乎？」言孰謂盾忍弑其君者也。《孟子・公孫丑篇》曰：「管仲、曾西之所不爲也，而子爲我願之乎？」言子謂我願之也。《莊子・天地篇》曰：「四海之內共利之之爲悦；共給之之謂安。」〈讓王篇〉曰：「君子通於道之謂通；窮於道之謂窮。今某抱仍義之道，以遭亂世之患，其何窮之爲？」之爲，猶之謂也。

以上四例，前二例即當動詞，後二例則當準繫詞，一條之內具有二種不同之詞性，此爲不明詞性之失也。

7. 卷二：謂，如也，奈也。

　　按：謂訓爲如，爲奈，作動詞用。王氏自舉之例云：

　　　　〈齊策〉曰：「雖惡於後王，吾獨謂先王何乎？」高注曰：「謂，猶『奈』也。」《詩・行露》曰：「豈不夙夜，謂行多露？」謂，猶奈也；〈北門〉曰：「天實爲之，謂之何哉？」言奈之何也。〈節南山〉曰：「赫赫師尹，不平謂何？」言師尹爲政不平，其奈之何也。」僖二十八年《左傳》曰：「救而棄之，謂諸侯何？」言奈諸侯何也。

以上之例，謂皆爲動詞，《詞詮》以爲謂同「奈，如」，爲不完全外動詞，亦即此意也。

8. 卷三：云，言也，曰也。常語也。

　　按：云訓爲言爲曰，動詞。如《論語・子罕》：牢曰：「子云：『吾不就，故藝。』」是也。

9. 卷三：云，猶「有」也。

　　按：云訓爲有，動詞，用於有無句中。王氏之例云：

　　　　文二年《公羊傳》曰：「大旱之日短而云災，故以災書；此不雨之日長而無災，故以異書也。」「云災」與「無災」對文，是云爲有也。《荀子・儒效篇》曰：「故人無師無法而知則必爲盜；勇則必爲賊；

云能則必爲亂。人有師有法而知則速通；勇則速威；云能則速成。」
言無師無法而有能，則必爲亂；有師有法而有能，則其成必速也。

10. 卷三：家大人曰：「有，猶爲也。」

按：有訓爲「爲」，動詞，《詞詮》以爲「不完全內動詞」。王氏之例云：
〈晉語〉曰：「克國得妃，其有吉孰大焉。」言其爲吉孰大也。《孟
子‧滕文公篇》曰：「人之有道也，飽食煖衣，逸居而無教，則近於
禽獸。」言人之爲道如此也。

11. 卷四：《廣韻》曰：「況，匹擬也。」揚倞注《荀子‧非十二子篇》曰：「況，
比也。」常語。

按：況訓爲比，動詞。如《漢書‧高惠高后文功臣表序》曰：「以往況今，
甚可悲傷。」是也。

12. 卷六：奈：如也。

按：奈字恒與疑問限制詞「何」字連用，亦可但謂之奈，奈何之義即如
何處置或如何對付也。如〈晉語〉曰：「奈吾君何？」《書‧召誥》曰：「曷
其奈何弗敬。」皆是也。

13. 卷七：照十二年《公羊傳》注曰：「如，猶奈也。」凡經言如何，如之何
者皆是。

按：此如字爲動詞，其義同奈，如《論語‧八佾》：「人而不仁，如禮何，
人而不仁，如樂何。」是也。

14. 卷七：若，猶「奈」也。凡經言若何，若之何者皆是。

按：此若字可作爲動詞，且恒與「何」字連用。如《書‧微子篇》：「若
之何其？」是也。

15. 卷七：若，猶「及」也，「至」也。

按：此若字之義同「及」，同「至」，作動詞用。王氏之例云：
《書‧召誥》曰：「越五日甲寅，位成，若翼日乙卯。」言及翼日乙
卯也。

16. 卷七：范望注太元務測曰：「然，猶是也。」常語也。

按：此然字訓爲是，可作表態形容詞，亦可作動詞。作形容詞者多作表
態句之謂語，如《論語‧雍也篇》：「雍之言然。」是也。作動詞者，爲
形容詞詞性之轉變。如《漢書‧荊燕吳傳》曰：「張卿大然之。」是也。

17. 卷八：徂，猶「及」也。

按：徂訓爲及，動詞。如《詩·雲漢》曰：「不殄禋祀，自郊徂宮。」言禋祀之禮，自郊而及於宗廟也。

18. 卷十：蔑，無也。常語。

按：蔑訓爲無，用於有無句中，相當口語「沒有」。如《左傳》僖公十年：「臣出晉君，君納重耳，蔑不濟矣。」是也。

19. 卷十：微，無也。

按：微訓爲無，用於有無句中，相當口語「沒有」。其例如〈周語〉曰：「微我，晉不戰矣。」是也。

二、繫　詞

繫詞用在判斷句中，用以溝通主語和謂語，其作用與動詞不同。繫詞常用之字爲「是、非、乃、即、」等字，「是」用於肯定判斷句，「非」用於否定判斷句。茲將本書之繫詞列舉於后：

1. 卷三：惟，乃也。

按：惟訓爲乃，字亦可作維，相當口語「是」字，繫詞，用於判斷句中。王氏自舉之例云：

《書·盤庚》曰：「非予自荒茲德，惟女含德，不惕予一人。」《詩·文王》曰：「周雖舊邦，其命維新。」是也。

2. 卷八：斯，猶「維」也。

按：斯訓爲維，維即「是」之意，用於判斷句中，作繫詞用。如〈采薇〉曰：「彼爾維何？維常之華。彼路斯何？君子之車。」斯亦維也，即是之意。「彼路斯何」即「彼路是何」也，斯爲繫詞。

3. 卷八：即，猶今人言即是也。

按：此即字可作繫詞用，其義與口語「就是」相當。如襄八年《左傳》曰：「非其父兄，即其子弟。」是也。

4. 卷九：適，猶「是」也。

按：適訓爲是，繫詞，用於肯定判斷句中。王氏之例云：

《荀子·王霸篇》：「孔子曰：審吾所以適人，適人之所以來我也。」上「適」字訓爲「往」，下「適」字訓爲「是」。言我之所以往，即

是人之所以來，不可不審也。《呂氏春秋・胥時篇》曰：「王子光見伍子胥而惡其貌，不聽其說而辭之。曰：『其貌適吾所甚惡也。』」言是吾所甚惡也。劉歆〈與揚雄書〉曰：「今聖朝留心典誥，發精於殊語。欲以驗考四方之事，適子雲攘意之秋也。」言是子雲攘意之秋也。

5. 卷十：《玉篇》曰：「非，不是也。」常語。

按：非訓爲不是，用於否定判斷句中，作繫詞用。如《孟子・公孫丑篇》曰：「城非不高也，池非不深也，兵革非不堅利也。」《莊子・秋水篇》曰：「惠子曰：子非魚，安知魚之樂？」是也。

6. 卷十：《詩・木瓜》傳曰：「匪，非也。」常語。

按：匪訓爲非，亦用於否定判斷句中，作繫詞用。如《詩・衛風・氓》：「匪來貿絲，來即我謀。」是也。

7. 卷十：無，非也。

按：此無字亦用於否定判斷句中，作繫詞用。王氏之例云：

《禮記・禮器》曰：「苟無忠信之人，則禮不虛道。」言非忠信之人，則禮不虛行也。《管子・形勢解》曰：「無德厚以安之，無度數以治之，則國非其國，而民無其民。」言國非其國，而民非其民也。

8. 卷十：微，非也。

按：微訓爲非，用於否定判斷句中，作繫詞用。王氏之例云：

《詩・柏舟》曰：「微我無酒。」箋曰：「非我無酒。」《禮記・檀弓》曰：「雖微晉而已。」注曰：「微，非也。」

三、準繫詞

用在準判斷句中，其詞性在動詞與繫詞之間，故稱爲準繫詞。凡其字有「作爲、成爲、變爲、叫做、好比、如同」之義者皆屬之。常用之字有爲、化、成、變、謂、曰、猶、如、若、同諸字。茲將本書之準繫詞列舉於后：

1. 卷一：與，猶「謂」也。

按：與訓爲謂，謂本爲外動詞，此處却做準繫詞，其目的在於解釋，相當於口語「叫做」。王氏自舉之例云：

《大戴禮・夏小正》傳曰：「獺獸祭魚，其必與之獸，何也？曰：非

其類也。」「與之獸」，謂之獸也。「來降燕乃睇室。其與之室，何也？操泥而就家，入人內也。」「與之室」，謂之室也。

2. 卷二：《玉篇》曰：「爰，為也。」

按：爰訓爲「爲」，作準繫詞用，相當口語「叫做」。王氏自舉之例云：

《書・洪範》曰：「水曰潤下，火曰炎上，木曰曲直，金曰從革，土爰稼穡。」

3. 卷二：曰，猶「為」也，謂之也。

按：曰訓爲「爲」，即謂之之義，作準繫詞用，相當口語「叫做」。王氏自舉之例云：

《書・洪範》曰：「一曰水，二曰火，三曰木，四曰金，五曰土。」

4. 卷二：為，曰也。

按：爲訓爲曰，作準繫詞用，相當口語「叫做」。王氏自舉之例云：

桓四年《穀梁傳》：「一爲乾豆，二爲賓客，三爲充君之庖。」

5. 卷二：謂，猶「為」也。

按：謂訓爲「爲」，爲字讀平聲，作準繫詞用，相當口語「叫做」。王氏自舉之例云：

《易・小過》上六曰：「是謂災眚。」《詩・賓之初筵》曰：「醉而不出，是謂伐德。」

以上二例，謂皆作準繫詞用。然本條之內，王氏亦將作動詞之「謂」列入其中，如〈楚策〉曰：「人皆以謂公不善於富摯。」以謂即以爲也，不同詞性而列爲一條，殊爲欠當。

6. 卷三：《玉篇》曰：「惟，為也。」

按：惟訓爲「爲」，準繫詞，相當口語「做」或「作爲」。王氏自舉之例云：

《玉篇》曰：「惟，爲也。」《書・皋陶謨》曰：「萬邦黎獻，共惟帝臣。」某氏傳曰：「萬國眾賢，共爲帝臣。」

7. 卷七：《廣雅》曰：「如，若也。」常語。

按：此如字爲準繫詞，其義相當口語「像……一樣。」如《左傳》文公十八年：「是以堯崩而天下如一，同心戴舜以爲天子。」天下如一即天下好像一體也。

8. 卷七：考工記梓人注曰：「若，如也。」常語。

按：此若字亦為準繫詞，如，若也；若，如也，二字可互訓，其義亦相同。如《論語・泰伯篇》：「有若無。」是也。

四、限制詞

或稱副詞，凡只能表示程度、範圍、時間、處所、動態、動向、可能性、否定作用等性質，而不能單獨指稱實物、實情或事實之詞，皆稱為限制詞。限制詞大抵在修飾動詞或形容詞。《釋詞》所釋之限制詞共有一百二十餘條，例多不備舉，此唯舉四十條，以見其概。

1. 卷一：鄭注《考工記》曰：「已，太也，甚也。」亦常語也。

   按：已訓為太為甚，為程度限制詞。如《左傳》桓十七年曰：「高伯其戮乎！復惡已甚矣。」已甚即太甚也。

2. 卷一：《禮記・檀弓》注曰：「猶，尚也。」常語也。

   按：猶訓為尚，為範圍限制詞，相當口語「還」字。用以修飾動詞，如《孟子》曰：「且以文王之德，百年而後崩，猶未洽於天下。」是也。

3. 卷二：為，猶「將」也。

   按：為訓為將，為動相限制詞，用以修飾動詞。王氏之例云：

   《孟子・梁惠王篇》曰：「克告於君，君為來見也。」趙注曰：「君將欲來。」是也。《史記・盧綰傳》曰：「盧綰妻子亡降漢，會高后病不能見，舍燕邸，為欲置酒見之，高后竟崩，不得見。」言高后將欲置酒見之，會高后崩，不得見也。〈衛將軍驃騎傳〉曰：「驃騎始為出定襄，當單于，捕虜言單于東，乃更令驃騎出代郡。」言始將出定襄，後更出代郡也。

4. 卷三：家大人曰：云，猶「或」也。

   按：云訓為或，為表或然性之判斷限制詞，用以修飾動詞。王氏之例云：

   《詩・抑》曰：「無曰不顯，莫予云覯。」言莫予或覯也。〈桑柔〉曰：「民有肅心，荓云不逮。」又曰：「為民不利，如云不克。」言如或不克也。〈魯語〉曰：「帥大讎以憚小國，其誰云待之。」言誰或禦之也。晉語曰：「其誰云弗從。」言誰或不從也。又曰：「內外無親，其誰云救之。」言誰或救之也。

5. 卷三：一，猶「皆」也。字或作壹。

按：一訓爲皆，爲程度限制詞，用以修飾動詞。王氏之例云：

《詩·北門》曰：「政事一埤益我，」言政事皆埤益我也。《禮記·大傳》曰：「五者一得於天下，民無不足，無不贍者。」言五者皆得於天下也。《大戴禮·衛將軍文字篇》曰：「若吾子之語審茂，則一諸侯之相也。」莊十六年《穀梁傳》曰：「不言公，外內寮一疑之也。」《禮記·三年問》曰：「壹使足以成文理。」

6. 卷四：惡，猶「安」也，「何」也，字亦作烏。

按：惡訓爲安，爲何，作疑問限制詞，用以修飾動詞。王氏之例云：

桓十六年《左傳》曰：「棄父之命，惡用子矣。」

惡字即在修飾動詞「用」。又惡亦可作疑問指稱詞，因解釋相同，王氏併爲一條，殊爲不當，此即未按詞性訓釋之缺點也。王氏之例云：

《禮記·檀弓》曰：「吾惡乎用吾情？」桓六年《公羊傳》曰：「惡乎淫？」又莊十二年《公羊傳》曰：「魯侯之美惡乎至？」《孟子·梁惠王篇》曰：「天下惡乎定？」

以上四例，惡皆爲疑問指稱詞，不可視爲限制詞。

7. 卷四：遐，何也。

按：遐訓爲何，爲疑問限制詞。王氏之例云：

《詩·南山有臺》曰：「樂只君子，遐不眉壽？」〈隰桑〉曰：「心乎愛矣，遐不謂矣？」〈棫樸〉曰：「周王壽考，遐不作人？」

8. 卷四：號，何也。

按：號訓爲何，亦爲疑問限制詞。王氏之例云：

《荀子·哀公篇》曰：「魯哀公問於孔子曰：『紳委章甫，有益於仁乎？』孔子蹴然曰『君號然也？』」

9. 卷四：《爾雅》曰：「曷，盍也。」郭注曰：「盍，何不也。」

按：曷訓爲何不，爲表反問之限制詞，用以修飾動詞。王氏之例云：

《書·湯誓》曰：「時日曷喪！」《詩·有杕之杜》曰：「中心好之，曷飲食之？」

10. 卷四：廣雅曰：「盍，何也。」

按：盍訓爲何，爲詰問限制詞，用以修飾動詞。字或作蓋，或作闔，其義一也。王氏之例云：

《莊子‧養生主篇》曰：「善哉！技蓋至此乎？」〈秦策〉曰：「勢位富貴，蓋可忽乎哉？」言何可忽也。

以上之例，盍、蓋皆何也。

11. 卷五：《爾雅》曰：「孔，甚也。」

按：孔訓爲甚，爲程度限制詞。如《書‧禹貢》：「九江孔殷。」《詩‧周南》：「父母孔邇。」是也。

12. 卷五：孫炎注《爾雅‧釋詁》曰：「即，猶今也。」故今亦可訓爲即。

按：今訓爲即，爲時間限制詞，今、即互訓，其義相當口語「立刻」或「就」字。王氏之例云：

《書‧召誥》曰：「其丕能誠於小民，今休。」又曰：「王厥有成命，治民今休。」皆謂即致太平之美也。《呂氏春秋‧驕恣篇》曰：「齊宣王爲大室，三年而未能成，春居諫王。王曰：寡人請今止之。」〈秦策〉曰：「臣今見王獨立於廟朝矣。」〈趙策〉曰：「君因言王而重責之。菁之軸今折矣。」〈魏策〉曰：「樓公將入矣，臣今從。」〈韓策〉曰：「十日之內，數萬之眾，今涉魏境。」〈燕策〉曰：「天下必以王爲能市馬，馬今至矣。」《史記‧項羽紀》曰：「吾屬今爲之虜矣。」〈鄭世家〉曰：「晉兵今至矣。」〈伍子胥傳〉曰：「不來，今殺奢也。」「今」字竝與「即」同義。

13. 卷五：懋，且也。

按：懋訓爲且，爲範圍限制詞，用以修飾動詞。王氏之例云：

哀十六年《左傳》：「旻天不弔，不懋遺一老，俾屏予一人以在位。」杜注曰：「懋，且也。」應劭注《漢書‧五行志》曰：「懋，且辭也。」言旻天不善於魯，不且遺一老，使屏蔽我一人也。昭二十八年《傳》：「祁盈之臣曰：鈞將皆死，懋使吾君聞勝與臧之死也以爲快。」懋，亦「且」也。言鈞之將死，且使吾君聞勝、臧之死而快意也。

14. 卷五：家大人曰：「宜，猶殆也。」

按：宜訓爲殆，可作表推度作用之限制詞。王氏之例云：

成二年《左傳》曰：「宜將竊妻以逃者也。」六年《傳》：「不安其位，宜不能久。」《孟子‧公孫丑篇》曰：「宜與夫禮，若不相似然。」〈滕文公篇〉曰：「不見諸侯，宜若小然。」又曰：「枉尺而直

尋，宜若可爲也。」

15. 卷五：固，猶「必」也。

按：固訓爲必，爲表必然性之限制詞，用以修飾動詞。王氏之例云：

桓五年《左傳》曰：「蔡、衛不枝，固將先奔。」襄二十七年《公羊傳》：「女能固納公乎？」《呂氏春秋‧任數篇》：「其説固不行。」〈秦策〉曰：「王固不能行也。」

16. 卷五：《史記‧絳侯世家》索隱引許慎淮南注曰：「顧，反也。」

按：顧訓爲反，爲表態限制詞，用以修飾動詞。王氏之例云：

〈秦策〉曰：「今三川周室，天下之市朝也；而王不爭焉，顧爭於戎狄。」〈燕策〉曰：「子之南面行王事，而噲老不聽政，顧爲臣。」

17. 卷五：苟，猶「尚」也。

按：苟訓爲尚，爲表期望之限制詞。王氏之例云：

《詩‧君子于役》曰：「君子于役，苟無飢渴。」言尚無飢渴也。襄十八年《左傳》：「晉侯伐齊，將濟河，中行獻子禱曰：『苟捷有功，無作神羞。』」言尚捷有功也。

18. 卷六：乃，猶「方」也，「裁」也。

按：乃訓爲方爲裁，爲時間限制詞。王氏之例云：

莊十年《穀梁傳》曰：「乃深其怨於齊，又邇侵宋以衆其敵，」《大戴記‧保傳篇》曰：「太子乃生，固舉之禮。」

19. 卷六：《呂氏春秋》〈異用〉、〈離俗〉二篇注竝曰：「徒，但也。」常語也。

按：徒訓爲但，爲程度限制詞，相當口語「只有」。如孟子離婁上曰：「徒善不足以爲政，徒法不能以自行。」是也。

20. 卷六：儻，或然之詞也，字或作倘、或作當、或作尚。

按：此儻字爲表或然性之限制詞。王氏之例云：

《莊子‧繕性篇》曰：「物之儻來寄也。」《荀子‧天論篇》曰：「夫日月之有蝕，風雨之不時，怪星之黨見。」《史記‧淮陰侯傳》曰：「恐其黨不就。」《漢書‧伍被傳》曰：「黨可以徼幸。」《墨子‧法儀篇》曰：「然則奚以爲治法而可？當皆法其父母奚若。」

21. 卷六：直，猶「特」也，「但」也。

按：直訓爲特爲但，爲程度限制詞，其義與口語「不過」相當。王氏之

例云：

> 《禮記‧祭義》曰：「參！直養者也，安能爲孝乎？」文十一年《穀梁傳》曰：「不言帥師而言敗，何也？直敗一人之辭也。」《孟子‧梁惠王篇》曰：「直不百步耳，是亦走也。」

22. 卷七：如，猶「當」也。

按：如訓爲當，爲表必要性之限制詞，用以修飾動詞，其義相當口語「該當」。王氏之例云：

> 僖二十二年《左傳》曰：「若愛重傷，則如勿傷；愛其二毛，則如服焉。」正義曰：「如，猶不如，古人之語然，猶似敢即不敢。」家大人曰：「孔說非也。如，猶當也。言若愛重傷，則當勿傷之；愛其二毛，則當服從之也。」又二十一年《傳》曰：「巫尫何爲？天欲殺之，則如勿生。」言天欲殺之，則當勿生之也。昭十三年《傳》曰：「二三子若能死亡，則如違之，以待所濟；若求安定，則如與之，以濟所欲。」言若能死亡，則當違之；若求安定，則當與之也。

23. 卷七：《小爾雅》曰：「若，乃也。」

按：若訓爲乃，爲限制詞，《詞詮》曰：「若，副詞，乃也、始也。」即此意。王氏之例云：

> 《書‧秦誓》曰：「日月逾邁，若弗員來。」言乃弗云來也。〈周語〉引《書》曰：「必有忍也，若能有濟也。」韋注曰：「若，猶『乃』也。」

24. 卷七：《廣雅》曰：「然，譍也。」

按：譍通作應，此然字乃應對之詞，《詞詮》曰：「然，應對副詞。」是也。王氏之例云：

> 《禮記‧檀弓》曰：「有子曰：『然！然則夫子有爲言之也。』」《論語‧陽貨篇》曰：「然，有是言也。」《孟子‧公孫丑篇》曰：「然！夫時子惡知其不可也。」

25. 卷七：然，猶「乃」也。

按：然訓爲乃，根據王氏所舉之例，可用作限制詞，亦可作爲繫詞。蓋虛字未按詞性說明，常有此弊。作限制詞者，如：

> 《賈子‧脩政語篇》曰：「譬其若去日之明於庭，而就火之光於室也。

然可以小見而不可以大知。」司馬相如〈封禪文〉曰：「若然辭去，是泰山靡記，而梁甫罔幾也。」《史記・傅靳蒯成傳贊》曰：「蒯成侯周緤，操心堅正，身不見疑。上欲有所之，未嘗不垂涕。此有傷心者，然可謂篤厚君子矣。」

作繫詞者，其義與「是」相當，如：

《莊子・天地篇》曰：「始也，我以女為聖人邪，今然君子也。」是也。

26. 卷八：《論衡・知實篇》曰：「將者，且也。」常語也。

按：此將字訓為且，其義有二，一為又且之義，一為姑且之義，皆作限制詞，用以修飾動詞。作又且者，如《韓非子・外儲說左下篇》曰：「非徒危身，又將危父。」是也。作姑且者，如《莊子・知北遊篇：》「夫道窅然難言哉，將為汝言其崖略。」是也。

27. 卷八：且，猶「尚」也。《易・乾文言》曰：「天且不違。」是也。

按：且訓為尚，為範圍限制詞，其義與口語「尚且」相當。如《史記・項羽本紀》曰：「吾死且不避，巵酒安足辭。」是也。

28. 卷八：作，始也，家大人曰：「作之言乍也。乍者，始也。」

按：作訓為始，為時間限制詞。如《書・皋陶謨》曰：「烝民乃粒，萬邦作人。」言烝民乃粒，萬邦始治也。

29. 卷八：作，猶「及」也。

按：作訓為及，亦為時間限制詞。王氏之例云：

《書・無逸》曰：「其在高宗時，舊勞于外，爰暨小人，作其即位，乃或亮陰，三年不言。」又曰：「其在祖甲，不義惟王，舊為小人，作其即位，爰知小人之依。」皆謂及其即位也。

30. 卷八：曾，猶「嘗」也。

按：此曾字音層，乃曾經之曾，為時間限制詞。如閔元年《公羊傳》曰：「莊公存之時，樂曾淫於宮中。」是也。

31. 卷九：是，猶「祇」也。

按：是訓為祇，即「僅」之義，為程度限制詞。其例如《論語・為政篇》曰：「今之孝者，是謂能養。」言祇謂能養也。

32. 卷九：識，猶「適」也。

按：識訓爲適，作限制詞，用以修飾動詞。王氏之例云：

　　成十六年《左傳》：「識見不穀而趨，無乃傷乎？」言適見不穀而趨也。

33. 卷九：屬，猶「祗」也。

按：屬訓爲祗，爲程度限制詞。王氏之例云：

　　昭二十八年《左傳》及〈晉語〉竝云：「願以小人之腹，爲君子之心，屬厭而已。」言祗取厭足而已也。

34. 卷九：紉，猶「亦」也。

按：紉訓爲亦，爲表示範圍作用之限制詞。王氏之例云：

　　《書·康誥》曰：「元惡大憝，紉惟不孝不友。」言元惡大憝者，亦惟此不孝不友之人。又曰：「不率大戛，紉惟外庶子訓人，惟厥正人，越小臣諸節，乃別播敷，造民大譽，弗念弗庸，瘝厥君。」言不率大戛者，亦惟此「瘝厥君」之人。

35. 卷九：紉，猶「又」也。

按：紉訓爲又，爲範圍限制詞。王氏之例云：

　　〈大誥〉曰：「寧王惟卜用，克綏受茲命。今天其相民，紉亦惟卜用。」言又亦惟卜用也。〈酒誥〉曰：「女劼毖殷獻臣；侯、甸、男、衛。紉大史友，內史友，越獻臣百宗工，紉惟爾事。服休服采，紉惟若疇；圻父薄違，農父若保，宏父定辟，紉女剛制于酒。」紉惟，又惟也。

36. 卷九：《爾雅》曰：「庶，幸也。庶幾，尚也。」常語也。

按：庶訓爲幸，爲表測度作用之限制詞，《詞詮》曰：「庶，副詞，《爾雅·釋言》云：庶，幸也。」即指此。如《左傳》桓六年：「君姑修政而親兄弟之國，庶免於難。」是也。

37. 卷十：末，猶「勿」也。

按：末訓爲勿，爲表禁戒作用之限制詞。王氏之例云：

　　《禮記·文王世子》曰：「命膳宰曰，末有原。」鄭注曰：「末，猶『勿』也。勿有所再進。」

38. 卷十：蔑，猶「不」也。

按：蔑訓爲不，爲表否定作用之限制詞。王氏之例云：

　　成十六年《左傳》曰：「寧事齊、楚，有亡而已。蔑從晉矣。」〈晉

語〉曰：「吾有死而已，吾蔑從之矣。」言不從也。

39. 卷十：比，皆也。《說文》曰：「皆，俱詞也，從比從白。」徐鍇曰：「比，皆也。」

按：比訓為皆，為表範圍之限制詞，相當口語「都」。如〈齊策〉曰：「中山再戰比勝。」言再戰皆勝也。

40. 卷十：不，毋也，勿也。

按：不訓為毋、為勿，為否定限制詞。王氏之例云：

〈召誥〉曰：「王不敢後，用顧畏于民碞。」言王顧畏民，毋敢或後也。《孟子・滕文公篇》：「我且往見，夷子不來。」言我將往見夷子，夷子勿來也。

五、指稱詞

或稱代名詞，凡指稱或稱代人及事物之詞，皆謂為指稱詞。茲將本書之指稱詞列舉如后：

1. 卷一：《爾雅》曰：「已，此也。」

按：已訓為此，「此」為特指指稱詞。王氏自舉之例云：

《莊子・齊物論篇》曰：「已而不知其然謂之道。」「已」字承上文而言，言此而不知其然也。〈養生主篇〉曰：「已而為知者，殆而已矣。」言此而為知者也。《淮南・道應篇》曰：「已雖無除其患，天地之間，六合之內，可陶冶而變化也。」無，不也。言此雖不除其患也。

2. 卷三：《易・乾文言》曰：「或之者，疑之也。」《管子・白心篇》曰：「夫或者何，若然者也。」《墨子・小取篇》曰：「或也者，不盡然也。」此常語也。

按：或字表或然之義，其詞性有二：

一、為無定指稱詞，相當口語「有人」，「有物」，如《論語・為政篇》曰：「或謂孔子曰：『子奚不為政？』」「或」字即「有人」也，「或謂孔子曰」，即「有人對孔子說」也。

二、為限制詞，相當口語「或許」，「也許」，如《左傳》宣三年曰：「天或啟之，必將為君。」或字即表一件事之或然性，用以修飾動詞「啟」。

3. 卷五：今，指事之詞也。

按：此今字為特指指稱詞，其義猶「此」也、「是」也，稱代當下所發生之事實。王氏之例云：

> 《考工記・輈人》曰：「今夫大車之轅摯。」《墨子・兼愛篇》曰：「今是大鳥獸。」〈晉語〉：「今君之所聞也。」猶言是君之所聞也。宣十五年《公羊傳》：「是何子之情也！」《韓詩外傳》「是」作「今」。皆指事之詞。

4. 卷五：祈，猶「是」也。《禮記・緇衣》引〈君雅〉曰：「資冬祈寒。」鄭注曰：「祈之言是也，齊西偏之語也。」

按：祈訓為是，是字有指示之作用，故列為指稱詞。

5. 卷五：《爾雅》曰：「厥，其也。」常語。

按：厥訓為其，為三身指稱詞。如《書》云：「今時既墜厥命。」是也。

6. 卷五：其，指事之詞也。

按：此其字為指稱詞。如《禮記・大學》：「君子賢其賢，而親其親。」是也。

7. 卷七：若，猶「此」也。

按：若訓為此，若為特指指稱詞。王氏之例云：

> 莊四年《公羊傳》曰：「有明天子，則襄公得為若行乎？」謂此行也。僖二十六年《傳》曰：「曷為以外內同若辭。」謂此辭也。定四年《傳》曰：「君如有憂中國之心，則若時可矣。」謂此時也。《論語・公冶長篇》曰：「君子哉若人。」謂此人也。

8. 卷七：若而者，不定之詞也。

按：若而二字連用，可作為不定之數量詞，其意與「若干」相同。楊樹達《高等國文法》列為不定數量形容詞，許世瑛《中國文法講話》列為數量指稱詞，茲從許說。王氏之例云：

> 襄十二年《左傳》曰：「天子求后於諸侯，諸侯對曰，夫婦所生若而人，妾婦之子若而人；無女而姊妹及姑姊妹，則曰，先守某公之遺女若而人。」昭三年《傳》曰：「則猶有先君之適，及遺姑姊妹若而人。」

9. 卷七：若干者，亦不定之詞也。

按：若干二字連用，亦爲不定數量詞。王氏之例云：

　　《禮記・曲禮》曰：「始服衣若干尺矣。」〈投壺〉曰：「某賢於某若
　　干純。」

10. 卷七：《禮記・大傳》曰：「然，如此也。」
　　按：此然字爲稱代之詞，其義相當於「如此」。如《論語・憲問篇》：「其
　　然，豈其然乎？」是也。又如「子豈重有憂者乎，不然，何哭之悲也。」
　　皆是也。

11. 卷七：爾，猶「如此」也。
　　按：此爾字亦爲稱代之詞。王氏之例云：

　　〈雜記〉曰：「宦於大夫者之爲之服也，自管仲始也。有君命焉爾也。」
　　焉，猶「乃」也；爾，如此也；言有君命乃如此也。《孟子・告子篇》
　　曰：「富歲子弟多賴，凶歲子弟多暴，非天之降才爾殊也。」言非天
　　之降才如此其異也。

12. 卷七：爾，猶「此」也。
　　按：爾訓爲此，特指詞。王氏之例云：

　　隱二年《公羊傳》曰：「前此，則曷爲始乎此？託始焉爾。」何注：
　　「焉爾，猶『於是』也。」「是」，亦「此」也。僖二十一年：「公會
　　諸侯盟于薄，釋宋公。」《傳》曰：「執，未有言釋之者，此其言釋
　　之何？公與爲爾也。公與爾奈何？公與議爾也。」

13. 卷八：《爾雅》曰：「茲，此也。」
　　按：茲訓爲此，特指詞。如《論語・子罕》曰：「文王既沒，文不在茲乎！」
　　是也。

14. 卷八：《爾雅》曰：「斯，此也。」常語。
　　按：斯訓爲此，亦爲特指詞。如《論語・子罕》曰：「有美玉於斯，韞匵
　　而藏諸，求善賈而沽諸？」是也。

15. 卷八：斯，猶「其」也。
　　按：斯訓爲其，爲指稱詞。王氏之例云：

　　《詩・采芑》曰：「朱芾斯皇。」〈斯干〉曰：「如跂斯翼；如矢斯棘；
　　如鳥斯革，如翬斯飛。」〈甫田〉曰：「乃求千斯倉；乃求萬斯箱。」
　　〈白華〉曰：「有扁斯石。」〈思齊〉曰：「有秩斯祜。」「斯」字竝

與「其」同義。

16. 卷九：《說文》曰：「誰，何也。」常語。

按：誰訓爲何，爲疑問指稱詞。《論語‧子罕》：「吾誰欺，欺天乎？」是也。

17. 卷九：《爾雅》曰：「孰，誰也。」

按：孰訓爲誰，亦爲疑問指稱詞。如《論語‧顏淵篇》：「百姓足、君孰與不足，百姓不足，君孰與足？」是也。

18. 卷九：孰，猶「何」也。家大人曰：「孰、誰一聲之轉，誰訓何，故孰亦訓爲何。」

按：此孰字訓爲何，依王氏之例，可作疑問詞，亦可作限制詞。作疑問詞者，如《論語‧八佾篇》曰：「是可忍也，孰不可忍也。」是也。作限制詞者，如《楚辭‧九章》曰：「孰兩東門之可蕪？」是也。一條之內而兼有兩種詞性，頗爲不當。

19. 卷九：《說文》：「者，別事詞也。」或指其事、或指其物、或言者、或言也者，皆常語也。又爲起下之詞，或上言者，而下言也，或上言也者，而下言也，亦常語也。

按：王氏之意，者字作指稱詞有三用，一可指稱人，一可指稱事，一可指稱物。稱人者，如《論語‧里仁篇》：「仁者安人，智者利人。」稱事者，如《史記‧貨殖傳》：「若致力農畜工虞商賈爲權力以成富，大者傾都，中者傾縣，下者傾鄉里，不可勝數。」稱物者，如王禹稱〈黃崗竹樓記〉：「黃崗之地多竹，大者如椽。」凡稱人者，可譯爲「的人」，稱事物者譯爲「的」即可。至於本條之內，王氏又列舉者爲起下之詞，則此者字可視爲助詞，作提頓用，上言「者」或「也者」，下言「也」。如《禮記‧中庸》：「仁者人也，義者宜也。」《孟子‧盡心篇》：「仁也者人也。」王氏將指稱詞與助詞並列爲一條，頗爲不當。

20. 卷九：〈士昏禮記〉注曰：「諸，之也。」

按：此諸字與之同義，可作指稱詞。如《左傳》文公元年：「潘崇曰：『能事諸乎？』曰：『不能。』」是也。

21. 卷九：諸，之乎也，急言之曰諸，徐言之曰之乎。

按：諸爲「之乎」之合語，爲指稱詞兼語助詞。如《論語‧雍也篇》：「山川其舍諸？」諸即之乎也。

22. 卷九：之，指事之詞也。若「左右流之」之屬是也。

按：此之字爲三身指稱詞，可指稱止詞、受詞，亦可指稱補詞，相當口語「他」。如「左右流之」。即指止詞也。

23. 卷九：之，是也。故《爾雅》曰：「之子者，是子也。」

按：之訓爲是，「是」即「此」也，爲特指詞。如詩「之子于歸，遠送於野。」是也。

24. 卷九：之，猶「諸」也。

按：諸訓爲之，故之亦可訓爲諸，依王氏之例，諸係指「之乎」之合音，爲指稱詞兼語助詞。如王氏之例云：

《禮記・少儀》曰：「僕者負良綏，申之面，拖諸帷。」《孟子・滕文公篇》曰：「禹疏九河，瀹濟、漯而注諸海，決汝、漢排淮、泗而注之江。」之皆爲諸。

25. 卷九：《呂氏春秋・音初篇》注曰：「之，其也。」

按：之訓爲其，爲表領屬關係之特指詞。其例如《詩・旄邱》曰：「旄邱之葛兮，何誕之節兮？」上之字爲句中語助，下之字訓爲其，表領屬關係。

26. 卷九：旃，之也、焉也。

按：此旃字爲三身指稱詞，用於指稱第三身，可兼指人物。例如《詩・陟岵》曰：「上愼旃哉？」〈采苓〉曰：「舍旃舍旃。」旃字皆爲三身詞。

27. 卷九：《廣雅》曰：「是，此也。」

按：此是字爲近指指稱詞，可兼指人或事。如《論語・述而篇》：「德之不修，學之不講，聞義不能徙，不善不能改，是吾憂也。」是也。

28. 卷九：是，猶「之」也。

按：是訓爲之，亦爲指稱詞。王氏之例云：

《詩・氓》曰：「反是不思，亦已焉哉！」言反之不思也。《大戴禮・文王官人篇》曰：「平人而有慮者，使是治國家而長百姓。」使是，使之也。

29. 卷九：《爾雅》曰：「時，是也。」

按：時訓爲是，爲指稱詞。如《書・皋陶謨》：「禹曰：吁！咸若時，惟帝其難之。」是也。然王氏所舉〈堯典〉：「黎民於變時雍。」時雖亦解

作是，然非指稱詞。其義同「於是」，似當作限制詞較爲洽當。

30. 卷九：所者，指事之詞，若視其所以，觀其所由之屬是也。常語也。

按：許師詩英《常用虛字用法淺釋》曰：「所字的作用在指示，有時又兼有稱代的用處。」故將此所字列爲指稱詞。

31. 卷十：《廣雅》曰：「匪，彼也。」

按：此匪字爲三身指稱詞，與彼字相同。王氏之例云：

《詩·定之方中》曰：「匪直也人，秉心塞淵。」言彼正直之人，秉心塞淵也。

32. 卷十：夫，猶此也。

按：夫訓爲此，亦爲特指指稱詞。王氏之例云：

〈晉語〉曰：「且夫戰也，微卻至，王必不免。」又曰：「夫二子之德，其可忘乎！」昭二十五年《公羊傳》曰：「有夫不祥。」《論語·先進篇》曰：「夫人不言，言必有中。」《孟子·公孫丑篇》曰：「夫士也，亦無王命，而私受之於子。」夫，皆此也。

六、關係詞

包括介詞與連詞。其作用在介繫一個詞，或連繫詞與詞、句與句之關係。《釋詞》一書所釋之關係詞共有一百四十餘條，例多不備舉，此唯舉四十條以見其概。

1. 卷一：鄭注《禮記·檀弓》曰：「與，及也。」常語也。

按：凡文言虛字之通常用法，爲人人所習知者，《經傳釋詞》謂之常語，皆未詳加說明。王氏自序云：「其易曉者則略而不論。」即此之謂也。亦本書之一特徵。

鄭注《禮記·檀弓》曰：「與，及也。」與字和口語「和」字相當，可連接兩平列之詞或句，如《論語·公冶長》：「夫子之言性與天道，不可得而聞也。」與字即連接性與天道二詞。

2. 卷一：與，猶「為」也。

按：與訓爲「爲」，此爲字讀平聲，可介進被動句中之起詞，相當口語「被」字。王氏自舉之例云：

〈西周策〉曰：「秦與天下罷，則令不橫行於周矣。」言秦爲天下所

疲也。〈秦策〉曰：「吳王夫差棲越於會稽，勝齊於艾陵，遂與句踐
禽，死於干隧。」言爲句踐所禽也。

又據王氏之例，此與字除當關係詞之外，亦可用於判斷句中作繫詞，相當口
語「是」字。如《韓非子・外儲說左篇》曰：「名與多與之，其實少。」言名
爲多與之，而其實少也。一條之內兼有二種詞性，王書之例甚多。

3. 卷一：與，猶「爲」也。

按：與訓爲「爲」，此爲字讀去聲，關係詞，在介進關切補詞，與口語「替」、
「給」相當。王氏之例云：

《孟子・離婁篇》曰：「所欲與之聚之。」言民之所欲，則爲民聚之
也。〈秦策〉曰：「或與中期說秦王曰。」言爲中期說秦王也。〈楚策〉
曰：「秦王令羋戎告楚曰：『毋與齊東國，吾與子出兵矣。』」言吾爲
子出兵也。

4. 卷一：《廣雅》曰：「以，與也。」

按：以訓爲與，可連接二詞，亦可連接交與補詞，其意與「和」、「跟」
相當。王氏之例云：

《儀禮・鄉射禮》曰：「主人以賓揖。」又曰：「各以其耦進。」〈大
射儀〉曰：「以耦左還。」箋、注並曰：「以，猶『與』也。」《禮記・
檀弓》曰：「吾未嘗以就公室。」注曰：「未嘗與到公室，觀其行也。」
《易・鼎》初六曰：「得妾以其子。」言得妾與其子也。《詩・小明》
曰：「神之聽之，式穀以女。」言式穀與汝也。《禮記・郊特牲》曰：
「賓入大門而奏肆夏，示易以敬也。」言示易與敬也。襄二十年《左
傳》曰：「賦常棣之七章以卒。」言賦七章與卒章也。

以上之例，如「賦常棣之章以卒。」即連接二詞也。「各以其耦進。」即連接
交與補詞「其耦」也。

5. 卷一：以，猶「及」也。

按：以訓爲及，作介繫用，以表連及之人或事物。王氏之例云：

〈泰〉初九曰：「拔茅茹，以其彙。」言及其彙也。〈剝〉初六曰：「剝
牀以足，」六二曰：「剝牀以辨，」六四曰：「剝牀以膚。」言及足、
及辨、及膚也。〈復〉上六曰：「用行師，終有大敗，以其國君，凶。」
言及其國君也。

以上之例，皆在表連及之人或事物也。

6. 卷一：以，猶「而」也。

按：以訓爲而，其用在連接二平列之詞，相當於口語之「並且」、「又」也。王氏之例云：

《禮記・樂記》曰：「治世之音安以樂，亂世之音怨以怒，亡國之音哀以思。」《大戴禮・曾子制言篇》曰：「富以苟，不如貧以譽；生以辱，不如死以榮。」閔二年《左傳》曰：「親以無災，又何患焉？」昭二十年曰：「濟其不及，以泄其過。」〈晉語〉曰：「狐偃惠以有謀，趙衰文以忠貞，賈佗多識以恭敬。」〈吳語〉曰：「昔楚靈王不君，其臣箴諫以不入。」莊二十四年《公羊傳》曰：「戎眾以無義。」《論語・爲政篇》曰：「季康子問使民敬忠以勸，如之何？」「以」字並與「而」同義。

7. 卷一：《爾雅》曰：「繇，於也。」繇、由、猷古字通。

按：繇、由、猷古字通，乃因三字皆以周切，故可通用也。其意皆「於」也，可作關係詞，用以介繫受事補詞或處所補詞。王氏自舉之例云：

《書・康誥》曰：「往敷求于殷先哲王。」又曰：「別求聞由古先哲王。」由，亦「于」也。言徧求聞於古先哲王也。《禮記・雜記》曰：「客使自下由路西。」鄭注曰：「客給使者入設乘黃於大路之西。」馬融本〈大誥〉：「王若曰：『大誥繇爾多邦，』」鄭、王本「繇」作「猷」。「大誥猷爾多邦」者，大誥於爾多邦也。

以上第一、三例即在介繫受事補詞「克先哲王」「爾多邦」也。第二例在介繫處所補詞「路西」。

8. 卷一：因，由也。聲之轉也。《書・禹貢》曰：「西傾因桓是來。」常語也。

按：因訓爲由，作關係詞用，以介進原因補詞，亦可介進憑藉補詞。如《史記・衛青列傳》：「因前使絕國功，封騫博望侯。」即在介進原因補詞「前使絕國功」。又如《史記・陳丞相世家》：「平遂至修武，降漢，因魏無知求見漢王。」即在介進憑藉補詞「魏無知」。

9. 卷一：於，猶「在」也。

按：於訓爲在，關係詞，用以介進處所補詞。王氏自舉之例云：

《易・繫辭傳》曰：「易之興也，其於中古乎？」《禮記・曲禮》曰：

「於外曰公,於其國曰君。」

10. 卷一:於是者,承上之詞,常語也。

按:於與是連用,可作承上之連詞用,亦可介進時間補詞,如王氏自舉之例:

隱四年《左傳》曰:「於是陳、蔡方睦於衛。」桓五年《傳》曰:「於是陳亂,國人分散,故再赴。」僖十五年《傳》曰:「於是展氏有隱慝焉。」

以上之例,於皆在介進時間補詞「是」,與作為連詞之於是不同。

11. 卷一:《爾雅》曰:「于,於也。」常語也,亦有於句中倒用者。

按:于訓為於,關係詞,用以介進處所補詞,亦有於句中倒用者。王氏之例云:

《詩·崧高》曰:「四國于蕃,四方于宣。」言蕃于四國,宣于四方也。又曰:「謝于誠歸」亦言誠歸于謝也。

以上之例皆為倒用者,若改為「蕃於四國,宣于四方」,則於字在介進處所補詞之義更為明顯矣。

12. 卷二:爰,猶「與」也。

按:爰訓為與,關係詞,用以連繫交與補詞。王氏之例云:

家大人曰:《書·顧命》曰:「大保命仲桓、南宮毛,俾爰齊侯呂伋,以二干戈,虎賁百人,逆子釗于南門之外。」爰,與也;言使仲桓、南宮毛與呂伋共迎康王也。

以上之例,爰用以連繫交與補詞「呂伋」。王氏以為「言使仲桓、南宮毛與呂伋共迎康王也」,爰字作為純粹之連詞用,似有未當。

13. 卷二:越,猶「及」也。

按:越訓為及,關係詞,其所連繫者皆表時間之詞。王氏之例云:

《書·召誥》曰:「惟二月既望,越六日乙未。」言自既望及乙未六日也。下文曰:「惟丙午朏,越三日戊申。」亦謂自丙午及戊申三日也。

14. 卷二:越若,亦及也。

按:越與若連用,亦為關係詞,用以介繫表時間之詞。王氏之例云:

〈召誥〉曰:「越若來三月。」來,至也。言及至三月也。

15. 卷二：安，猶「於」也。

按：安訓爲於，關係詞，用以介進補詞。王氏之例云：

> 《大戴禮・用兵篇》云：「古之戌兵，何世安起？」何世安起，即「起
> 於何世」也，用以介進時間補詞。

16. 卷二：焉，猶「於」也。

按：焉訓爲於，關係詞，亦用以介進補詞。王氏之例云：

> 哀十七年《左傳》曰：「裔焉大國，滅之將亡。」裔，邊也；焉，於
> 也；言邊於大國，將見滅而亡也。宣六年《公羊傳》曰：「勇士入其
> 大門，則無人焉門者；入其閨，則無人焉閨者。」何注曰：「焉者，
> 於也；是無人於門閨守視者也。」《孟子・盡心篇》曰：「人莫大焉
> 無親戚君臣上下。」言莫大於無親戚君臣上下也。

第一、二例，「於」後皆在介進處所補詞，第三例則在介進受詞。

17. 卷二：爲，猶「如」也，假設之詞也。

按：爲訓爲如，爲假設關係詞。王氏之例云：

> 〈晉語〉：「叔向曰：『荊若襲我，是自背其信，而塞其忠也。爲此行
> 也，荊敗我，諸侯必叛之；』」《管子・戒篇》曰：「夫江、黃之國近
> 於楚，爲臣死乎，君必歸之楚而寄之。」《列子・説符篇》曰：「孫
> 叔敖戒其子曰：『爲我死，王則封女，女必無受利地。』」

18. 卷二：爲，猶「使」也，亦假設之詞也。

按：爲訓使，必與苟字連用，作爲假設之關係詞。王氏之例云：

> 《孟子・離婁篇》曰：「苟爲不畜，終身不得。」又曰：「苟爲無本，
> 其涸也，可立而待也。」〈告子篇〉曰：「苟爲不熟，不如荑稗。」
> 《莊子・人間世篇》曰：「苟爲不知其然也，孰知其所終。」

19. 卷二：爲，猶「於」也。

按：爲訓爲於，關係詞，作介繫用，用以介進補詞。王氏之例云：

> 僖二十年《穀梁傳》曰：「謂之新宮，則進禰宮。」言近於禰宮也。《晏
> 子・雜篇》曰：「爲其來也，臣請縛一人過王而行。」言於其來也。〈秦
> 策〉曰：「朝爲天子。」言朝於天子也。《竹書紀年》曰：「秦穆公帥
> 師送公子重耳，圍令狐，桑泉、白衰皆隆爲秦師。」言降於秦師也。

20. 卷二：爲，猶「則」也。

按：爲訓爲則，關係詞，用以連繫上下文意。王氏之例云：

> 《莊子・寓言篇》曰：「與己同則應，不與己同則反；同於己爲是之，異於己爲非之。」

「同於己爲是之，異於己爲非之」。爲亦則也，用以連繫上下文意，以表示條件之關係。

21. 卷二：為，猶「與」也。

按：爲訓爲與，關係詞，用以連接二詞或介進交與補詞。王氏自舉之例云：

> 《孟子・公孫丑篇》曰：「不得不可以爲悅；無財不可以爲悅；得之爲有財，古之人皆用之。」言得之與有財也。〈齊策〉曰：「犀首以梁爲齊戰於承匡而不勝。」言以梁與齊戰也。〈韓策〉曰：「嚴仲子辟人，因爲聶政語。」言與聶政語也。《韓詩外傳》曰：「寡人獨爲仲父言，而國人知之；何也？」言獨與仲父言也。

以上之例，除第一例用以連繫二詞外，其餘皆用以介進交與補詞。

22. 卷三：惟，猶「以」也。

按：惟訓爲以，關係詞，用以介進原因補詞，相當口語「爲了」「由於」。王氏之例云：

> 《書・盤庚》曰：「亦惟女故，以丕從厥志。」《詩・狡童》曰：「維子之故，使我不能餐兮。」僖二年《左傳》曰：「冀之既病，則亦惟君故。」五年曰：「桓、莊之族何罪，而以爲戮，不唯偪乎？」是也。

23. 卷三：抑，詞之轉也。

按：抑爲關係詞，用以表選擇之意，相當口語「還是」。王氏之例云：

> 〈周語〉曰：「敢問天道乎？抑人故也？」《論語・學而篇》：「求之與？抑與之與？」

以上二例，抑字皆表選擇之意。

24. 卷五：詎，苟也。

按：詎訓爲苟，關係詞，作假設連繫用。王氏之例云：

> 〈晉語〉曰：「且唯聖人，能無外患，又無內憂。詎非聖人，必偏而後可。」又曰：「詎非聖人，不有外患，必有內憂。」皆謂苟非聖人也。

25. 卷五：趙爽注《周髀算經》曰：「故者，申事之辭。」常語也。

按：此故字爲關係詞，用於上下文因果相承之時，如《論語・先進》曰：「求也退，故進之；由也兼人，故退之。」是也。

26. 卷五：顧，但也。

按：顧訓爲但，關係詞，作轉折連繫用。王氏之例云：

《禮記・祭統》曰：「是故上有大澤，則惠必及下，顧上先下後耳。」

〈燕策〉曰：「吾每念，常痛於骨髓，顧計不知所出耳。」《史記・越世家》曰：「彼非不愛其弟，顧有所不能忍者也。」

27. 卷六：當，猶「則」也。

按：當訓爲則，關係詞，表因果關係，用於後果小句上。王氏之例云：

《墨子・辭過篇》曰：「君實欲天下之治而惡其亂也，當爲宮室不可不節。」又曰：「君實欲天下之治而惡其亂，當爲衣服不可不節。」又曰：「君實欲天下之治而惡其亂，當爲食飲不可不節。」「當」字竝與「則」同義。

28. 卷七：而者，承上之詞，或在句中、或在句首，其義一也。常語也。

按：此而字爲關係詞，其用於句中者，可連接以時間先後關係構成之複句，如《論語・公冶篇》：「始吾於人也，聽其言而信其行，今吾於人也，聽其言而觀其行。」是也。其在句首者，置於第二小句上，以連繫轉折關係之複句，如《論語・子張篇》：「夫子焉不學，而亦何常師之有？」是也。

29. 卷七：而，猶「與」也，「及」也。

按：而訓爲與爲及，可作連繫聯合關係之關係詞，或用以連繫二詞或二句。王氏之例云：

《論語・雍也篇》曰：「不有祝鮀之佞，而有宋朝之美，難乎免於今之世矣。」言有祝鮀之佞，與有宋朝之美也。《墨子・尚同篇》曰：「聞善而不善，皆以告其上。」言善與不善也。

30. 卷七：若夫，轉語詞也。

按：若夫二字連用，可作語意轉折之關係詞。如《易・繫辭傳》曰：「若夫雜物撰德，辨是與非，則非其中爻不備。」是也。

31. 卷七：家大人曰：「然故，是故也。」

按：是故二字連用，可用以連接因果關係之句子多用於後果小句上，其意與「因此之故」相當。王氏之例云：

> 《禮記・少儀》曰：「事君者，量而后入，不入而后量。凡乞假於人，為人從事者亦然。然故上無怨而下遠罪也。」《荀子・大略篇》曰：「從士以上，皆羞利而不與民爭業，樂分施而恥積藏，然故民不困財。貧窶者有所竄其手。」

32. 卷七：然後，而後也、乃也。常語也。

按：然後二字連用，其用法與而後相同，表示一事繼另一事而起，前後二事息息相關。如《論語・子罕篇》曰：「歲寒，然後知松柏之後凋也。」是也。

33. 卷八：《玉篇》曰：「雖，詞兩設也。」常語也。

按：此雖字用於容認關係之句中，容認小句為事實，則雖字相當於「雖然」、「雖說」之意。如《左傳》隱公十一年：「雖有君命，寡人弗敢與聞。」容認小句為假設，雖字相當於「即使」、「縱然」之意。如《左傳》隱公三年：「寡人雖死，亦無悔焉。」故雖字為「詞兩設」也。

34. 卷八：自，猶「苟」也。

按：自作假設關係詞時，恒以「自非」二字連用，如成十六年《左傳》曰：「自非聖人，外寧必有內憂。」是也。

35. 卷八：斯，猶「則」也。亦常語。

按：此斯字用於假設關係之複句之後果小句上，其意與「則」、「即」相同。如《論語・學而篇》曰：「子曰：『聖人，吾不得而見之矣，得見君子者，斯可矣。』」又如《孟子・滕文公篇》：「如知其非義，斯速已矣，何待來年？」是也。

36. 卷八：斯，猶「乃」也。

按：此斯字為承接關係詞，相當口語「就」、「才」之意。《詞詮》曰：「斯，承接連詞，則也、乃也。」即此意。王氏之例云：

> 《書・金縢》曰：「周公居東二年，則罪人斯得。」《詩・小旻》曰：「謀猶回遹，何日斯沮。」〈賓之初筵〉曰：「大侯既抗，弓矢斯張。」〈角弓〉曰：「受爵不讓，至于已斯亡。」

37. 卷八：則者，承上起下之詞，《廣雅》曰：「則，即也。」字或通作即。

按：此則字乃連接先後相繼之上下兩件事，則字大都用於第二小句前，與口語「就」、「便」相當。如《禮記·中庸》：「其為物不貳，則其生物不測。」是也。

38. 卷八：家大人曰：《漢書·西南夷傳》注曰：即猶「若」也。

按：此即字為假設關係詞，用於假設小句之上，與若字之作用相同。王氏之例云：

> 莊三十二年《公羊傳》：「莊公病將死，謂季子曰：『寡人即不起此病，吾將焉致乎魯國？』」言若不起此病也。僖三十三年《傳》：「百里子與蹇叔子送其子而戒之曰：『爾即死，必於殽之嶔巖。』」言爾若死也。襄二十七年《傳》：「甯殖將死，謂其子喜曰：『我即死，女能固納公乎』？」言我若死也。

39. 卷九：之，言之閒也。若「在河之洲」之屬是也。常語也。

按：此之字為關係詞，作連繫用，用於兩詞之中間，之字之上為次要之詞，之字之下為主要之詞，有領屬關係。如「在河之洲」即是也。

40. 卷九：是故、是以，皆承上起下之詞。常語也。

按：是故、是以二字連用，可視為關係詞，為承上起下之詞，用於後果小句之上。如《論語·先進篇》：「治國之禮，其言不讓，是故哂之。」又〈子張篇〉：「紂之不善，不如是之甚也。是以君子惡居下流，天下之惡皆歸焉。」是也。

七、語氣詞

包括助詞和歎詞。凡《經傳釋詞》中所謂語助、詞（辭）、某詞（辭）、發聲及歎詞者皆屬之。語氣詞又可分為四類：一為句首語氣詞，二為句中語氣詞，三為句末語氣詞，四為獨立語氣詞。前三者即所謂助詞也，而獨立語氣詞則為歎詞。《釋詞》一書所釋之語氣詞共有一百七十餘條，份量最多，不便全舉，惟舉四十條以見其概。

1. 卷一：與，語助也。

按：與字為語氣詞，用於句中，唯作語助而已，無義。王氏之例云：

> 僖二十三年《左傳》曰：「夫有大功而無貴仕，其人能靖者與有幾？」言能靖者有幾也。襄二十九年曰：「是盟也，其與幾何？」言其幾何

也。〈周語〉曰：「若壅其口，其與能幾何？」言能幾何也。〈晉語〉
曰：「諸臣之委室而徒退者，將與幾人？」言將幾人也。

2. 卷一：已，歎詞也。

按：已爲獨立語氣詞，表感歎之意。王氏之例云：

《書·大誥》曰：「已！予惟小子！」某氏傳曰：「已，發端歎辭也。」
〈康誥〉曰：「已！女惟小子！」又曰：「已！女乃其速由茲義率殺！」
〈梓材〉曰：「已！若茲監！」〈洛誥〉曰：「已！女惟沖子！」《莊
子·庚桑楚篇》曰：「已！我安逃此而可？」義並同也。

3. 卷一：攸，語助也。

按：攸作語氣詞，可用於句首，亦可用於句中，唯作語助而已，無義。
王氏之例云：

〈洪範〉曰：「予攸好德。」言予好德也。又曰：「四曰攸好德。」
言四曰好德也。《詩·皇矣》曰：「執訊連連，攸馘安安，」言執訊
連連，馘安安也。攸皆語助耳。

4. 卷一：於，語助也。

按：於可用於句首，亦可用於句中，唯作語助而已，無義。王氏之例云：

《易·繫辭傳》曰：「於稽其類。」《書·堯典》曰：「黎民於變時雍。」
又曰：「於予擊石拊石。」《詩·靈臺》曰：「於牣魚躍。」又曰：「於
論鼓鍾，於樂辟廱。」〈下武〉曰：「於萬斯年。」〈雝〉曰：「於薦
廣牡。」

以上之例，除第二例作句中助詞外，其餘皆作句首助詞。

5. 卷二：焉，猶「乎」也。

按：焉訓爲乎，語氣詞，用於句末，表疑問之語氣。王氏之例云：

《詩·杕杜》曰：「嗟行之人，胡不比焉？」《儀禮·喪服傳》曰：「野
人曰，父母何算焉？」《禮記·檀弓》曰：「子何觀焉？」隱元年《左
傳》曰：「君何患焉？」〈周語〉曰：「先王豈有賴焉？」莊三十二年
《公羊傳》曰：「君何憂焉？」《論語·子路篇》曰：「又何加焉？」
是也。

6. 卷二：焉，猶「也」也。

按：焉訓爲也，句末語氣詞，用以提起下文。王氏之例云：

昭三十二年《左傳》曰：「民之服焉，不亦宜乎！」莊元年《公羊傳》曰：「於其出焉，使公子彭生送之；於其乘焉，搚輪而殺之。」定四年曰：「於其歸焉，用事乎河。」

以上之例，焉皆在提起下文。然亦可作純粹之句末語氣詞，如《禮記·檀弓》曰：「子夏曰：『先王制禮，而弗敢過焉。』〈子張〉曰：『先王制禮，不敢不至焉。』」焉，猶也。

7. 卷三：云，發語詞也。

　　按：發語詞即句首語氣詞，用於句首，無義。王氏之例云：

　　　　《詩·卷耳》曰：「云何吁矣。」〈簡兮〉曰：「云誰之思。」〈君子偕老〉曰：「云如之何。」〈風雨〉曰：「云胡不夷。」〈何人斯〉曰：「云不我可。」〈桑柔〉曰：「云徂何往。」〈雲漢〉曰：「云我無所。」「云如何里。」是也。

8. 卷三：云，語中助詞也。

　　按：語中助詞即句中語氣詞，用於句中，無義。王氏之例云：

　　　　《詩·雄雉》曰：「道之云遠，曷云能來。」言道之遠，何能來也。〈四月〉曰：「我日構禍，曷云能穀。」言何能穀也。〈瞻卬〉曰：「人之云亡。」言人之亡也。

9. 卷三：云，語已詞也。

　　按：語已詞即句末語氣詞，用於句末，表語氣已完結。王氏之例云：

　　　　《大戴禮·夏小正傳》曰：「蓋記時也云。」《禮記·樂記》曰：「故聖人曰禮樂云。」是也。

10. 卷三：或，語助也。

　　按：語助即語氣詞，或當語助時，可用於句中，無義。王氏之例云：

　　　　《詩·天保》曰：「如松柏之茂，無不爾或承。」言無不爾承也。或，語助耳。

11. 卷三：抑，發語詞也。

　　按：發語詞即句首語氣詞，皆用於句首，無義。王氏之例云：

　　　　昭十三年《左傳》：「晉侯使叔向告劉獻公曰：『抑齊人不盟，若之何？』」十九年：「寡君與其二三老曰：『抑天實剝亂是，吾何知焉。』」〈晉語〉：「苦成叔子曰：『抑年少而執官者眾，吾安容子。』」

12. 卷三：夷，語助也。

按：語助即語氣詞，夷當語助時，可用於句首，亦可用於句中，無義。
王氏之例云：

《詩・瞻卬》曰：「蟊賊蟊疾，靡有夷屆；罪罟不收，靡有夷瘳。」
言爲害無有終極，如病無有愈時也。昭二十四年《左傳》曰：「紂有
億兆夷人。」言有億兆人也。《孟子・盡心篇》曰：「夷考其行而不
掩焉者也。」言考其行而不掩也。

13. 卷三：洪，發聲也。

按：發聲爲句首語氣詞，皆用於句首，無義。王氏之例云：

〈大誥〉曰：「洪惟我幼沖人。」〈多方〉曰：「洪惟圖天之命。」皆
是也。

14. 卷四：與，猶「也」也。

按：此與字爲語氣詞，用於句中，其義同「也」，以表肯定之語氣。王氏
之例云：

《論語・公冶長篇》：「於予與何誅，」「於予與改是。」猶言於予也
何誅，於予也改是。

15. 卷四：也，猶「矣」也。

按：此也字爲語氣詞，其義同「矣」，同於句末，以表文意已完之語氣。
王氏之例云：

《禮記・樂記》曰：「散軍而郊射，左射貍首，右射騶虞，而貫革之
射息也。裨冕搢笏，而虎賁之士說劍也。」〈聘義〉曰：「如此，則
民順治而國安也」。《大戴禮衛・將軍文子篇》曰：「其可謂不險也。」
〈晉語〉曰：「且夫欒氏之誣晉國久也。」《論語・先進篇》曰：「從
我於陳、蔡者，皆不及門也。」「也」字竝與「矣」同義。

16. 卷四：也，猶「耳」也。

按：此「也」字用於句末，其義同「耳」，表惟此而已之語氣。王氏之例云：

《禮記・祭義》曰：「參直養者也，安能爲孝乎？」《論語・先進篇》
曰：「由也升堂矣，未入於室也。」《孟子・離婁篇》曰：「子之從於
子敖來，徒餔啜也。」〈齊策〉曰：「王亦不好士也，何患無士。」
是也。

17. 卷四：矣，猶「乎」也。

按：此矣字用於句末，其義同「乎」，表疑問之語氣。王氏之例云：

《詩・中谷有蓷》曰：「何嗟及矣？」〈六月〉曰：「侯誰在矣？」〈正月〉曰：「今茲之正，胡然厲矣？」《禮記・文王世子》曰：「女何夢矣？」隱十一年《左傳》曰：「邪而詛之，將何益矣？」〈晉語〉曰：「君何以訓矣？」隱三年《公羊傳》曰：「盍終爲君矣？」《論語・季氏篇》曰：「則將焉用彼相矣？」是也。

18. 卷四：乎，狀事之詞也。若《易・乾文言》「確乎其不可拔」之屬是也。

按：此乎字爲語氣詞，用於形容詞或限制詞之語尾，以助其語氣，如上例即是也。又如《論語・泰伯篇》曰：「巍巍乎！舜禹之有天下也而不與焉。」亦如是也。

19. 卷四：《爾雅》曰：「俞，然也。」

按：此俞字爲獨立語氣詞，表贊同之語氣。如《尚書・皋陶謨》曰：「禹曰：都，帝慎乃在位！」帝曰：「喻。」是也。

20. 卷四：猗，歎詞也。

按：此猗字爲語氣詞，用於句首，以表感嘆之語氣。王氏之例云：

《詩・猗嗟》曰：「猗嗟昌兮！」傳曰：「猗嗟，歎詞。」〈那〉曰：「猗與那與！」傳曰：「猗，歎詞。」〈晉語〉曰：「猗兮違兮！」韋注曰：「猗，歎也。」

21. 卷四：噫，歎詞也。

按：此噫字爲獨立語氣詞，以表悲歎之語氣。如《論語・先進》曰：「顏淵死，子曰：『噫，天喪予，天喪予。』」是也。

22. 卷五：幾，詞也。《易・屯》六三：「君子幾不如舍。」王注：「幾，辭也。」

按：此幾字爲語氣詞，可用於句首或句中，無義。王氏之例云：

〈周語〉曰：「其無乃廢先生之訓，而王幾頓乎？」《莊子・徐無鬼篇》曰：「君雖爲仁義，幾且僞哉！」又曰：「非我與吾子之罪，幾天與之也。」《列子・仲尼篇》曰：「吾見子之心矣，方寸之地虛矣，幾聖人也。」《荀子・賦篇》曰：「聖人共手，時幾將矣。」

23. 卷五：蓋者，大略之詞。《孝經》：「蓋天子之孝也。」孔傳曰：「蓋者，辜較之辭。」辜較，猶大略也。常語也。

按：此蓋字為語氣詞，用於句首，以表測度之語氣，與口語「大概」相當。如《史記・酷吏傳》：「用法益劇，蓋自此始。」是也。

24. 卷五：厥，語助也。

按：此厥字為語氣詞，無義，可用於句首，如《史記・自序》：「左邱失明，厥有國語。」是也。亦可用於句中，《書・多士》曰：「誕淫厥泆。」〈立政〉曰：「文王惟克厥宅心，乃克立茲常事司收入。」是也。

25. 卷六：寧，將也。

按：此寧字為語氣詞，用以表詰問之語氣，常與「乎」字連用。王氏之例云：

《莊子・秋水篇》曰：「寧其死為留骨而貴乎？寧其生而曳尾於塗中乎？」《呂氏春秋・貴信篇》曰：「君寧死而又死乎？其寧生而又生乎？」〈趙策〉曰：「人之情寧朝人乎？寧朝於人也？」

26. 卷六：都，歎詞也。

按：此都字為獨立語氣詞，可表感歎之語氣。如《書・堯典》：「驩兜曰：都。」〈皋陶謨〉：「皋陶曰：都。」皆是也。

27. 卷六：廸，句中語助也。

按：此廸字為句中語氣詞，惟作句中之語助而已，無義。如《書・酒誥》曰：「又惟殷之廸諸臣惟工。」是也。

28. 卷七：然，狀事之詞也。若《論語》斐然、喟然、儼然之屬是也。常語也。

按：此然字為語氣詞，可用於句中，亦可用於句末，作形容詞或限制詞之語尾。如《論語・公冶長篇》：「吾黨之小子狂簡，斐然成章，不知所以裁之。」又〈子張篇〉：「望之儼然，即之也溫，聽其言也厲。」是也。

29. 卷七：爾，猶「而已」也。

按：此爾字為句末語氣詞，表唯此而已之意。王氏之例云：

《禮記・檀弓》曰：「不以食道，用美焉爾。」莊四年《公羊傳》曰：「其國亡矣，徒葬於齊爾。」僖三十一年《傳》曰：「不崇朝而徧雨乎天下者，唯大山爾。」

30. 卷七：耳矣，猶「已矣」也，已與矣皆詞之終，而連言之則曰已矣。《論語》：「始可與言詩已矣。」是也。耳與矣亦皆詞之終，而連言之則曰耳矣。

按：耳矣二字連用，其意與「已矣」相當，皆表文意已完之語氣。王氏之例云：

> 《禮記・檀弓》曰：「勿之有悔焉耳矣。」〈祭統〉曰：「夫銘者壹稱，而上下皆得焉耳矣。」是也。

31. 卷七：來，句末語助也。

按：此來字爲語氣詞，用於句末，無義，唯作語助而已。王氏之例云：

> 《孟子・離婁篇》曰：「盍歸乎來？」《莊子・人間世篇》曰：「嘗以語我來。」又曰：「子其有以語我來。」來字皆語助。

32. 卷八：斯，語助也。

按：此斯字爲語氣詞，用於句中，唯作語助而已，無義。王氏之例云：

> 《詩・螽斯》曰：「螽斯羽。」〈小弁〉曰：「鹿斯之奔。」〈瓠葉〉曰：「有兔斯首。」斯字皆語助。

33. 卷八：思，語已詞也。

按：此思字爲句末語氣詞，無義。如《詩・漢廣》曰：「南有喬木，不可休思。」是也。

34. 卷八：且，發語詞也。

按：此且字爲句首語氣詞，作發語用，無義。王氏之例云：

> 《韓子・難二》曰：「景公過晏子曰：『子宮小近市，請徙子家豫章之圃！』晏子再拜而辭曰：『且嬰家貧，待市食而朝暮趨之，不可以遠。』」《呂氏春秋・貴信篇》曰：「莊公左搏桓公，右抽劍以自承。管仲、鮑叔進。曹劌按劍當兩陛之閒曰：『且二君將改圖，無或進者。』」〈趙策〉曰：「公子牟辭應侯，應侯曰：『公子將行矣，獨無以教之乎？』曰：『且微君之命命之也，臣固且有效於君！』」

35. 卷八：且，句中語助也。

按：此且字爲句中語氣詞，唯作語助而已，無義。王氏之例云：

> 《莊子・齊物論篇》曰：「夫隨其成心而師之，誰獨且無師乎？」又曰：「果且有彼是乎哉？果且無彼是乎哉？」《呂氏春秋・無義篇》曰：「公孫鞅使人謂公子卬曰：『今秦令鞅將，魏令公子當之。豈且忍相與戰哉！』」「且」字皆句中語助。

36. 卷八：哉，問詞也。若《詩·北門》「謂之何哉」之屬是也。

按：此哉字可表疑問之語氣，亦可表反詰之語氣，多用於句末。表疑問語氣者，如《詩·邶風·北門》：「天實爲之，謂之何哉？」是也。表反詰語氣者，如《論語·述而篇》曰：「子曰：『仁遠乎哉？我欲仁，斯仁至矣。』」是也。

37. 卷九：諸，語助也。

按：此諸字爲語氣詞，用於句末，唯作語助而已，無義。如文五年《左傳》：「皋陶庭堅不祀忽諸！」服注曰：「諸，辭。」是也。

38. 卷九：所，語助也。

按：此所字爲語氣詞，用於句中，唯作語助而已，無義。王氏之例云：

《禮記·檀弓》曰：「君之臣免於罪，則有先人之敝廬在。君無所辱命。」言君毋辱命也。襄二十七年《公羊傳》曰：「無所用盟，請使公子鱄約之。」言毋用盟也。昭二十五年《傳》曰：「君無所辱大禮。」言君毋辱大禮也。

39. 卷十：無，猶「得無」也。

按：此無字訓爲得無，可作表測度語氣之語氣詞，通常用於反問句中。許師《常用虛字用法箋淺釋》曰：「得無和將無、毋乃、無乃一樣，都是表示測度語氣的語氣詞，用於句中，和白話的別是、莫非、大概、恐怕等相當。」王氏之例云：

〈士喪禮〉筮宅辭曰：「哀子某，爲其父某甫筮宅。度茲幽宅，兆基無有後艱？」鄭注曰：「得無後將有艱難乎？」又卜葬日辭曰：「哀子某，來日卜葬其父某甫考降，無有近悔？」鄭注曰：「得無近於咎悔者乎？」

40. 卷十：夫，猶「乎」也。歎辭也。

按：此夫字爲語氣詞，表感歎之語氣。有用於句末者，亦有用於句中者。王氏之例云：

在句末者：《易·繫辭傳》曰：「古之聰明睿知神武而不殺者夫！」《禮記·檀弓》曰：「爾責於人，終無已夫！三年喪，亦已久矣夫！」是也。在句中者：〈檀弓〉曰：「仁夫公子重耳！」《論語·子罕篇》曰：「逝者如斯夫！不舍晝夜。」是也。

八、通用字

　　凡通用者，皆爲文字之變體，或同音、音近（雙聲，叠韻）之字，故其意義可相通段也。本書所釋通用字共有四十四條，茲錄二十條，以見其概。

1. 卷一：目，或作以，或作已。鄭注《禮記‧檀弓》曰：「以與已字本同。」
　　按：「以」爲「目」之變體，故可通用。又目、已《廣韻》皆羊已切，二字同音，故可通用也。

2. 卷一：由，字或作猶，或作攸。其義一也。
　　按：由、猶、攸三字《廣韻》皆以周切。同音，故可通用也。

3. 卷二：安，猶「於是」也，「乃」也，「則」也，字或作案，或作焉，其義一也。
　　按：安，《廣韻》烏寒切。案，《廣韻》烏旰切。焉，《廣韻》於愆切。三字皆屬影母，雙聲，故可通用也。

4. 卷三：有，字或作又。
　　按：有，《廣韻》云欠切，爲母，有韻。又，于救切，爲母，宥韻。云、于同爲「爲」母，有、宥古韻同屬段氏第三部。二字古同音，故可通用也。

5. 卷四：惡，猶「安」也，何也。字亦作烏。
　　按：惡、烏二字《廣韻》皆哀都切。同音，故可通用也。

6. 卷四：曷，何也，常語也。字亦作害。
　　按：曷，《廣韻》胡何切；害，《廣韻》胡蓋切。二字雙聲，故可通用也。

7. 卷四：鄉，猶「方」也，字亦作嚮。
　　按：鄉音向，《廣韻》許亮切，嚮亦許亮切。同音，故可通用。

8. 卷四：吁，歎詞也，字通作「呼」。
　　按：吁，《廣韻》況于切。呼，荒烏切。況、荒同屬曉母。二字雙聲，故可通用也。

9. 卷五：宜，字通作儀，又通作義。
　　按：宜、儀《廣韻》皆魚羈切，同音，故可通用。義，《廣韻》宜奇切。反切上字魚、宜同屬疑母，雙聲，故宜、義二字亦可通用也。

10. 卷五：其，問詞之助也，或作期、或作居，義並同也。
　　按：此其字讀如姬，《廣韻》居之切，居亦居之切，其、居二字同音，故可

通用。期，《廣韻》渠之切，其、期二字同屬之韻，叠韻，故可通用也。

11. 卷五：《廣韻》曰：「詎，豈也。」字或作距，或作鉅，或作巨，或作渠，或作遽。

按：詎、距、鉅、巨四字《廣韻》皆其呂切，同音，故可通用。遽，《廣韻》其據切，渠，《廣韻》強魚切。反切上字其、強同屬羣母，詎、遽、渠三字雙聲，故亦可通用也。

12. 卷五：固，猶「乃」也……或作故，又作顧。

按：固、故、顧三字同音，皆為古暮切，故可通用也。

13. 卷六：儻，或然之詞也，字或作黨，或作當，或作尚。

按：儻，《廣韻》他浪切，又他朗切。黨，多朗切。當，丁浪切。尚，時亮切。儻、黨同屬蕩韻，叠韻。儻、當同屬宕韻，亦為叠韻，故可通用。儻為宕韻，尚為漾韻，依段氏古十七部諧聲表，漾、宕皆屬第十部，故儻、尚古音亦為叠韻，而可通用也。

14. 卷六：疇，字本作𦓝，又作𦓱。

按：此三字同音直由切，疇字本作𦓝，是字體之異體，故可通用也。

15. 卷七：《說文》：「尒，詞之必然也。」字通作爾。

按：爾字本作尒，後世因尒、爾二字同音兒氏切，故以爾代尒字。《說文》段注曰：「尒之言如此也，後世多以爾字為之。」即此意也。故二字可通用。

16. 卷八：雖，字或作唯，又作惟。

按：雖、唯、惟三字皆從佳得聲，雖，《廣韻》息遺切。唯、惟為以追切。皆屬六脂韻，是為叠韻字，故可通用也。

17. 卷八：茲者，承上起下之詞。……字或作滋。

按：茲滋二字《廣韻》皆子之切，同音，故可通用。

18. 卷八：《說文》：「暫，曾也。」……字或作憯，嘈，又作慘。

按：此四字乃同音通叚。暫、憯、嘈、慘《廣韻》皆七感切，故可通用也。

19. 卷九：《說文》：「者，別事詞也。」……字或作諸。

按：者，《廣韻》章也切，諸，章魚切。二字同為照母，雙聲，故可通用。如《禮記·郊特牲》曰：「不知神之所在，於彼乎？於此乎？或諸遠人乎？」或諸即或者也。

20. 卷十：無，轉語詞也，字或作亡、或作忘、或作妄。

按：無，《廣韻》武夫切。亡，武方切。忘、妄皆巫放切。武、巫同屬微母，無、亡、忘、妄四字皆爲雙聲，故亦可通用也。

第三章 《經傳釋詞》訓釋所用之方法

　　王氏《經傳釋詞》係應用歸納與演繹之法以訓釋字義，自序所謂「比例而知，觸類長之。」「引而申之，以盡其義類。」「揆之本文而協，驗之他卷而通。」是也。然而訓釋字義之時，則依藉聲韻、類書、古注、文義、辭例、句法以及異文等方法之襄助，始能有成。錢熙祚跋語中列舉王氏《釋詞》之法有六，錢氏曰：

> 其《釋詞》之法亦有六：有舉同文以互證者：如據隱六年《左傳》「晉、鄭焉依」，〈周語〉作「晉、鄭是依」，證「焉」之猶「是」；據莊二十八年《左傳》「則可以威民而懼戎」，〈晉語〉作「乃可以威民而懼戎」，證「乃」之猶「則」。有舉兩文以比例者：如據〈趙策〉「與秦城何如不與」，以證〈齊策〉「救趙孰與勿救」，「孰與」之猶「何如」。有因互文而知其同訓者：如據〈檀弓〉「古者冠縮縫，今也衡縫」，《孟子》「無不知愛其親者，無不知敬其兄也」，證「也」之猶「者」。有即別本以見例者：如據《莊子》「莫然有間」，《釋文》本亦作「爲間」，證「爲」之猶「有」。有因古注以互推者：如據宣六年《公羊傳》何注「焉者於也」，證《孟子》「人莫大焉無親戚君臣上下」之「焉」亦當訓「於」；據《孟子》「將爲君子焉，將爲小人焉」趙注「爲，有也」，證《左傳》「何福之爲」、「何臣之爲」、「何衛之爲」、「何國之爲」、「何免之爲」，諸「爲」字皆當訓「有」。有采後人所引以相證者：如據《莊子》引《老子》「故貴以身於天下，則可以託天下，愛以身於天下，則可以寄天下」，證「於」之猶「爲」；據顏師古引「鄙夫可以事君也與哉」，李善引「鄙夫不可以事君」，證《論語》「與」之當訓「以」。

齊佩瑢《訓詁學概論》又益之四法：

（一）對文：如據〈禹貢〉多以既攸二字相對為文，遂釋「彭蠡既豬，陽鳥攸居」、「漆沮既從，豐水攸同」、「九州攸同，四隩既宅」諸攸字為詞之用。

（二）連文：如據「越若」連言，知越與若皆訓及；據「其殆」連文，知其猶殆也。

（三）聲轉：如據「由、用」一聲之轉，知「用」可訓為「由」，「由」字亦可訓為「用」。據「用、以、為」一聲之轉，知「何以」即「何用」，亦即「何為」。據「爰、于、粵」一聲之轉，知皆可訓為「與」、「於」。

（四）字通：如據「于」與「於」古字通，知兩字皆可訓「為」、訓「如」。

根據錢、齊二氏之言，《釋詞》所用之法共有十種。茲再益以三種，即采引申假借以訓釋之法、采無義假借以訓釋之法及舉類書以證明之法，共得十三種。並變更其順序為：

一、采聲轉以訓釋者。　　　　　二、采引申假借以訓釋者。

三、采無義假借以訓釋者。　　　四、舉類書以證明者。

五、舉同文以證明者。　　　　　六、舉兩文以比較者。

七、舉互文以證明者。　　　　　八、舉別文以證明者。

九、舉古注以證明者。　　　　　十、舉後人所引以證明者。

十一、舉對文以證明者。　　　　十二、舉連文以證明者。

十三、采字通以證明者。

前三種方法為《釋詞》訓釋字義之根本，幾可貫通全書。後十種為訓釋字義之佐證而已。茲將各種方法說明如後，舉證時，例多者唯舉二十條以見其概，不備舉焉。

一、采聲轉以訓釋之例

王氏〈經義述聞自序〉曰：「大人曰：『詁訓之旨，存乎聲音，字之聲同聲近者，經傳往往假借，學者以聲求義，破其假借之字而讀以本字，則渙然

冰釋。如其假借之字而強爲之解，則詁籒爲病矣。』」〈經籍纂詁序〉曰：「夫訓詁之旨，本於聲音，揆厥所由，實同條貫。」〈春秋名字解詁序〉曰：「夫訓詁之要，在聲音不在文字，聲之相同相近者，義每不甚相遠。」由王氏之言，可知訓詁之主旨是以聲音爲樞紐，凡聲音相同相近者，其義皆可互相假借。《釋詞》一書亦本此原則以訓釋字義，其例最多，故將「聲轉」列於各種方法之首。聲訓之類別有三：一同音爲訓，二雙聲爲訓，三叠韻爲訓。茲各分述如後：

（一）同音為訓之例

1. 卷三：有，猶「又」也。《詩‧終風》曰：「終風且曀，不日有曀。」〈文王〉曰：「宣昭義問，有虞殷自天。」〈既醉〉曰：「昭明有融。」又曰：「令終有俶。」《儀禮‧士相見禮》曰：「某子命某見，吾子有辱。」箋注竝曰：「有，又也。」「有」「又」古同聲，故「又」字或通作「有」。

   按：有，《廣韻》云久切，爲母，有韻。又，《廣韻》于救切，爲母，宥韻。有、又二字同紐，古音亦同屬段氏第三部，二字古同音，故可通用也。

   又按王氏曰：「有、又古同聲。」偏重聲母，語意未明，應改爲「古同音」，始切合其意。

2. 卷三：或，猶「有」也。……蓋或字古讀如域，有字古讀若以，二聲相近，故曰：或之言有也。聲義相通，則字亦相通。《說文》：「或，邦也。從口，戈以守一，一，地也。或從土作域。」《詩‧玄鳥》：「正域彼四方。」傳曰：「域，有也。」域之訓爲有，猶或之訓爲有也。

   按：或字古讀若域，域，《廣韻》雨逼切，爲母，職韻。有字古讀若以，以，《廣韻》羊已切，喻母，止韻。爲，喻古音同屬影紐，職、止古音同屬段氏第一部，域，以二字古同音，王氏以爲「二聲相近」，未允。

   又按卷三云：「有，猶或也。……有與或古同聲而義亦相通，詳見或字下。」前曰二聲相近，此條曰同聲，意義相同而措辭不同，實令人不解，王氏所用術語異名同實或同名異實之處甚多。

3. 卷三：庸，詞之用也。《書‧皋陶謨》曰：「帝庸作歌。」襄二十五年《左傳》曰：「庸以元女大姬配胡公，而封諸陳。」杜注曰：「庸，用也。」是也。

   按：庸，《廣韻》餘封切，喻母，鐘韻。用，《廣韻》余頌切，喻母，用

韻。鐘、用古音皆屬段氏第九部，故庸、用二字古同音也。

4. 卷四：家大人曰：邪，猶「也」也。《莊子・德充符篇》曰：「我適先生之所，則廢然而反，不知先生之洗我以善邪。」〈在宥篇〉曰：「豈直過也，而去之邪？乃齊戒以言之邪，跪坐以進之邪，鼓歌以舞邪。」〈山木篇〉曰：「一呼而不聞，再呼而不聞，於是三呼邪，則必以惡聲隨之。」是也。

按：邪，《廣韻》以遮切，喻母，麻韻。也，《廣韻》羊者切，喻母，馬韻。麻、馬皆屬段氏第十七部，故邪、也二字同音為訓也。

5. 卷六：直，猶「特」也，「但」也。《禮記・祭義》曰：「參！直養者也，安能為孝乎？」文十一年《穀梁傳》曰：「不言帥師而言敗，何也？直敗一人之辭也。」《孟子・梁惠王篇》曰：「直不百步耳，是亦走也。」《莊子・德充符篇》曰：「某也直後而未往耳。」《荀子・榮辱篇》曰：「是其為相縣也，幾直夫芻豢之縣糟糠爾哉？」〈齊策〉曰：「衍非有怨於儀，直所以為國者不同耳。」直、特，古同聲，故《詩・柏舟》：「實維我特。」韓詩「特」作「直」。《史記・叔孫通傳》：「吾直戲耳。」《漢書》「直」作「特」。

按：直，《廣韻》除力切，澄母，古聲屬定紐，職韻。特，《廣韻》徒得切，定母，德韻。職、德同屬段氏第一部，直、特古同音，（王氏云古同聲，未允）故其義相通也。

6. 卷八：肆，遂也。《書・堯典》曰：「肆類于上帝。」又曰：「肆觀東后。」《史記・五帝紀》「肆」竝作「遂」。「遂」「肆」聲相近，方俗語有侈弇耳。

按：肆，《廣韻》息利切，心母，至韻。遂，《廣韻》徐醉切，邪母，古聲屬心紐，至韻。二字同音，故其義相通也。又王氏謂遂、肆聲相近，立意欠當，應云遂、肆古同音。

7. 卷十：末，猶「未」也。〈檀弓〉曰：「魯莊公及宋人戰于乘邱，縣賁父御，卜國為右，馬驚，敗績。公隊，佐車授綏。公曰：『末之卜也。』」末，猶「未」也。

按：末，《廣韻》莫撥切，明母，末韻。未，《廣韻》無沸切，微母，未韻。微古聲屬明紐，未、末古韻同屬段氏第十五部，二字古同音，故末

可訓爲末也。

8. 卷十：末，猶「勿」也。《禮記・文王世子》曰：「命膳宰曰，末有原。」
鄭注曰：「末，猶『勿』也。勿有所再進。」
按：末爲明母，末韻。勿，《廣韻》文弗切，微母，物韻。古聲微屬明紐。
古韻末、物同屬段氏第十五部，二字古同音，故其義可相通也。

（二）雙聲爲訓之例

本書採雙聲爲訓之例最多，此舉二十例，以見其概。

1. 卷一：與，猶「以」也。《易・繫辭傳》曰：「是故可與酬酢，可與祐神
矣。」言可以酬酢，可以祐神也。
按：漢儒注經，用「某猶某也」之例有三：一、爲意義本來不同，然展
轉可通，段氏所謂義隔而通之也。二、爲以今喻古。三、爲求名原，即
從聲音以求語詞音義之由來，此爲聲訓之一種。與訓爲以，與，《廣韻》
以諸切；以，爲羊已切。二字同屬喻母，雙聲，故義可相通也。

2. 卷一：用，詞之以也。《一切經音義》七引《蒼頡篇》曰：「用，以也。」
以、用一聲之轉。
按：用，《廣韻》余頌切。以，羊已切。二字之反切上字皆屬喻母，故爲
雙聲字。此條除采雙聲爲訓外，亦采《蒼頡篇》以資證明。

3. 卷一：用，詞之由也。《詩・君子陽陽》傳曰：「由，用也。」由可訓用，
用亦可訓爲由，一聲之轉也。
按：用，《廣韻》余頌切。由，羊已切。二字之反切上字同屬喻母，故爲
雙聲字，而且可以互訓也。

4. 卷一：允，猶「以」也。《墨子・明鬼篇》引〈商書〉曰：「百獸貞蟲，
允及飛鳥，莫不比方。」言百獸貞蟲以及飛鳥也。「以」與「用」同義，
故「允」可訓爲「用」，亦可訓爲「以」。《說文》曰「允，從儿，㠯聲。」
「㠯」「用」「允」一聲之轉耳。
按：允，《廣韻》余準切。以，羊已切。二字之反切上字同屬喻母，故其
義可相通也。

5. 卷二：爰，猶「與」也。……爰、于、粵一聲之轉，故三字皆可訓爲於，
亦皆可訓爲與。
按：爰，《廣韻》雨元切，爲母。與，以諸切，喻母。喻、爲古音皆爲影

之變聲，同屬影紐，故爲雙聲也。

6. 卷二：安，猶「於」也。《大戴禮·用兵篇》曰：「古之戎兵，何世安起？」安，猶「於」也。

按：安，《廣韻》烏寒切。於，央居切。反切上字同屬影母，故爲雙聲也。

7. 卷二：焉，猶「於」也。……宣六年《公羊傳》曰：「勇士入其大門，則無人焉門者；入其閨，則無人焉閨者。」何注曰：「焉者，於也，是無人於門閨守視者也。」

按：焉本爲黃色之鳥，焉訓爲於，是爲假借義，《說文》段注曰：「自借爲詞助，而本義廢矣。古多用焉爲發聲，訓爲於，亦訓爲於是。」斐學海曰：「關於假借之義則通以聲。」故凡假借之義必有聲音之關係。焉，《廣韻》於乾反。於，央居反。反切上字同屬影母，是爲雙聲字。

8. 卷二：家大人曰：謂，猶「與」也。……《漢書·高祖紀》：「高祖乃書帛射城上，與沛父老。」《史記》「與」作「謂」，「與」「謂」亦一聲之轉，故「與」可訓「謂」，「謂」亦可訓爲「與」。

按：謂，《廣韻》于貴切，爲母。與，以諸切，喻母。喻、爲古音皆屬影紐，是爲雙聲字，故二字亦可互訓也。

9. 卷三：家大人曰：有，猶「爲」也。〈周語〉曰：「胡有孑然其效戎狄也。」言胡爲其效戎狄也。〈晉語〉曰：「克國得妃，其有吉孰大焉。」言其爲吉孰大也。《孟子·滕文公》「民之爲道也，有恒產者有恒心，無恒產者無恒心矣」。「爲」「有」一聲之轉，故「爲」可訓爲「有」，「有」亦可訓爲「爲」。

按：有，《廣韻》云久切，爲母。爲，《廣韻》遠支切，亦爲爲母。故二字雙聲，而可互訓也。

10. 卷四：號，何也。《荀子·哀公篇》曰：「魯哀公問於孔子曰：『紳委章甫，有益於仁乎？』孔子蹴然曰：『君號然也？』」《家語·好生篇》作「君胡然焉」。「何」也，「胡」也，「奚」也，「遐」也，「侯」也，「號」也，「曷」也，「盍」也，一聲之轉也。

按：號，《廣韻》胡刀切，匣母。何，《廣韻》胡歌切，亦爲匣母。故二字爲雙聲也。

11. 卷四：與，猶「也」也。《論語·公冶長篇》：「於予與何誅」，「於予與改

是。」猶言於予也何誅，於予也改是。

按：與，《廣韻》以諸切，喻母。也，《廣韻》羊者切，亦爲喻母，二字雙聲，故「與」可訓爲「也」也。

12. 卷五：豈，猶「其」也。《禮記‧曾子問》曰：「昔者史佚有子而死，下殤也。墓遠，召公謂之曰：『何以不棺斂於宮中？』史佚曰：『吾敢乎哉？』召公言於周公，周公曰：『豈不可？』」

按：豈，《廣韻》袪狶切，溪母。其，《廣韻》渠之切，羣母，古聲羣爲溪之變聲，故豈、其爲雙聲。

13. 卷六：乃，猶「若」也。《書‧盤庚》曰：「女萬民乃不生生，暨予一人猷同心，先后丕降與女罪疾！」言汝萬民若不生生也。〈洛誥〉曰：「女乃是不蘉，乃時惟不永哉。」言汝若是不勉也。

按：乃，《廣韻》奴亥切，泥母。若，《廣韻》而灼切，日母，古聲日屬泥紐。故乃、若二字雙聲也。

14. 卷六：能，猶「而」也；「能」與「而」古聲相近，故義亦相通。《詩‧芄蘭》曰：「雖則佩觿，能不我知。」「能」，當讀爲「而」。雖則之文，正與而字相應。言童子雖則佩觿，而實不與我相知也。下章「雖則佩韘，能不我甲。」義與此同。

按：能，《廣韻》奴登切，泥母；而，《廣韻》如之切，日母，古聲日爲泥之變聲，故能、而二字雙聲，王氏謂能與而古聲相近，即指此也。

15. 卷六：能，猶「乃」也；亦聲相近也。家大人曰：昭十二年《左傳》曰：「中美能黃，上美爲元，下美則裳。」能、爲、則三字相對爲文。能者，乃也。言中美乃黃，上美爲元，下美則裳也。

按：能，《廣韻》奴登切，泥母；乃，《廣韻》奴亥切，亦爲泥母，二字雙聲，故其義可相通也。

16. 卷六：奈，如也。〈晉語〉曰：「奈吾君何？」

按：《說文》曰：「奈，奈果也。」段注曰：「假借爲奈何字。」奈假借爲奈何字之後，又因雙聲關係而訓爲「如」。（奈，《廣韻》奴箇切，泥母。如，《廣韻》人諸切，日母，古聲屬泥紐，故二字雙聲也。）

17. 卷九：之，猶「諸」也。「諸」「之」一聲之轉。《禮記‧少儀》曰：「僕者負良綏，申之面。拖諸幦。」《孟子‧滕文公篇》曰：「禹疏九河，瀹濟、

澡而注諸海，決汝、漢排淮、泗而注之江。」之，亦「諸」也。互文耳。故詩伐檀篇：「寘之河之側兮。」《漢書・地理志》「寘之」作「寘諸」。襄二十六年《左傳》：「棄諸堤下，」五行志「棄諸」作「棄之」。

按：《說文》曰：「之，出也。」「之」之本義爲出。因「之」、「諸」二字雙聲，同爲照紐，故之可假借爲諸也。此條除舉雙聲爲訓外，亦舉互文、同文以證之。

18. 卷九：旃，之也，焉也。《詩・陟岵》曰：「上慎旃哉！」《毛傳》曰：「旃，之也。」〈采芩〉曰：「舍旃舍旃。」箋曰：「旃之言『焉』也。舍之焉，舍之焉。」「之」「旃」聲相轉，「旃」「焉」聲相近，旃又爲「之焉」之合聲。

按：《說文》曰：「旃，旗曲柄也，所以旃表士衆。」段注曰：「假借爲語助，如尚愼旃哉。傳曰：旃，之也。」旃之本義爲旗曲柄也。後段借爲語助。因旃、之二字同爲照紐，雙聲，故其義相通。又旃、焉二字同爲仙韻，疊韻，故亦可訓爲焉也。

19. 卷十：蔑，無也。常語。

按：蔑，《廣韻》莫結切，明母，屑韻。無，武夫切，微母，虞韻。古聲微屬明紐。二字雙聲，故蔑可訓爲無也。

20. 卷十：微，無也。《詩・式微》曰：「微君之故。」〈周語〉曰：「微我，晉不戰矣。」《毛傳》韋注竝曰：「微，無也。」宣十二年《公羊傳》曰：「君之不令臣交易爲言，是以使寡人得見君之玉面，而微至乎此。」微，無也。

按：微，《廣韻》無非切，微母；無，《廣韻》武夫切，微母。二字雙聲，故其義可相通也。

（三）疊韻爲訓之例

1. 卷四：李善注《文選》曰：「許，猶所也。」《墨子・非樂篇》曰：「舟車既以成矣，曰吾將惡許用之？」言吾將何所用之也。其下王氏小注云：許、所聲近而義同。

按：許，《廣韻》虛呂切，曉母，語韻。所，《廣韻》疏舉切，疏母，語韻，二字疊韻，故許可訓爲所也。

又按王氏云「許、所聲近而義同」，語意未明，應改爲「許、所疊韻而義同」。蓋王氏釋詞，凡有聲韻關係者，皆曰聲同、聲近、聲之轉或一聲之轉，不分同音、雙聲或疊韻，用語不統一，易啓後人之紛惑。

2. 卷四：鄉，猶「方」也。字亦作「嚮」。《易‧隨‧象傳》曰：「君子以嚮晦入宴息。」言才晦入宴息也。《詩‧庭燎》曰：「夜鄉晨。」言夜方晨也。

按：鄉音向，《廣韻》許亮切，曉母，漾韻。方，《廣韻》府良切，非母，陽韻。漾、陽皆屬段氏第十部，故二字古為疊韻。

3. 卷四：矣，猶「耳」也。〈趙策〉曰：「則連有赴東海而死矣，吾不忍為之民也。」〈燕策〉曰：「齊者，故寡人之所欲伐也，直患國弊力不足矣。」「矣」字並與「耳」同義。

按：矣，《廣韻》于紀切，為母，止韻。耳，《廣韻》而止切，日母，止韻。矣、耳韻類相同，故為疊韻字也。

4. 卷六：獨，猶「孰」也，「何」也。《呂氏春秋‧必己篇》曰：「孔子行於東野，馬逸，食人之稼，野人取其馬。子貢請往說之，畢辭，野人不聽。有鄙人始事孔子者，請往說之。因謂野人曰：『子耕東海至於西海，吾馬何得不食子之禾？』其野人大說，相謂曰：『說亦皆如此其辯也，獨如嚮之人，』解馬而與之。」高注曰：「獨，猶孰也。」

按：獨，《廣韻》徒谷切，定母，屋韻。孰，《廣韻》殊六切，禪母，屋韻。二字疊韻，其義可相通，故高注曰：「獨，猶孰也。」

5. 卷七：然，猶「焉」也。《禮記‧檀弓》曰：「穆公召縣子而問然。」鄭注：「然之言『焉』也。」……焉、然古同聲，故〈祭義〉「國人稱願然」，《大戴記‧曾子大孝篇》「然」作「焉」。

按：然，《廣韻》如延切，日母，仙韻。焉，《廣韻》於乾切，影母，仙韻，二字疊韻，故其義可通用。

又王氏曰：「焉、然古同聲」、未允，應改為同韻或疊韻。

6. 卷九：是，猶「祇」也。《論語‧為政篇》曰：「今之孝者，是謂能養。」言祇謂能養也。「是」與「祇」同義，故薛綜注〈東京賦〉曰：「祇，是也。」

按：是之本義為直，因是、祇二字韻母同屬段氏第十六部，故「是」可訓為「祇」，「祇」亦訓為「是」也。

7. 卷九：適，猶「是」也。《荀子‧王霸篇》：「孔子曰：『審吾所以適人，適人之所以來我也。』」上「適」字訓為「往」，下「適」字訓為「是」。

言我之所以往，即是人之所以來，不可不審也。《呂氏春秋・胥時篇》曰：「王子光見伍子胥而惡其貌，不聽其說而辭之。曰：『其貌適吾所甚惡也。』」言是吾所甚惡也。劉歆〈與揚雄書〉曰：「今聖朝留心典誥，發精於殊語。欲以驗考四方之事，適子雲攘意之秋也。」言是子雲攘意之秋也。

按：適之本義爲「之」。之，往也。因適、是二字古韻同屬段氏第十六部，疊韻，故其義可假借爲「是」也。

8. 卷十：每，雖也。《爾雅》曰：「每有，雖也。」《詩・常棣》曰：「每有良朋，況也永歎。」又曰：「雖有兄弟，不如友生。」每有，猶「雖有」耳。箋曰：「雖有善同門來茲，對之長歎而已。」

按：每，《廣韻》武罪切，微母，賄韻。雖，息遺切，心母，脂韻。古韻賄、脂同屬段氏第十五部，二字疊韻，故每可訓爲雖也。

二、采引申假借以訓釋之例

文字有本義、引申義及假借義之分，實字如此，虛字亦復如此，王氏釋引申之義，則採「聯以意」之法以訓釋之，裴學海曰：「關於引申之義則聯以意。……何謂聯以意？如無訓勿，爲禁止之詞，即是不可之意，故無亦訓不可。」即此之謂也。凡采引申假借義者，均無聲音之關係，與有聲音關係之假借不同。茲將王氏采引申義以訓釋之例舉證如次。

1. 卷一：猶，猶「均」也。物相若則均，故猶又有均義。襄十年《左傳》曰：「從之將退，不從亦退。猶將退也。不如從楚，亦以退也。」猶將退，均將退也。

按：《說文》云：「猶，玃屬。」猶本爲獸類，《詩・小星》傳曰：「猶，若也。」假猶爲若意。王氏又以爲「物相若則均，故猶又有均義。」猶又引申爲均義，此據引申假借義以訓釋也。

2. 卷三：亦，承上之詞也。若《書・康誥》曰：「怨不在大，亦不在小。」是也。昭十七年《公羊傳》注曰：「亦者，兩相須之意。」

按：《說文》云：「亦，人之臂亦也，从大，象兩亦之形。」亦即腋字，臂亦有所承，故引申假借爲承上之詞。

3. 卷五：今，指事之詞也。〈考工記・輈人〉曰：「今年大車之轅摯。」《墨

子・兼愛篇》曰：「今若夫攻城野戰，殺身而為名。」《禮記・三年問》曰：「今是大鳥獸。」〈晉語〉：「今君之所聞也。」猶言是君之所聞也。宣十五年《公羊傳》：「是何子之情也！」《韓詩外傳》「是」作「今」，皆指事之詞。

按：《說文》曰：「今，是時也。」今字可指某一時之時間，故可引申假借為指事之詞，公羊傳「是何子之情也。」韓詩外傳「是」作「今」，即其證也。

4. 卷五：固，猶「必」也。桓五年《左傳》曰：「蔡、衛不枝，固將先奔。」言必將先奔也。襄二十七年《公羊傳》：「女能固納公乎？」《呂氏春秋・任數篇》：「其說固不行。」〈秦策〉曰：「王固不能行也。」何、高注竝曰：「固，必也。」

按：《說文》曰：「固，四塞也。」四塞為本義，可引申假借為堅固之固，又引申為「必」，故何、高注竝曰：「固，必也。」

5. 卷五：顧，猶「但」也。《禮記・祭統》曰：「是故上有大澤，則惠必及下，顧上先下後耳。」〈燕策〉曰：「吾每念，常痛於骨髓，顧計不知所出耳。」《史記・越世家》曰：「彼非不愛其弟，顧有所不能忍者也。」

按：《說文》曰：「顧，還視也。」段注云：「引申為語將轉之詞。」還視為顧之本義，引申假借為語將轉之詞，「但」即作轉折用之關係詞，故知「但」為「顧」之引申義。

6. 卷五：《史記・絳侯世家》索隱引許慎《淮南》注曰：「顧，反也。」〈秦策〉曰：「今三川周室，天下之市朝也；而王不爭焉，顧爭於戎狄。」高注曰：「顧，反也。」〈燕策〉曰：「子之南面行王事，而噲老不聽政，顧為臣。」「顧」與「反」同義，故又以「顧反」連文。

按：顧之本義為還視，還視者，返而視也，故其義可引申為「反」，許慎《淮南》注、〈秦策〉高注並云：「顧，反也。」即其義也。

7. 卷六：乃，猶「而」也。《春秋》宣八年：「十月己丑，葬我小君頃熊。雨，不克葬；庚寅，日中而克葬。」定十五年：「九月丁巳，葬我君定公。雨，不克葬；戊午，日下昃，乃克葬。」《公羊傳》曰：「而者何，難也；乃者何，難也」。《說文》：「乃，曳詞之難也。」曷為或言『而』，或言『乃』，『乃』難乎『而』也。」案：「乃」與「而」對言之則異。《禮記・文王

世子》曰：「文王九十七乃終，武王九十三而終。」是也。散言之則通。
互見「而」字下。《儀禮・燕禮》：「大夫不拜乃飲。」鄭注曰：「乃，猶
『而』也。」

按：《說文》曰：「乃，曳詞之難也，象氣之出難也。」段注曰：「按：乃、
然、而、汝、若，一語之轉，故乃又訓汝也。」乃，既象出气之難；而，
有轉折之義，由「乃」義引申而得，故段氏曰一語之轉，《儀禮》鄭注曰：
「乃，猶而也。」即其義也。

8. 卷六：殆者，近也，幾也。將然之詞也。《書・顧命》曰：「殆弗興弗寤。」

按：《說文》曰：「殆，危也。」段注曰：「危者在高而懼也。引申之，凡
將然之詞皆曰殆曰危，與隸天之未陰雨音義同。」危爲殆之本義，「近、
幾」則爲引申叚借義。

9. 卷七：而，猶「然」也。《書・皋陶謨》曰：「啟呱呱而泣。」言呱呱然
泣也。

按：《說文》曰：「而，須也。」段注曰：「引申假借之爲語詞，或在發端，
或在句中，或在句末，或可釋爲然，或可釋爲如。」而之本義爲須，此
引申假借爲「然」，乃引申假借義也。

10. 卷八：且，姑且也。《詩・山有樞》曰：「且以喜樂，且以永日。」是也。
常語也。

按：《說文》曰：「且，所以薦也。」段注曰：「引申之，凡有藉之詞皆曰且，
凡語助云且者，必其義有二，有藉而加之也。云姑且苟且者，謂僅有藉而
無所加，粗略之詞也。」「所以薦」爲且之本義，姑且則爲引申假借義。

三、采無義假借以訓釋之例

《說文解字・敍》曰：「假借者，本無其字，依聲託事，令長是也。」王
氏《釋詞》亦有采無義依聲之假借，以作語詞或指稱之用。林師景伊先生《文
字學概說》將無義之假借列爲五種，第四爲語詞，第五爲指稱。其說曰：

（四）語詞

之，《說文》：「之，出也，象艸過中，枝莖漸益大有所之也。」用作
介詞，是無義依聲的假借。

而，《說文》：「而，須也，象形。《周禮》曰：作其鱗之而。」而本

義爲齠齦，用作連詞，是無義依聲的假借。

耳，《說文》：「耳，主聽者也，象形。」用作語末助詞，是無義依聲的假借。

然，《說文》：「然，燒也。从火，然聲。」用作轉折連詞或副詞語尾，爲無義依聲的假借。

（五）指稱

夫，《說文》：「夫，丈夫也，一以象先。周制八寸爲尺，人長八尺，故曰丈夫。」古書或假借爲指稱詞，如《左傳》桓公十三年：「夫固爲君訓眾而好鎮撫之。」服虔曰：「夫謂鬭伯比。」爲無義依聲的假借。

其，《說文》：「箕，所以簸者也，从竹、甘，象形，六、其下也。凡箕之屬皆从箕，甘，古文箕。其，籀文箕。」其本義爲箕，用作特定指稱詞，表示「這」或「那」，爲無義依聲之假借。

王氏《釋詞》亦本此原則以訓釋字義，茲將其例舉證如后。

1. 卷三：焉，猶「也」也。昭三十二年《左傳》曰：「民之服焉，不亦宜乎！」莊元年《公羊傳》曰：「於其出焉，使公子彭生送之；於其乘焉，搚幹而殺之。」定四年曰：「於其歸焉，用事乎河。」是也。

   按：《說文》云：「焉，焉鳥，黃色，出於江淮，象形。」焉本爲鳥名，此假借爲句末語氣詞，其義同「也」，用以提起下文，是爲無義依聲之假借。

2. 卷三：云，發語詞也，《詩·卷耳》曰：「云何吁矣。」〈簡兮〉曰：「云誰之思。」〈君子偕老〉曰：「云如之何。」〈風雨〉曰：「云胡不夷。」〈何人斯〉曰：「云不我可。」〈桑柔〉曰：「云徂何往。」〈雲漢〉曰：「云我無所。」「云如何里。」是也。

   按：《說文》云：「雲，山川气也。从雨云，象囘轉之形……云，古文省雨。」云本義爲雲，此用作發語詞，是爲無義依聲之假借。

3. 卷三：或，語助也。《詩·天保》曰：「如松柏之茂，無不爾或承。」言無不爾承也。或，語助耳。箋曰：「或之言『有』也。」亦謂語助之「有」，無意義也。

   按：《說文》云：「或，邦也。从口、戈以守其一，一，地也。」或本義爲邦，此借爲語詞，作句中語氣詞，無義，是爲無義依聲之假借也。

4. 卷五：宜，助語詞也。《詩·螽斯》曰：「螽斯羽，詵詵兮；宜爾子孫，振振兮。」「宜爾子孫」，爾子孫也。言螽斯羽則詵詵然矣；爾子孫則振振然矣。故序曰：「言若螽斯不妬忌，則子孫眾多也。」〈小宛〉曰：「哀我填寡，宜岸宜獄。」宜岸，岸也；宜獄，獄也。言我窮盡寡財之人，乃有此訟獄之事也。

按：《說文》曰：「宜，所安也。」「所安」為本義，此訓為助語詞，乃無義依聲之假借。

5. 卷五：厥，語助也。《書·多士》曰：「誕厥洪。」言誕淫洪也。〈立政〉曰：「文王惟克厥宅心，乃克立茲常事司牧人。」言文王惟克宅心也。

按：《說文》曰：「厥，發石也。」厥之本義為「發石」，此訓為語助，乃無義依聲之假借。

6. 卷五：其，語助也。《易·小畜》初九曰：「復自道，何其咎。」《書·大誥》曰：「予曷其不于前寧人圖功攸終？」〈康誥〉曰：「未其有若女封之心！」〈召誥〉曰：「不其延。」〈洛誥〉曰：「敘弗其絕。」〈呂刑〉曰：「其今爾何懲？」〈費誓〉曰：「馬牛其風。」《詩·君子于役》曰：「曷其有佸。」〈鴇羽〉曰：「曷其有所。」〈揚之水〉曰：「云何其憂。」〈正月〉曰：「終其永懷。」〈菀柳〉曰：「于何其臻。」僖十五年《左傳》曰：「以德為怨，秦不其然。」〈晉語〉曰：「多而驟立，不其集也。」其字皆為語助，無意義也。

按：《說文》曰：「箕，所以簸也。」又曰：「其，籀文箕。」段注曰：「按：經傳通用此字為語詞。」其同箕，此訓為語助，唯假其聲而已，無意義也。

7. 卷六：都，歎詞也。《書·堯典》：「驩兜曰：都！」某氏傳曰：「都、於，嘆美之辭。」故〈皋陶謨〉：「皋陶曰：都！」《史記·夏本紀》「都」作「於」。

按：《說文》曰：「都，有先君之舊宗廟曰都。」此都之本義，後假借為歎詞，唯假其音以表嘆美之義而已，無意義也。

8. 卷七：來，句末語助也。《孟子·離婁篇》曰：「盍歸乎來？」《莊子·人間世篇》曰：「嘗以語我來。」又曰：「子其有以語我來。」來字皆語助。

按：《說文》曰：「來，周所受瑞麥來麰也，二麥一夆，象其芒朿之形。天所來也，故以為行來之來。」來本為麥名，後假借為行來之來。此又

假借爲句末語助，乃是無義依聲之假借，用以表反詰之語氣。

9. 卷九：逝，發聲也。字或作「噬」。《詩·日月》曰：「乃如之人兮，逝不古處。」言不古處。〈碩鼠〉曰：「逝將去女，適彼樂土。」言將去女也。〈有杕之杜〉曰：「彼君子兮，噬肯適我。」言肯適我也。〈桑柔〉曰：「誰能執熱，逝不以濯。」言不以濯也。「逝」皆發聲，不為義也。

按：《說文》曰：「逝，往也。」逝之本義爲往，假借爲發聲，是無義依聲之假借也。

10. 卷十：夫，指事之辭也。《禮記·檀弓》曰：「予惡夫涕之無從也。」〈禮運〉曰：「是故夫禮。」僖二十四年《左傳》曰：「夫袪猶在。」宣二年曰：「公嗾夫獒焉。」〈周語〉曰：「然則夫支之所道者，必盡知天地之為也。」是也。

按：《說文》曰：「夫，丈夫也。」夫之本義爲丈夫，假借爲指稱之詞，是無義依聲之假借也。

四、舉類書以證明之例

王氏所舉類書有《說文》、《爾雅》、《小爾雅》、《廣雅》、《玉篇》、《廣韻》等書，茲分述如后：

（一）舉《說文》以證明之例：

文字之義有三，一曰本義，二曰引申義，三曰假借義，凡舉《說文》者，皆就本義以說明之。例多，此舉十例而已。

1. 卷二：《說文》云：「曰，詞也。」《廣雅》云：「曰，言也。」此常語也。
按：《說文》段注曰：「詞者意內而言外也，有是意而有是言，亦謂之曰，亦謂之云。」《說文》曰字乃舉本義以釋之，又益之以《廣雅》之義，則字義更顯明矣。

2. 卷二：《說文》曰：「欥，詮詞也。」字或作「聿」，或作「遹」，或作「曰」，其實一字也。〈毛鄭詩考正〉曰：「《文選》注江賦引韓詩薛君章句云：『聿，辭也。』《春秋》傳引《詩》『聿懷多福』。《左傳》昭二十六年。杜注云：『聿，惟也。』皆以為辭助。《詩》中『聿』、『曰』、『遹』三字互用。……《說文》：『欥，詮詞也；從欠，從曰，曰亦聲。』引《詩》『欥求厥寧』。然則『欥』蓋本文，同聲假借，用『曰』『聿』『遹』三字。」

按：《說文》曰：「欥，詮詞也。」此據本義以訓釋也。《說文》段注曰：「欥其正字，聿、遹、曰皆其假借字。」即謂欥為本字，其他三字為同聲假借字。

3. 卷四：《說文》：「乎，語之餘也。」《禮記・檀弓》正義曰：「乎者，疑辭。」皆常語也。
   按：《說文》曰：「乎，語之餘也，从兮，象聲上越揚之形也。」乃據本義為訓也。

4. 《說文》曰：「吁，驚語也。」《禮記・檀弓》曰：「曾子聞之，瞿然曰：呼！」《釋文》「呼」作「吁」。《正義》曰：「聞童子之言，乃更驚駭。」是也。

5. 卷六：《說文》：「寧，願詞也。」徐鍇曰：「今人言寧可如此，是願如此也。」襄二十六年《左傳》引〈夏書〉曰：「與其殺不辜，寧失不經。」是也。常語也。

6. 卷七：《說文》：「尒，詞之必然也。」字通作「爾」。鄭注〈檀弓〉曰：「爾，語助也。」《文選》古詩注引《字書》曰：「爾，詞之終也。」常語也。
   按：此尒字通作爾，尒可作句末語氣詞，表肯定之語氣。

7. 卷九：《說文》曰：「誰，何也。」常語。

8. 卷九：《說文》：「者，別事詞也。」或指其事，或指其物，或指其人，或言者。」皆常語也。

9. 卷九：《說文》：「只，語已詞也。」《詩・燕燕》曰：「仲氏任只。」〈鄘柏舟〉曰：「母也天只，不諒人只。」

10. 卷九：《說文》曰：「尚，庶幾也。」字亦作「上」。《詩・陟岵篇》：「上慎旃哉！」漢石經作「尚」。
    按：尚、上二字同音，皆時亮切，故可通用也。

（二）舉《爾雅》以證明之例：
   例多，此舉十例而已。

1. 卷一：爾雅曰：「繇，於也。」
   按：繇，《廣韻》以周切，喻母；於，央居切，影母。喻為影之變聲，二字古音為雙聲，亦雙聲為訓之例也。

2. 卷二：《爾雅》曰：「爰，于也。」又曰：「爰，於也。」「于」與「於」同義。《書‧盤庚》曰：「綏爰有眾，」是也。《詩‧擊鼓》曰：「爰居爰處，爰喪其馬，于以求之。」于，「爰」也，互文耳。

　按：此條除舉《爾雅》以資證明外，又舉互文以證明之。又爰、于二字之反切上字同屬爲母，雙聲，故其義可通叚也。

3. 卷二：《爾雅》曰：「粵，于也。」又曰：「粵，於也。」字亦作「越」。〈夏小正〉曰：「越有小旱。」傳曰：「越，于也。」于，猶今人言「於是」也。《詩‧東門之枌》曰：「穀旦于逝，越以鬷邁。」越，亦「于」也，互文耳。

　按：此條同上，除舉《爾雅》以證明外，亦舉傳注及互文以證明之。又粵、于二字之反切上字同屬爲母，雙聲，故其義可相通叚也。

4. 卷五：《爾雅》曰：「厥，其也。」常語。

　按：《說文》曰：「厥、發石也。」段注云：「若釋名曰：『厥，其也。』此假借也。」發石爲本義，其乃假借義。

5. 卷六：《爾雅》曰：「都，於也。」《孟子‧萬章篇》曰：「謨，蓋都君咸我績。」趙注用《爾雅》。《史記‧司馬相如傳》曰：「揆厥所元，終都攸卒。」《集解》引《漢書音義》與趙注同。「都」「諸」聲相近，故「諸」訓爲「於」，「都」亦訓爲「於」，而孟諸字又作明都也。

　按：都，《廣韻》當孤切，端母；諸，《廣韻》章魚切，照母，照古聲屬端紐，二字雙聲。諸訓爲於，都亦訓爲於，此據其雙聲字之義以爲訓也。

6. 卷六：《爾雅》曰：「疇，誰也。」《書‧堯典》：「帝曰：疇咨若時登庸。」《史記‧五帝紀》作「誰可順此事」。字本作𤰞，又作𩅧，《說文》：「𩅧，誰也。」又曰：「𤰞，詞也。」〈虞書〉曰：「帝曰𤰞咨。」

　按：此條除舉《爾雅》以證明外，亦舉同文及《說文》以佐證。又疇，《廣韻》直由切，澄母，尤韻。誰，《廣韻》視佳切，禪母，指韻。澄、禪古聲同屬定紐。疇、誰古雙聲，故其義可相通叚也。

7. 卷七：《爾雅》曰：「仍，乃也。」《史記‧淮南衡山傳贊》曰：「淮南、衡山專挾邪僻之計，謀爲畔逆。仍父子再亡國，各不終其身。」仍者，乃也。言淮南、衡山謀爲畔逆，乃至父子再亡其國，各不終其身也。……《說文》：「仍從乃聲，」故「乃」字或通作「仍」，說見《經義述聞‧爾

雅》。

按：仍從乃聲，古聲同屬泥紐，故仍可訓為乃也。

8. 卷八：《爾雅》：「茲，此也。」

按：《說文》曰：「艸木多益。」茲之本義為草木多益，假借為「此」。

9. 卷八：《爾雅》：「斯，此也。」常語。

按：《說文》曰：「斯，析也。」段注曰：「假借訓為此，亦疊韻也。」斯之本義為析，「此」為假借義。

10. 卷九：《爾雅》曰：「孰，誰也。」常語。

按：孰、誰二字同為禪母，雙聲，故其義可相通叚也。

（三）舉《小爾雅》以證明之例：

本書引《小爾雅》者，唯此二例耳。

1. 卷七：《小爾雅》曰：「若，乃也。」《書‧秦誓》曰：「日月逾邁，若弗員來。」言乃弗云來也。〈周語〉引《書》曰：「必有忍也，若能有濟也。」韋注曰：「若，猶『乃』也。」

按：若，《廣韻》而灼切，日母，古聲屬泥紐。乃，《廣韻》奴亥切，泥母，二字雙聲，故若可訓為乃也。

2. 卷九：《小爾雅》曰：「諸，乎也。」《詩‧日月》曰：「日居月諸！照臨下土。」《毛傳》曰：「日乎月乎！照臨之也」。《禮記‧祭義》曰：「齊齊乎其敬也，愉愉乎其忠也，勿勿諸其饗之也。」又曰：「孝弟發諸朝廷，行乎道路，至乎州巷，放乎獀狩，修乎軍旅。」諸，亦「乎」也，互文耳。故〈祭義〉：「勿勿諸其欲其饗之也。」〈禮器〉「諸」作「乎」。〈樂記〉：「理發諸外，」〈祭義〉「諸」作「乎」。

按：諸之本義為辯，諸、乎二字古韻皆屬段氏第五部，疊韻，故其義可相通也。本條亦舉互文、同文以佐證之。

（四）舉《廣雅》以證明之例：

1. 卷一：《廣雅》曰：「以，與也。」

按：以、與二字雙聲，故其義可相通，此亦雙聲為訓之例也。

2. 卷一：《廣雅》曰：「由、以，用也。」由、以、用一聲之轉，而語詞之用亦然。

按：由、以、用三字爲雙聲。反切上字皆屬喩母，此亦雙聲爲訓之例。

3. 卷一：《廣雅》曰：「於，于也。」常語也。

按：於，《廣韻》央居切，影母；于，羽俱切，爲母，古音爲母爲影之變聲，二字雙聲，故其義可相通也。

4. 卷二：《廣雅》曰：「越，與也。」《書·大誥》曰：「大誥猷爾多邦，越爾御事。」

按：越，《廣韻》王代切，爲母；與，以諸切，喩母。喩、爲古音同屬影母，故二字亦爲雙聲。

5. 卷二：《廣雅》曰：「焉，安也。」《論語·子路篇》皇侃疏曰：「焉，猶何也。」

按：焉，《廣韻》於愆切；安，烏寒切。反切上字同屬影母，是爲雙聲字，故其義可相通叚也。

6. 卷七：《廣雅》曰：「如，若也。」常語。

按：如，《廣韻》人諸切，日母，魚韻；若，而灼切，日母，藥韻。二字雙聲，故「如」可訓爲「若」也。

7. 卷八：《廣雅》曰：「然，𦟝也。」《禮記·檀弓》曰：「有子曰：『然！然則夫子有爲言之也。』」《論語·陽貨篇》曰：「然！有是言也。」《孟子·公孫丑篇》曰：「然！夫時子惡知其不可也。」此三「然」字，但爲應詞而不訓爲「是」。

按：𦟝通應。《說文》曰：「然，燒也。」段注曰：「通叚爲語詞，訓爲如此，爾之轉語也。」然之本義爲燃，此處假借爲應答之詞。

8. 卷八：《廣雅》曰：「且，借也。」隱元年《公羊傳》曰：「且如桓立，則恐諸大夫之不能相幼君也。」

按：且，《廣韻》子魚切，精母；借，子夜切，亦爲精母。二字雙聲，故其義可通用也。

9. 卷九：《廣雅》曰：「是，此也。」常語。

按：是之本義爲直，因「是」、「此」二字同爲紙韻，故「是」可假借爲「此」也。

10. 卷十：《廣雅》曰：「匪，彼也。」家大人曰：《詩·小旻》曰：「如行邁謀，是用不得于道。」襄八年《左傳》引此詩，杜注曰：「匪，彼也。」

按：匪，《廣韻》府尾切，非母；彼，甫委切，亦爲非母，故「匪」可訓爲「彼」也。

（五）舉《玉篇》以證明之例：

1. 卷一：《玉篇》曰：「以，爲也。」《詩·瞻卬》曰：「天何以刺。」言天何爲刺也。

   按：以，《廣韻》羊已切，喻母；爲，于僞切，喻母。二字雙聲，故「以」可訓爲「爲」也。

2. 卷二：《玉篇》曰：「爰，爲也。」《書·洪範》曰：「水曰潤下，木曰曲直，金曰從革，土爰稼穡。」「曰」與「爰」，皆爲也，互文耳。

   按：爰，《廣韻》雨元切，喻母；爲，于僞切，喻母。二字雙聲，故「爰」可訓爲「爲」也。

3. 卷二：《玉篇》曰：「焉，語已之詞也。」常語也。

   按：焉本爲鳥名，此假借爲句末語氣詞，乃無義依聲之假借也。

4. 卷二：焉，猶「是」也。《玉篇》曰：「焉，是也。」……隱六年《左傳》曰：「我周之東遷，晉、鄭焉依。」〈周語〉作「晉、鄭是依。」

   按：此條除舉《玉篇》以證明外，復舉句型相同之兩文以資證明。

5. 卷三：《玉篇》曰：「惟，爲也。」《書·皋陶謨》曰：「萬邦黎獻，共惟帝臣。」某氏傳曰：「萬國眾賢，共爲帝臣。」〈酒誥〉曰：「我民用大亂喪德，亦罔非酒惟行；越小大邦用喪，亦罔非酒惟辜。」傳曰：「亦無非以酒爲行，亦無不以酒爲罪。」

   按：惟，《廣韻》以追切，喻母；爲，遠支切，爲母。古音喻、爲皆爲影紐，二字雙聲，故其義可相通也。

6. 卷四：《玉篇》曰：「歟，語末辭。」古通作「與」。皇侃《論語·學而篇》疏曰：「與，語不定之辭。」高誘注《呂氏春秋·自知篇》曰：「歟，邪也。」又注《淮南·精神篇》曰：「歟、邪，辭也。」此皆常語也。

   按：《說文》曰：「歟，安气也。」段注曰：「今用爲語末之辭。」歟之本義爲「安气」，此假借爲「語末辭」，乃無義依聲之假借。

7. 卷四：《玉篇》曰：「也，所以窮上成文也。」《顏氏家訓·書證篇》曰：「也，語已及助句之辭。」有結上文者：若《論語》「亦不可行也」之屬

是也。有起下文者：若「夫子至於是邦也」之屬是也。有在句中助語者：
若「其為人也孝弟」之屬是也。此皆常語。

按：《說文》曰：「也，女侌也。」段注：「假借爲語詞。」也字借爲語詞，
是無義依聲之假借。

（六）舉《廣韻》以證明之例：

1. 卷四：《廣韻》曰：「況，矧也。」常語。

2. 卷四：《廣韻》曰：「況，匹擬也。」楊倞注《荀子‧非十二子篇》曰：「況，
   此也。」顏師古注《漢書‧高惠高后文功臣表》曰：「況，譬也。」亦常
   語。

   按：此條除舉《廣韻》外，亦舉楊注、顏注以資證明。

3. 卷五：《廣韻》曰：「詎，豈也。」字或作「距」，或作「鉅」，或作「巨」，
   或作「渠」，或作「遽」。《漢書‧高祖紀》曰：「沛公不先破關中，公巨
   能入乎？」《史記‧項羽紀》作「公豈敢入乎。」

   按：此條除舉《廣韻》外，亦舉《漢書》、《史記》兩本相同之句型以資
   證明。

   又詎，《廣韻》其呂切，群母，古音屬溪紐。豈，《廣韻》袪狶切，溪
   紐，二字雙聲，故「詎」可訓爲「豈」也。

五、舉同文以證明之例

所謂同文，即句型完全相同之文句，其中若惟有虛字不同，則可據以證
此二虛字可互用，錢熙祚跋語曰：「有舉同文以互證者，如據隱六年《左傳》
『晉鄭焉依』，〈周語〉作『晉鄭是依』，證焉之猶是，據莊二十八年《左傳》
『則可以威民而懼戎』，〈晉語〉作『乃可以威民而懼戎』，證乃之猶則。」即
其義也。此條之例甚多，此唯舉十例以見其概。

1. 卷二：焉，猶「是」也。《玉篇》曰：「焉，是也。」……隱六年《左傳》
   曰：「我周之東遷，晉、鄭焉依。」〈周語〉作「晉、鄭是依。」

   按：「晉、鄭焉依」與「晉、鄭是依」句型完全相同，故知焉、是相通也。

2. 卷二：家大人曰：「為，猶謂也。」……《莊子‧天地篇》曰：「四海之
   內共利之之為悅；共給之之謂安。」〈襄王篇〉曰：「君子通於道之謂通；
   窮於道之謂窮。今某抱仁義之道，以遭亂世之患，其何窮之為？」之為，

猶之謂也，故「其何窮之為」，《呂氏春秋‧慎人篇》作「何窮之謂」。《大戴禮記‧文王官人篇》曰：「此之為考志也。」《逸周書‧官人篇》「為」作「謂」。莊二十二年左傳曰：「是謂觀國之光。」《史記‧陳杞世家》「謂」作「為」。《墨子‧公輸篇》曰：「宋所為無雉兔鮒魚者也。」〈宋策〉「為」作「謂」。

按：為、謂同屬為母，故《莊子》「何窮之為」，《呂氏春秋》作「何窮之謂」也。

3. 卷四：猗，兮也。《書‧秦誓》曰：「斷斷猗。」《禮記‧大學》「猗」作「兮」。《詩‧伐檀》曰：「坎坎伐檀兮，寘之河之干兮，河水清且漣猗。」猗，猶兮也，故漢魯詩殘碑「猗」作「兮」。《莊子‧大宗師篇》曰：「而已反其真，而我猶為人猗。」猗，亦「兮」也。

按：猗本為犗犬，訓為兮，乃為假借義。猗，《廣韻》於離切，影母；兮，《廣韻》胡雞切，匣母。二字同屬喉音，語根相同，故可假猗為兮也。《說文》段注猗字下云：「有段為兮字者，〈魏風〉清且漣猗、清且直猗、清且淪猗是也。」即是此意。

4. 卷六：乃，猶「則」也。《易‧繫辭傳》曰：「見乃謂之象；形乃謂之器。」《詩‧生民》曰：「鳥乃去矣。」隱三年《左傳》曰：「將立州吁，乃定之矣。」皆是也。「乃」與「則」同義，故《書‧盤庚》：「我乃劓殄滅之，無遺育。」哀十一年《左傳》作「則劓殄無遺育」。莊二十八年《左傳》：「則可以威民而懼戎。」〈晉語〉「則」作「乃」。又或以「則乃」連文，《書‧立政》曰：「謀面用丕訓德，則乃宅人。」是也。

按：《左傳》「則可以威民而懼戎」，〈晉語〉作「乃可以威民而懼戎」，二文句型相同，唯「則」、「乃」二字互易，故據以證乃可訓為則也。

5. 卷七：而，知也。……《荀子‧哀公篇》：「從物如流。」《大戴記‧哀公問五義篇》「如」作「而」。襄十二年《左傳》：「夫婦所生若而人，」《晉書‧禮志》「而」作「如」。《史記‧鄒陽傳》：「白頭如新，傾蓋如故。」《新序‧雜事篇》「如」竝作「而」。

按：而、如二字雙聲，同為日紐，故「而」可作「如」也。

6. 卷八：家大人曰：「則，猶若也。」……〈項羽紀〉曰：「項王謂曹咎等曰：『謹守成皋，則漢欲挑戰，慎勿與戰。』」《漢書‧項籍傳》作「即漢

欲挑戰」。「即」與「則」古字通，而同訓為若，故《史記·高祖紀》作
「若漢挑戰」也。

按：則、即皆為精母，雙聲字，「即」訓為「若」，「則」亦可訓為「若」，
故《史記·項羽紀》「則漢欲挑戰」，《漢書·項籍傳》作「即漢欲挑戰」，
《史記·高祖紀》作「若漢挑戰」也。

7. 卷八：將，猶「其」也。隱元年《左傳》曰：「君將若之何？」莊十四年
《傳》曰：「君其若之何？」成二年《傳》曰：「國將若之何？」昭十二
《傳》曰：「國其若之何？」其義一也。「將」與「其」同義，故二字可
以互用。

按：「君將若之何」與「君其若之何」二句句型完全相同，故可證明「將」
可訓為「其」也。下二句亦同。

8. 卷九：是，猶「夫」也。《禮記·三年問》曰：「今是大鳥獸。」《荀子·
禮論篇》「今是」作「今夫」。《荀子·宥坐篇》曰：「今夫世之陵遲亦久
矣。」《韓詩外傳》「今夫」作「今是」。

9. 卷九：所，猶「可」也。《晏子春秋·雜篇》曰：「聖人非所與嬉也。」非，
猶「不」也。言聖人不可與戲也。……《史記·淮陰侯傳》曰：「非信無所
與計事者。」言無可與計事者也。《漢書》「所」作「可」，是其證矣。

10. 卷十：夫，猶「彼」也。《禮記·三年問》曰：「夫焉能相與羣居而不亂
乎！」《荀子·禮論篇》「夫」作「彼」。襄二十六年《左傳》曰：「夫獨
無族姻乎？」〈楚語〉作「彼有公族甥舅」。〈齊語〉曰：「夫為其君勤也。」
《管子·小匡篇》「夫」作「彼」。

按：夫，《廣韻》防無切，奉母；彼，《廣韻》甫委切，彼母。非、奉同
為脣音，語根相同，故「夫」可作「彼」也。

六、舉兩文以比較之例

所謂舉兩文以比較者，即舉句型相似之兩文互相比較，而判斷其意義。
錢熙祚跋語曰：「有舉兩文以比例者，如據〈趙策〉『與秦城何如不與』，以證
〈齊策〉『救趙孰與勿救』，孰與之猶何如。」即其義也。茲將其例舉證如后：

1. 卷一：于，猶「是」也。《詩·出車》曰：「玁狁于襄」、「玁狁于夷」。言
玁狁是襄，玁狁是夷也。王氏自注云：「猶言戎狄是膺，荊舒是懲。」

按：《詩·出車》「玁狁于襄」、「玁狁于夷」之句型與〈魯頌〉「戎狄是膺，荊舒是懲。」相似，其義亦相近，故舉〈出車〉詩與〈魯頌〉詩之句型相比例，而定「于」猶「是」之義。

2. 卷三：台，猶「何」也；如台，猶「奈何」也。《書·湯誓》：「夏罪其如台？」《史記·殷本紀》作「有罪其奈何」。〈高宗肜〉曰：「乃曰其如台？」〈殷本紀〉作「乃曰其奈何」。〈西伯戡黎〉：「今王其如台？」〈殷本紀〉作「今王其奈何。」是古謂「奈何」為「如台」也。

按：以上三例句型皆相似，故可據以證明如台猶奈何也。

3. 卷四：與、猶「兮」也。《詩·潛》曰：「猗與漆、沮。」〈那〉曰：「猗與那與。」猶言猗兮漆、沮，猗兮那兮也。〈晉語〉：「猗兮違兮。」是其例。

按：「猗與那與」與「猗兮違兮」之句型相似，唯與、兮二字不同而已，與、兮皆作語助詞，表感歎之語氣，故可證「與」猶「兮」也。

4. 卷七：爾，猶「而已」也。《禮記·檀弓》曰：「不以食道，用美焉爾。」言用美焉而已也。又曰：「唯祭祀之禮，主人自盡焉爾，豈知神之所饗。」亦謂主人自盡焉而已也。〈郊特牲〉曰：「豈知神之所饗也，主人自盡其敬而已矣。」是其證也。

按：「主人自盡焉爾，豈知神之所饗」與「豈知神之所嚮也，主人自盡其敬而已矣」二句意義相近，句型相似，故可證爾即而已也。又《說文》介下段注：「耳之言而已也、近人爾、耳不分。」亦可證爾可訓為而已也。

5. 卷九：矧，猶「亦」也。《書·康誥》曰：「元惡大憝，矧惟不孝不友。」又曰：「不率大戛，矧惟外庶子訓人，惟厥正人，越小臣諸節，乃別播敷，造民大譽，弗念弗庸，瘝厥君。」言不率大戛者，亦惟此「瘝厥君」之人。下云：「亦惟君惟長。」文義正相近也。

按：《書·康誥》「矧惟不孝不友」、「矧惟外庶子訓人」、「亦惟君惟長」三句，前後文義相近，故據以證「矧」可訓為「亦」也。

6. 卷九：孰，猶「何」也。……〈齊策〉曰：「田侯召大臣而謀曰：『救趙孰與勿救。』」〈趙策〉曰：「趙王與樓緩計之曰：『與秦城何如不與。』」是「孰與」即「何如」也。

按：「救趙孰與勿救」與「與秦城何如不與」二句文義相近，句型亦相似，故可證孰與猶何如也。

七、舉互文以證明之例

　　王氏《釋詞》所用互文之例，即上下虛字互易，而意義相同也，與俞樾《古書疑義舉例》四十三上下文變換虛字例相同。俞氏云：「古書有疊句成文而虛字不同。《尚書・洪範篇》：『水曰潤下，火曰炎上，木曰曲直，金曰從革，土爰稼穡。』上四句用曰字，下一句用爰字，爰即曰也。《爾雅・釋魚篇》：『俯者靈，抑者謝，前弇諸果，後弇諸獵。』前兩字用者字，後兩句用諸字，諸即者也。」錢熙祚跋語曰：「有因互文而知其同訓者，如據〈檀弓〉『古者冠縮縫，今也衡縫』，《孟子》『無不愛其親者，無不知敬其兄也』，證也之猶者。」即其義也。茲將《釋詞》所用互文之例舉證於后：

1. 卷一：以，猶「而」也。……《易・同人》彖傳曰：「文明以健，中正而應。」〈繫辭傳〉曰：「蓍之德圓而神，卦之德方以知。」《禮記・聘義》曰：「溫潤而澤，仁也。縝密以栗，知也。」昭十一年《左傳》曰：「桀克有緡以喪其國，紂克東夷而殞其身。」以，亦而也，互文耳。

   按：以，《廣韻》羊已切，喻母，止韻；而，如之切，日母，之韻。止、之同屬段氏第一部，二字古同韻，故「以、而」可互用也。

2. 卷二：家大人曰：「謂，猶為也。」……《大戴禮・朝事篇》曰：「禮樂謂之益習，德行謂之益脩，天子之命為之益行。」謂，亦為也，互文耳。

   按：謂、為二字之反切上字同為「為」母，故謂、為可互用也。

3. 卷四：也，猶「矣」也。……《大戴禮・曾子立事篇》曰：「聽其言也，可以知其所好矣；觀說之流，可以知其術也。」《禮記・文王世子》曰：「然而眾知父子之道矣。」又曰：「然而眾著於君臣之義也。」又曰：「然而眾知長幼之節矣。」「也」，亦「矣」也，互文耳。

   按：也，《廣韻》羊者切，喻母；矣，于紀切，為母。喻、為古音同屬影母，故也、矣可互用也。

4. 卷五：故，猶「則」也。……《易・豫》彖傳曰：「天地以順動，故日月不過，而四時不忒。聖人以順動，則刑罰清而民服。」昭二十年《左傳》曰：「夫火烈，民望而畏之，故鮮死焉。水懦弱，民狎而翫之，則多死焉。」《管子・版法解篇》曰：「明主能勝六攻而立三器，則國治。不肖之君，不能勝六攻而立三器，故國不治。」「故」，亦「則」。互文耳。

   按：以上三例句型相似，故知「故」與「則」為互文。

5. 卷六：寧，猶「將」也。《莊子・秋水篇》曰：「寧其死為留骨而貴乎？寧其生而曳尾於塗中乎？」《呂氏春秋・貴信篇》曰：「君寧死而又死乎？其寧生而又生乎？」〈趙策〉曰：「人之情寧朝人乎？寧朝於人也？」「寧」字並與「將」同義。《楚辭・卜居》曰：「吾寧悃悃款款，朴以忠乎？將送往勞來，斯無窮乎？」寧，亦「將」也，互文耳。

按：《楚辭・卜居》前後二句句型相似，故知寧亦將也。

6. 卷七：而，猶「則」也。……《墨子・明鬼篇》曰：「非父則母，非兄而姒也。」《史記・欒布傳》曰：「與楚則漢破，與漢而楚破。」皆以「而」「則」互用。故〈喪服小記〉有「五世而遷之宗」，〈大傳〉「而」作「則」。〈樂記〉：「喜則天下和之，怒則暴亂者畏之。」《荀子・樂論篇》「則」並作「而」。《孟子・公孫丑篇》：「可以仕則仕，可以止則止，可以久則久，可以速則速。」〈萬章篇〉「則」並作「而」。〈秦策〉：「物至而反，致至而危。」《史記・春申君傳》「而」並作「則」。

按：「非父則母，非兄而姒」、「與楚則漢破，與漢而楚破」二句句型相似，唯虛詞互異，其實一也。故〈樂記〉：「喜則天下和之，怒則暴亂者畏之。」《荀子・樂論篇》「則」並作「而」也。

又按互用與互文同義，王氏用語不一貫，易啓誤解。

7. 卷七：家大人曰：「而，猶以也。」……宣十五年《左傳》曰：「敝邑易子而食，析骸以爨。」《墨子・尚同篇》曰：「上用之天子，可以治天下矣；中用之諸侯，可而治其國矣；下用之家君，可而治其家矣。」《史記・趙世家》曰：「聲以德與國，實而伐空轉。」皆以「而」「以」互用。故〈繫辭傳〉：「上古結繩而治。」《論衡・齊世篇》引「而」作「以」。襄十一年《左傳》：「和諸戎狄，以正諸華。」〈晉語〉「以」作「而」。

按：以、而二字之反切下字古韻同屬段氏第一部，又以上三例，其句型皆相似，唯而、以互用，是知「而」可訓為「以」也。〈繫辭傳〉：「上古結繩而治。」《論衡・齊世篇》引「而」作「以」，襄十一年《左傳》「和諸戎狄，以正諸華。」〈晉語〉「以」作「而」也。

8. 卷八：斯，猶「乃」也。……《詩・斯干》曰：「乃安斯寢，乃寢乃興。」「斯」，亦「乃」也，互文耳。

按：「乃安斯寢，乃寢乃興」上下兩句句型相似，故可證明「斯」、「乃」

爲互文。

9. 卷八：徂，猶「及」也。《詩·雲漢》曰：「不殄禋祀，自郊徂宮。」言禋祀之禮，自郊而及於宗廟也。箋曰：「從郊而至宗廟。」「至」，亦「及」也。〈絲衣〉曰：「自堂徂基，自羊徂牛，鼐鼎及鼒。」「徂」，「及」也，互文耳。

按：〈絲衣〉三句句型相似，故可證明「徂」爲「及」也。本條除舉互文以證明外，亦舉箋以佐證之。

10. 卷八：則，猶「乃」也。《詩·新臺》曰：「魚網之設，鴻則離之。」言鴻乃離之也。〈月令〉曰：「豺乃祭獸戮禽。」《呂氏春秋·季秋紀》「乃」作「則」。《書·洪範》曰：「鯀則殛死，禹乃嗣興。」「則」，亦「乃」也，互文耳。

按：則之本義爲等畫物也，假借爲語詞，此條除舉互文以證明外，亦舉《呂氏春秋·季秋紀》「乃」作「則」以佐證之。

八、舉別本以證明之例

所謂舉別本以證明者，即舉二種不同版本之書以互相證明也。錢熙祚跋語曰：「有即別本以見例，如據《莊子》『莫然有間』，《釋文》本作『爲間』，證爲猶有也。」即其義也。茲將其例舉證如后：

1. 卷一：家大人曰：「與，猶爲也。」……〈秦策〉曰：「或與中期說秦王曰。」王氏小注云：「鮑本如是，姚本與作爲。」又《漢書·高祖紀》：「漢王爲義帝發喪。」《漢紀》爲作與。

按：鮑本「或與中期說秦王曰」，姚本「與」作「爲」，故可證與猶爲也。又按爲，《廣韻》于僞切，爲母，寘韻；與，以諸切，喻母，魚韻。喻、爲古聲同屬影紐，故其義可相通也。

2. 卷一：于，猶「乎」也。……《莊子·人間世篇》曰：「不爲社者，且幾有翦乎？」《釋文》曰：「乎，崔本作于」是也。

按：《莊子·人間世》「且幾有翦乎」崔本乎作于，故可證于猶「乎」也。又按于，《廣韻》羽俱切，爲母，虞韻；乎，戶吳切，匣母，模韻。虞、模同屬段氏第五部，故其義可相通也。

3. 卷一：於，猶「爲」也。……「於」與「爲」同義，故姚本〈東周策〉：

「夫秦之為無道也。」〈秦策〉:「楚亦何以軫為忠乎?」鮑本「為」並作「於」。

按:此為字讀平聲,於,《廣韻》央居切,影母,魚韻;為,于偽切,為母,寘韻。「為」母古屬影母,故「於」亦可作「為」也。

4. 卷二:家大人曰:「為,猶有也。」……《莊子‧大宗師篇》曰:「莫然有閒。」《釋文》曰:「本亦作為閒。」

按:《莊子‧大宗師》「莫然有閒。」《釋文》本作「莫然為閒。」故可據以證為猶有也。

又按為,《廣韻》于偽切,為母,寘韻;有,云久切,為母,有韻,二字雙聲,故其義可相通也。

5. 卷九:者,猶「也」也……《論語‧陽貨篇》:「惡紫之奪朱也,惡鄭聲之亂雅樂也,惡利口之覆邦家者。」……皇侃本作「惡利口之覆邦家也。」

按:《論語‧陽貨篇》「惡利口之覆邦家者」皇侃本作「惡利口之覆邦家也。」故可據以證「者」猶「也」也。

又按者,《廣韻》章也切,照母,馬韻;也,羊者切,喻母,馬韻,二字叠韻,故其義可相通也。

九、舉古注以證明之例

所謂舉古注以相證者,即舉古書之傳注互相證明,或古書之傳注當作此解,故可舉以證明他書亦可作此義,錢熙祚跋語曰:「有因古注以互推者:如據宣六年《公羊傳》何注『焉者於也』,證《孟子》『人莫大焉無親戚君臣上下』之『焉』亦當訓『於』;據《孟子》『將為君子焉,將為小人焉。』趙注『為,有也』,證《左傳》『何福之為』、『何臣之為』、『何衛之為』、『何國之為』、『何免之為』,諸『為』字皆當訓『有』。即其義也。其例甚多,茲舉二十例,以見其概。

1. 卷一:《漢書‧劉向傳》注曰:「目,由也。」《大戴禮‧子張問入官篇》曰:「忿數者,獄之所由生,距諫者,慮之所以塞也。」以,亦由也。

按:《漢書‧劉向傳》注曰:「目,由也。」故可推以證明《大戴禮‧子張問入官篇》「所以塞也」以亦由也。

又按以、由二字之反切上字皆屬喻母,故「以」可訓為「由」也。

2. 卷一:顏師古注《漢書‧宣帝紀》曰:「已,語終辭也。」《書‧洛誥》

曰：「公定予往已。」《禮記・檀弓》曰：「生事畢而鬼事始已。」盧植注曰：「已者，辭也。」

3. 卷二：張衡〈思玄賦〉舊注曰：「爰，於是也。」《詩・斯干》曰：「爰居爰處，爰笑爰語。」〈公劉〉曰：「于時處處，于時廬旅，于時言言，于時語語。」爰，即于時也；于時，即於是也。或訓為「于」，或訓為「於」，或訓為「曰」，或訓為「於是」，其義一也。

4. 卷二：《易・同人》正義曰：「安，猶『何』也。」顏師古注《漢書・吳王濞傳》曰：「安，焉也。」宣十二年《左傳》曰：「暴而不戢，安能保大？猶有晉在，焉得定功？所違民欲猶多，民何安焉？」安、焉，亦何也，互文耳。

按：此條除舉顏注以證明外，亦舉互文以資證明。

5. 卷二：為，語助也。《禮記・曾子問篇》正義引一解曰：「為，是助語。」……《論語・顏淵篇》曰：「何以文為？」皇侃疏曰：「何必用於文萃乎？」，是「為」為語助也。

6. 卷二：家大人曰：「謂，猶如也，柰也。」〈齊策〉曰：「雖惡於後王，吾獨謂先王何乎？」高注曰：「謂，猶『柰』也。」《漢書・禮樂志》郊祀歌曰：「徧觀是邪謂何。」晉灼注曰：「謂何，當如之何也。」如之何，即柰之何也。

7. 卷三：一，猶「皆」也。《詩・北門》曰：「政事一埤益我，」言政事皆埤益我也。《禮記・大傳》曰：「五者一得於天下，民無不足，無不贍者。」言五者皆得於天下也。《大戴禮・衛將軍文子篇》曰：「若吾子之語審茂，則一諸侯之相也。」盧辯注曰：「一，皆也。」

8. 卷四：侯，何也。《呂氏春秋・觀表篇》曰：「今侯渫過而不辭。」高誘注曰：「侯，何也。」《漢書・司馬相如傳》曰：「君乎君乎！侯不邁哉？」李奇注與高誘同。

9. 卷四：顏師古注《漢書・揚雄傳》曰：「行，且也。」《詩・十畝之閒》曰：「行與子還兮。」又曰：「行與子逝兮。」言且與子歸，且與子往也。

10. 卷四：汔，幾也。《易・井》象辭曰：「汔至亦未繘井。」〈未濟〉象辭曰：「小狐汔濟，濡其尾。」鄭、虞注竝曰：「汔，幾也。」《詩・民勞》曰：「民亦勞止，汔可小康。」箋亦曰：「汔，幾也。」

按：汔，《廣韻》許訖切，曉母，迄韻；幾，居依切，見母，微韻，古韻迄、微皆屬段氏第十五部，故「汔」可訓爲「幾」也。

11. 卷四：猗，歎詞也。《詩‧猗嗟》曰：「猗嗟昌兮！」傳曰：「猗嗟，歎詞。」〈那〉曰：「猗與那與！」傳曰：「猗，歎詞。」〈晉語〉曰：「猗兮違兮！」韋注曰：「猗，歎也。」

按：《說文》曰：「猗，犗犬也。」段注曰：「有用爲歎詞者，〈齊風〉傳曰：『猗，嗟歎詞。』〈商頌〉傳曰：『猗，歎詞是也。』猗本爲犬名，此假借爲歎詞，乃無義依聲之假借也。」

12. 卷四：嘻，歎聲也。《禮記‧檀弓》：「夫子曰：嘻！」鄭注曰：「嘻，悲恨之聲。」僖元年《公羊傳》：「慶父聞之曰：嘻！」何注曰：「嘻，發痛語首之聲。」《大戴禮‧少閒篇》：「公曰：嘻！」盧辯注曰：「嘻，歎息之聲。」

13. 卷五：幾，其也。《易‧小畜》上九曰：「月幾望。」集解引虞注曰：「幾，其也。」

14. 卷七：而，猶「如」也。《易‧明夷》象傳曰：「君子以莅眾，用晦而明。」虞注曰：「而，如也。《詩‧君子偕老》曰：「胡然而天也？胡然而帝也？」毛傳曰：「尊之如天；審諦如帝。」〈都人士〉曰：「垂帶而厲。」箋曰：「而厲，如鬌厲也。」昭四年《左傳》曰：「牛謂叔孫，見仲而何。」杜注曰：「而何，如何也。」

按：《說文》曰：「而，須也。」段注曰：「引申假借之爲語詞，或在發端，或在句中，或在句末，或可釋爲然，或可釋爲如，或可釋爲汝，或釋爲能者，古音能與而同，叚而爲能，亦叚耐爲能。」而之本義爲須，此叚借爲如，乃因而、如雙聲，故虞注曰：「而，如也。」

15. 卷七：如，猶「而」也。……隱七年《左傳》曰：「及鄭伯盟，歃如忘。」服虔曰：「如，而也。」莊七年《傳》曰：「星隕如雨，與雨偕也。」劉歆曰：「如，而也，星隕而且雨，故曰與雨偕也。」襄二十三年《傳》曰：「非鼠如何。」宣六年《公羊傳》曰：「此非弒君如何？」《晏子‧諫篇》曰：「聾瘖，非害國家如何也。」〈楚策〉曰：「非故如何也。」〈趙策〉曰：「非反如何也。」竝與「而何」同義。

按：如，《廣韻》人諸切，日母，魚韻；而，《廣韻》如之切，日母，之

韻。二字雙聲，故而可訓爲如。

16. 卷七：若，詞也。《易·豐》六二：「有孚發若。」〈節〉六三：「不節若，則嗟若。」王注竝曰：「若，辭也。」
按：《說文》曰：「若，擇菜也。」若本爲擇菜，假借爲語助詞。故王注曰：「若，辭也。」

17. 卷八：自，詞之「用」也。《書·康誥》曰：「凡民自得罪。」某氏傳訓「自」爲「用」。〈召誥〉曰：「自服于土中。」鄭注亦曰：「自，用也。」
按：《說文》曰：「自，鼻也。」自之本義爲鼻，假借爲詞之用，故鄭注曰：「自，用也。」

18. 卷八：曾，乃也，則也。《說文》曰：「曾，詞之舒也。」高注《淮南·脩務篇》曰：「曾，則也。」鄭注〈檀弓〉曰：「則之言曾。」《詩·河廣》曰：「曾不容刀」、「曾不崇朝。」〈板〉曰：「曾莫惠我師。」〈召旻〉曰：「曾不知其玷。」《禮記·三年問》曰：「則是曾鳥獸之不若也。」釋文：「曾，則能反。」〈吳語〉曰：「越曾足以爲大虞乎？」閔二年《公羊傳》曰：「設以齊取魯，曾不興師，徒以言而已矣。」《論語·八佾》曰：「曾謂泰山不如林放乎？」皇侃疏：「曾之言『則』也。」釋文：「曾，則登反。」〈先進〉曰：「吾以子爲異之問，曾由與求之問。」孔傳曰：「則此二人之問。」皆是也。
按：此條舉《說文》及高注、鄭注以證明，《釋詞》之證明力求完備，故不嫌多方求證也。

19. 卷九：諸，語助也。文五年《左傳》：「皋陶庭堅不祀忽諸！」服注曰：「諸，辭。」
按：《說文》曰：「諸，辯也。」諸之本義爲辯，假借爲語助詞，是無義依聲之假借。

20. 卷九：屬，適也。成二年《左傳》曰：「下臣不幸，屬當戎行。」杜注曰：「屬，適也。」昭四年《傳》曰：「屬有宗祧之事於武城。」〈魯語〉曰：「吾屬欲羨之。」韋注亦曰：「屬，適也。」
按：屬，《廣韻》之欲切，照母；適，之石切，照母。二字雙聲，其義可相假借，故杜注、韋注並云：「屬，適也。」

十、舉後人所引以相證之例

後人引用前人之書，凡同義之字常有異其字者，王氏《釋詞》即據後人所引以證其字可通用之理。錢熙祚跋語曰：「有采後人所引以相證者，如據《莊子》引《老子》『故貴以身於天下，則可以託天下，愛以身於天下，則可以寄天下。』證『於』之猶『爲』。據顏師古引『鄙夫可以事君也與哉』、李善引『鄙夫不可以事君』，證《論語》『與』之當訓『以』。」即此之謂也。茲將其例舉證於後。

1. 卷二：焉，猶「於是」也，「乃」也，「則」也。……《老子》第十三章：「故貴以身爲天下，則可寄天下。」《淮南·道應篇》引此，「則」作「焉」，是焉與則同義。

   按：《老子》「則可以寄天下」，《淮南·道應篇》引作「焉可以寄天下」，故可證「焉」可訓爲「則」也。

2. 卷四：也，猶「兮」也。〈鳲鳩〉曰：「其儀一兮，心如結兮。」《禮記·緇衣》引作「其儀一也。」《淮南·詮言篇》引作「其儀一也，心如結也」。〈旄邱〉曰：「何其處也。」《韓詩外傳》引作「何其處兮」。〈君子偕老〉曰：「玉之瑱也。」《說文》引作「玉之瑱兮」是也。

   按：也，《廣韻》羊者切，喻母，古音屬影紐；兮，《廣韻》胡鷄切，匣母，二字同屬喉音，凡語根相同者，其義亦可相通，故「也」可假爲「兮」也。

3. 卷七：若，猶「則」也。《老子》曰：「故貴以身爲天下，若可寄天下；愛以身爲天下，若可託天下。」《莊子·在宥篇》「若」竝作「則」。

   按：《老子》此句，《莊子·在宥篇》「若」字皆作「則」，故引此以證若可訓爲則也。

   又按若之本義爲擇菜，此處假借爲「則」，作關係詞用。

4. 卷九：《呂氏春秋·音初篇》注曰：「之，其也。」……《孟子·公孫丑篇》：「天下之民，皆悅而願爲之氓。」《周官·戴師》注引此，「爲之氓」作「爲其民」。「之」可訓爲「其」，「其」亦可訓爲「之」。互見「其」字下。

   按：《孟子·公孫丑篇》「爲之氓」，《周官·戴師》注引作「爲其氓」，證「之」可訓爲「其」，此據後人所引以相證之例也。

又按之、其二字之反切下字同屬之韻，故「之」可訓爲「其」也。

5. 卷十：彼，匪也。《詩·桑扈》曰：「彼交匪敖。」襄二十七年《左傳》說此《詩》曰：「匪交匪敖，福將焉往？」成十四年引詩：「彼交匪敖，」《漢書·五行志》作「匪徼匪敖」。〈采菽〉曰：「彼交匪紓。」《荀子·勸學篇》引作「匪交匪舒」。是「彼」訓「匪」也。
按：彼、匪二字之反切上字同屬非母，故「彼」可訓爲「匪」也。

6. 卷十：不、否，非也。〈呂刑〉曰：「何擇非人，何敬非刑，何度非及。」《墨子·尚賢篇》引作「女何擇否人，何敬不刑，何度不及」。
按：不、非二字雙聲，同爲非紐，故「不」可訓爲「非」也。又不、否亦爲雙聲，故「不」亦可訓爲「否」。

7. 卷十：不，毋也；勿也。〈大雅·板〉曰：「無敢戲豫，無敢馳驅。」昭三十二年《左傳》引作「不敢戲豫，不敢馳驅」。「無」，與「毋」通。「不」，亦「毋」也。
按：不、勿同爲物韻，其義可通叚，故〈大雅·板〉「無敢戲豫，無敢馳驅」，《左傳》引作「不敢戲豫，不敢馳驅」也。

8. 卷十：無，不也。《書·洪範》：「無偏無黨。」《墨子·兼愛篇》、《漢書·谷永傳》注，並引作「不偏不黨」。〈呂刑〉：「鰥寡蓋。」《墨子·尚賢》引作「鰥寡不蓋」。《論語·學而篇》：「食無求飽，居無求安」，《漢書·谷永傳》引作「居不求安，食不求飽」。《老子》下篇：「聖人不積」，〈魏策〉引作「聖人無積」。《詩·皇矣》：「不大聲以色，不長夏以革。」《墨子·天志篇》引作「毋大聲以色，毋長夏以革。」
按：無，《廣韻》武夫切，微母；不，《廣韻》分勿切，非母。非、微皆爲脣音，語根相同，故其義可相通叚也。

9. 卷十：不、否，無也。……〈洪範〉：「無偏無黨，無黨無偏。」《史記·張釋之馮唐傳贊》引作「不偏不黨，不黨不偏」。〈呂刑〉：「鰥寡無蓋。」《墨子·尚賢篇》引作「鰥寡不蓋」。
按：此條「不」可作「無」，其理同上。

十一、舉對文以證明之例

凡一句或上下兩句之中有相對成文之字，謂之對文，王念孫《讀書雜志》

曰：「《荀子》：『上能尊主愛下民。』念孫案：『愛下民當作下愛民，與上能尊主對文。〈不苟〉、〈臣道〉二篇並云：『上則能尊君，下則能愛民。』是其證。」王引之《經義述聞》曰：「家大人曰：『〈魯頌・駉篇〉毛傳曰：作，始也。作之言乍也，乍，亦始也。〈皋陶謨〉曰：丞民乃粒，萬邦作乂。作與乃相對成文。言丞民乃粒，萬邦始乂也。』」以上二例皆舉對文以證明，又齊佩瑢《訓詁學概論》曰：「對文：如據〈禹貢〉多以既、攸二字相對為文，遂釋『彭蠡既豬，陽鳥攸居』，『漆沮既從，豐水攸同』，『九州攸同，四隩既宅。』諸攸字為詞之用。」此亦說明利用對文可訓釋字義也。《釋詞》亦有舉對文以證者，茲將其例舉證於后。

1. 卷一：允，發語詞也。《詩・時邁》曰：「允王維后。」言王維后也。又曰：「允王保之。」言王保之也。允，語詞耳。〈武〉曰：「於皇武王，無競維烈；允文文王，克開厥後。」「允王」與「於皇」對文，則允為語詞益明。

   按：允為發語詞，即舉「於皇武王」與「允文文王」相對成文以證明者，蓋「於」既為發語詞，則「允」當亦為發語詞也。

2. 卷二：安，猶「於是」也，「乃」也，「則」也。……《管子・地員篇》曰：「其陰則生之楂梨，其陽安樹之五麻。」安與則相對成文，安，亦則也，言其陽則樹之五麻也。

   按：此條「則」、「安」二字相對成文，故舉以證「安」可訓為「則」也。

3. 卷二：為，猶「則」也。《莊子・寓言篇》曰：「與己同則應，不與己同則反；同於己為是之，異於己為非之。」為，亦「則」也。

   按：所引《莊子・寓言篇》四句，前二句與後二句相對成文，故王氏以為「則」與「為」之意義當亦相同也。

4. 卷二：家大人曰：「云，猶有也。」或通作「員」。《廣雅》曰：「員、云，有也。」《文選・陸機荅賈長淵詩》注引應劭《漢書》注曰：「云，有也。」《書・秦誓》曰：「雖則員然。」言雖則有然也。文二年《公羊傳》曰：「大旱之日短而去災，故以災書；此不雨之日長而無災，故以異書也。」「云災」與「無災」對文，是云為有也。

   按：此條除舉對文為證外，云、有亦為雙聲，反切上字皆屬為母，故二字可通用也。

5. 卷八：思，句中語助也。……〈桑扈〉曰：「旨酒思柔。」〈絲衣篇〉同。柔，和也。思柔舉其献對文，是思為語助也。

按：思之本義為容。此假借為句中語助，因「思柔」與「其献」對文，「其」為語助，故王氏亦證明「思」為語助也。

6. 卷八：作，始也。家大人曰：「作之言乍也。」乍者，始也。《詩‧駉》傳曰：「作，始也。」《書‧皋陶謨》曰：「丞民乃粒，萬邦作乂。」「作」與「乃」對文。言丞民乃粒，萬邦始治也。〈禹貢〉曰：「萊夷作牧。」言萊夷水退，始放牧也。又曰：「沱、潛既道，雲土夢作乂。」「作」與「既」對文。言雲土夢始治也。《史記‧夏本紀》皆以「為」字代之，於文義稍疏矣。

按：作之本義為起，引申為始。又「丞民乃粒，萬邦作乂」、「沱潛既道，雲土夢作乂」相對成文，故王氏認為「作」亦「始」也。

7. 卷九：率，用也。……〈皋陶謨〉曰：「於，予擊石拊石，百獸率舞，庶尹允諧。」下二句相對為文。「率」與「允」，皆用也。

按：「百獸率舞、庶尹允諧」二句，「率舞」、「允諧」相對為文，允訓為用，故王氏認為「率」亦可訓為「用」也。

十二、舉連文以證明之例

凡意義相同之二字連用，謂之連文。王引之《經義述聞》曰：「《禮記‧少儀》：『問道藝曰：子習於某乎？子善於某乎？』今案：道者，術也。道藝即術藝。《列子‧周穆王篇》：『魯之君子多術藝。』是也。道訓為術，藝亦是術，故以道藝連文。道即藝也，〈天官‧宮正〉：『會其什伍而教之道藝。』……是道藝同訓之明證。」齊佩瑢《訓詁學概論》曰：「連文：如據越若連言，知越與若皆訓及。據其殆連文，知其猶殆也。」即謂此也。茲將《釋詞》所用連文以證明之例列舉如後：

1. 卷二：越若，亦「及」也。〈召誥〉曰：「越若來三月。」來，至也。言及至三月也。下文曰：「若翼日乙卯。」又曰：「越翼日戊午。」是「越」與「若」皆及也。連言之，則曰「越若」矣。《漢書‧律曆志》引〈武成篇〉曰：「粵若來二月。」義與此同。

按：「若翼日乙卯」、「越翼日戊午」二句，若、越皆訓為及，則越若連文，

亦可訓爲及，此爲連文之例也。

2. 卷五：其，猶「殆」也。……「其」與「殆」同意，故又以其殆連文。〈繫辭傳〉曰：「顏氏之子，其殆庶子幾乎？」是也。

按：其殆二字連文，其義與「其」、「殆」單用時相同，故可據以證其猶殆也。

3. 卷五：其，猶「乃」也。……「其」與「乃」同意，故又以「乃其」連文。〈康誥〉曰：「乃其乂民。」又曰：「乃其速由文王作罰。」又曰：「女乃其速由茲義率殺。」

按：乃、其二字同意，故「乃其」連文，其義可訓爲乃，亦可訓爲「其」也。

4. 卷五：《史記‧絳侯世家》，索隱引許慎《淮南》注曰：「顧，反也。」……「顧」與「反」同義，故又以「顧反」連文。〈齊策〉曰：「夫韓、魏之兵來弊，而我救之，是我代韓受魏之兵，顧反聽命於韓也。」《史記‧蕭相國世家》曰：「蕭何未嘗有汗馬之勞，顧反居臣等上。」是也。

按：顧、反二字同意，故「顧反」二字連文，其義可訓爲「顧」，亦可訓爲「反」也。

十三、釆字通以證明之例

凡謂之字通者，大抵爲文字之異體或有聲韻關係之字（同音或雙聲疊韻）。《釋詞》亦有釆字通以訓釋者，齊佩瑢《訓詁學概論》曰：「字通，如據于與於古字通，知兩字皆可訓爲、訓如。」即指此也。茲將其例舉證於后：

1. 卷一：于，猶「如」也。……于與於古字通，故兩字皆可訓為「為」，亦皆可訓為「如」。

按：于、於雙聲，古聲同爲影紐，其義可通用，「於」訓爲「爲」、訓爲「如」，故「于」亦可訓爲「爲」、訓爲「如」也。此據其雙聲字之義以爲訓也。

2. 卷八：作，猶「及」也。《書‧無逸》曰：「其在高宗時，舊勞于外，爰暨小人，作其即位，乃或亮陰，三年不言。」又曰：「其在祖甲，不義惟王，舊爲小人，作其即位，爰和小人之依。」皆謂及其即位也。某氏傳訓「作」爲「起」，失之。「作」與「徂」聲相近，故二者皆可訓爲「及」。

按：作，《廣韻》則落切，精紐，鐸韻；徂，昨胡切，從紐，模韻。鐸、模同屬段氏第五部，作、徂二字叠韻，徂訓爲及，故「作」亦可訓爲「及」也。此據其叠韻字之義以爲訓也。

3. 卷九：之，猶「於」也。「諸」「之」一聲之轉，「諸」訓爲「於」，故「之」亦訓爲「於」。於其所親愛而辟也。鄭訓「之」爲「適」，亦失之。《大戴禮・事父母篇》曰：「養之內，不養於外，則是越之也；養之外，不養於內，則是疏之也。」亦「於」也，互文耳。

按：之、諸二字雙聲，諸訓爲於（諸、於同爲魚韻，故其義可相通也）。故「之」亦訓爲「於」也，此據其雙聲字之義以爲訓也。

4. 卷九：家大人曰：「率，語助也。」《文選・江賦》注引《韓詩章句》：「聿，辭也。」「聿」、與「率」聲近而義同。

按：率，《廣韻》所律切；聿，餘律切，二字叠韻，其義可相通。聿訓爲語助，故率亦可訓爲語助，此據其叠韻字之義以爲訓也。

第四章　《經傳釋詞》所訓釋之範圍

　　《經傳釋詞》一書，顧名思義，乃是訓釋經、傳之虛詞，其對象當以經、傳爲主。然其範圍除九經三傳以外，亦兼及周、秦、兩漢之書，甚至《文選》所輯兩漢以前之文及南朝宋人范曄所著之《後漢書》亦在訓釋之列，王氏《經傳釋詞》自序曰：「自九經、三傳及周、秦、西漢之書，凡助語之文，徧爲搜討，分字編次，以爲《經傳詞釋》十卷，凡百六十字。」由此可知《經傳釋詞》所訓釋之範圍不止於九經三傳也。茲將《釋詞》所訓釋之書（共四十九種，內含五篇文章。）列舉於後，以見其詳，例多者各舉十條以證之，不備舉焉。

一、《易》

1. 卷一：以，猶「及」也。《易‧小畜》九五曰：「富以其鄰。」虞翻注曰：「以，及也。」〈泰〉初九曰：「拔茅茹，以其彙。」言及其彙也。〈剝〉初六曰：「剝牀以足。」六二曰：「剝牀以辨。」六四曰：「剝牀以膚。」言及足、及辨、及膚也。〈復〉上六曰：「用行師，終有大敗，以其國君，凶。」言及其國君也。

2. 卷一：于，猶「如」也。《易‧繫辭傳》曰：「易曰：『介于石，不終日，貞吉。』介如石焉，寧用終日，斷可識矣。」是介于石，即介如石也。

3. 卷四：鄉，猶「方」也。字亦作「嚮」。《易‧隨》象傳曰：「君子以嚮晦入宴息。」言方晦入宴息也。

4. 卷四：汔，幾也。《易‧井》象辭曰：「汔至亦未繘井。」〈未濟〉象辭曰：

「小狐汔濟，濡其尾。」鄭、虞注竝曰：「汔，幾也。」

5. 卷四：也，猶「邪」也，「歟」也，「乎」也。《易·同人》象傳曰：「出門同人，又誰咎也？」〈繫辭傳〉曰：「夫易，何為者也？夫易，開物成務，冒天下之道，如斯而已者也。」又曰：「其故何也？」〈乾·文言〉曰：「何謂也？」

6. 卷五：其，擬議之詞也。《易·困》象傳曰：「困而不失其所亨，其唯君子乎？」〈乾·文言〉曰：「其唯聖人乎？」

7. 卷五：其，猶「殆」也。《易·復》象傳曰：「復其見天地之心乎？」〈繫辭傳〉曰：「知變化之道者，其知神之所為乎？」又曰：「易之興也，其於中古乎？作易者，其有憂患乎？」

8. 卷七：而，猶「如」也。《易·明夷》象傳曰：「君子以莅眾，用晦而明。」虞注曰：「而，如也。」

9. 卷七：而，猶「則」也。《易·繫辭傳》曰：「君子見幾而作，不俟終日。」言見幾則作也。

10. 卷七：若，猶「然」也。《易·乾》九三曰：「夕惕若厲。」〈離〉六五曰：「出涕沱若，戚嗟若。」〈巽〉九二曰：「用史巫紛若。」《詩·氓》曰：「其葉沃若。」〈皇皇者華〉曰：「六轡沃若。」竝與「然」同義。

二、《書》

1. 卷一：攸，猶「所以」也。《書·洪範》曰：「我不知其彝倫攸敘。」王肅注曰：「我不知常倫所以次敘。」〈大誥〉曰：「予惟小子！若涉淵水，予惟往求朕攸濟。」某氏傳曰：「往求我所以濟渡。」是也。

2. 卷二：爰，猶「與」也。家大人曰：「《書·顧命》曰：「大保命仲桓、南宮毛，俾爰齊侯呂伋，以二干戈，虎賁百人，逆子釗于南門之外。爰，與也。言使仲桓、南宮毛與呂伋共迎康王也。」「爰」「于」「粵」一聲之轉，故三字皆可訓為「於」，亦皆可訓為「與」。

3. 卷二：越，猶「惟」也。《書·大誥》曰：「越予小子。」言惟予小子也。又曰：「越予沖人。」言惟予沖人也。

4. 卷二：《廣雅》曰：「越，與也。」《書·大誥》曰：「大誥猷爾多邦，越爾御事。」又曰：「肆予告我友邦君，越尹氏庶士御事。」又曰：「爾庶邦君，越庶士御事。」又曰：「義爾邦君，越爾多士尹氏御事。」又曰：「肆哉爾庶邦君，越爾御事。」是也。

5. 卷三：惟，發語詞也。《書・皋陶謨》曰：「惟帝其難之，」〈洪範〉曰：「惟十有三祀。」哀六年《左傳》引〈夏書〉曰：「惟彼陶唐，」是也。

6. 卷三：洪，發聲也。〈大誥〉曰：「洪惟我幼沖人。」〈多方〉曰：「洪惟圖天之命。」皆是也。

7. 卷五：厥，語助也。《書・多士》曰：「誕淫厥泆。」言誕淫泆也。〈立政〉曰：「文王惟克厥宅心，乃克立茲常事司牧人。」言文王惟克宅心也。

8. 卷六：乃，猶「若」也。《書・盤庚》曰：「女萬民乃不生生，暨予一人猷同心，先后丕降與女罪疾！」言汝萬民若不生生也。〈洛誥〉曰：「女乃是不蘉，乃時惟不永哉。」言汝若是不勉也。

9. 卷六：迪，詞之「用」也。《書・皋陶謨》曰：「咸建五長，各迪有功。」言各用有功也。〈大誥〉曰：「亦惟十人，迪知上帝命。」言惟此十人用知上帝命也。

10. 卷八：作，猶「及」也。《書・無逸》曰：「其在高宗時，舊勞于外，爰暨小人，作其即位，乃或亮陰，三年不言。」又曰：「其在祖甲，不義惟王，舊爲小人，作其即位，爰知小人之依。」皆謂及其即位也。

三、《詩》

1. 卷一：用，詞之「爲」也。《詩・雄雉》曰：「不忮不求，何用不臧。」言何爲不臧也。〈節南山〉曰：「國既卒斬，何用不監。」言何爲不監也。

2. 卷二：張衡〈思玄賦〉舊注曰：「爰，於是也。」《詩・斯干》曰：「爰居爰處，爰笑爰語。」〈公劉〉曰：「于時處處，于時廬旅，于時言言，于時語語。」爰，即于時也；于時，即於是也。或訓爲「于」，或訓爲「於」，或訓爲「曰」，或訓爲「是」，其義一也。

3. 卷二：焉，猶「是」也。《玉篇》曰：「焉，『是』也。」《詩・防有鵲巢》曰：「誰侜予美，心焉忉忉。」言心是忉忉也。〈巧言〉曰：「往來行言，心焉數之。」言心是數之也。

4. 卷三：云，猶「是」也。《詩・正月》曰：「有皇上帝，伊誰云憎。」言伊誰是憎也。〈何人斯〉曰：「伊誰云從，維暴之云。」言伊誰是從也。

5. 卷三：云，發語詞也。《詩・卷耳》曰：「云何吁矣。」〈簡兮〉曰：「云誰之思。」〈君子偕老〉曰：「云如之何。」〈風雨〉曰：「云胡不夷。」〈何人斯〉曰：「云不我可。」〈桑柔〉曰：「云徂何往。」〈雲漢〉曰：「云我無所。」「云如何里。」是也。

6. 卷四：遐，何也。《詩·南山有臺》曰：「樂只君子，遐不眉壽？」〈隰桑〉曰：「心乎愛矣，遐不謂矣？」〈棫樸〉曰：「周王壽考，遐不作人？」「遐不」，皆謂「何不」也。

7. 卷四：「矣」在句末，有爲起下之詞者，若《詩·漢廣》曰：「漢之廣矣，不可泳思；江之永矣，不可方思。」矣字皆起下之詞。〈斯干〉曰：「如竹苞矣，如松茂矣，兄及弟矣，式相好矣，無相猶矣。」第三「矣」字爲起下之詞。〈角弓〉曰：「爾之遠矣，民胥然矣；爾之教矣，民胥傚矣。」第一、第三「矣」字爲起下之詞。他皆放此。

8. 卷五：居，詞也。《易·繫辭傳》曰：「噫！亦要存亡吉凶，則居可知矣。」鄭、王注竝曰：「居，辭也。」《詩·柏舟》曰：「日居月諸。」正義曰：「居諸者，語助也。」故〈日月〉傳曰：「日乎月乎。」不言居諸也。〈十月之交〉曰：「擇有車馬，以居徂向。」居，語助，言擇有車馬以徂向也。

9. 卷八：斯，猶「其」也。《詩·采芑》曰：「朱芾斯皇。」〈斯干〉曰：「如跂斯翼，如矢斯棘，如鳥斯革，如翬斯飛。」〈甫田〉曰：「乃求千斯倉，乃求萬斯箱。」〈白華〉曰：「有扁斯石。」〈思齊〉曰：「則百斯男。」〈皇矣〉曰：「王赫斯怒。」〈烈祖〉曰：「有秩斯祜。」「斯」字竝與「其」同義。

10. 卷九：逝，發聲也。字或作「噬」。《詩·日月》曰：「乃如之人兮，逝不古處。」言不古處也。〈碩鼠〉曰：「逝將去女，適彼樂土。」言將去女也。〈有杕之杜〉曰：「彼君子兮，噬肯適我。」言肯適我也。〈桑柔〉曰：「誰能執熱，逝不以濯。」言不以濯也。「逝」皆發聲，不爲義也。

四、《周官》

1. 卷三：夷，語助也。《周官·行夫》曰：「居於其國，則掌行人之勞辱事焉，使則介之。」鄭注曰：「使，故書曰夷使。九，發聲。」是也。

2. 卷七：若，猶「及」也，「與」也。……《周官·罪隸》曰：「凡封國若家。」

3. 卷九：之，猶「與」也。……〈考工記·梓人〉曰：「必深其爪，出其目，作其鱗之而。」謂作其鱗與而也。而，頰毛也。

4. 卷十：不，否，無也。……《周官·大司馬》曰：「若師不功，則厭而奉主車。」言師無功也。

五、《儀禮》

1. 卷二：焉，猶「乎」也。……《儀禮·喪服傳》曰：「野人曰：父母何算焉？」

2. 卷三：有，猶「又」也。……《儀禮·士相見禮》曰：「某子命某見，吾子有辱。」箋注並曰：「有，又也。」

3. 卷六：當，猶「將」也。《儀禮·特牲饋食禮記》：「佐食當事，則戶外南面。」鄭注曰：「當事，將有事而未至。」

4. 卷六：乃，猶「而」也。……《儀禮·燕禮》：「大夫不拜乃飲。」鄭注曰：「乃，猶而也。」

5. 卷七：如，猶「與」也，「及」也。……《儀禮·鄉飲酒禮》：「公如大夫入。」謂公與大夫入也。

六、《禮記》

1. 卷一：與，猶「以」也。《禮記·檀弓》曰：「殷人殯於兩楹之閒，則與賓主夾之也。」言以賓主夾之也。〈玉藻〉曰：「大夫有所往，必與公士為賓也。」言必以公士為擯也。《中庸》曰：「知遠之近，知風之自，知微之顯，可與入德矣。」言可以入德也。

2. 卷一：以，猶「謂」也。《禮記·檀弓》曰：「昔者吾有斯子也，吾以將為賢人也。」言吾謂將為賢人也。

3. 卷二：焉，猶「於是」也，「乃」也，「則」也。〈聘禮記〉曰：「及享，發氣，焉盈容。」言於是盈容也。《禮記·月令》曰：「命舟牧覆舟，五覆五反，乃告舟備具于天子，天子焉始乘舟，薦鮪于寢廟。」言天子於是始乘舟也。

4. 卷四：《說文》曰：「吁，驚語也。」《禮記·檀弓》曰：「曾子聞之，瞿然曰：呼！」《釋文》「呼」作「吁」。《正義》曰：「聞童子之言，乃更驚駭。」是也。

5. 卷五：家大人曰：「今，猶若也。」《禮記·曾子問》曰：「下殤，土周葬於園。遂輿機而往，塗邇故也。今墓遠，則其葬也如之何？」今墓遠，若墓遠也。

6. 卷七：如，猶「而」也。……《禮記·檀弓》曰：「天下豈有無父之國哉，吾何行如之。」如，而也。之，至也，何行而至，言無可至之國也。

7. 卷八：則，猶「其」也。《禮記·檀弓》曰：「人之稱斯師也者，則謂之

何？」言其謂之何也。

8. 卷九：者，猶「也」也。《禮記・射義》：「射之爲言者繹也。」猶曰射之爲言也繹也。

9. 卷九：之，猶「於」也。「諸」「之」一聲之轉，「諸」訓爲「於」，故「之」亦訓爲「於」。《禮記・檀弓》曰：「之死而致死之，不仁；之死而致生之，不知。」言於死而致死之，則不仁；於死而致生之，則不知也。鄭訓「之」爲往，失之。〈大學〉曰：「人之其所親愛而辟焉。」言於其所親愛而辟也。鄭訓「之」爲「適」，亦失之。

10. 卷十：末，猶「勿」也。《禮記・文王世子》曰：「命膳宰曰，末有原。」鄭注曰：「末，猶『勿』也。勿有所再進。」

七、《春秋》

1. 卷六：乃，猶「而」也。《春秋》宣八年：「十月己丑，葬我小君頃熊。雨，不克葬；庚寅，日中而克葬。」定十五年：「九月丁巳，葬我君定公。雨，不克葬；戊午，日下昃，乃克葬。」《公羊傳》曰：「而者何，難也；乃者何，難也。曷爲或言『而』，或言『乃』，『乃』難乎『而』也。」

2. 卷八：且，猶「又」也。《春秋》文五年：「王使榮叔歸含且賵。」《穀梁傳》曰：「其曰且，志兼也。」亦常語。

八、《論語》

1. 卷一：與，猶「以」也。……《論語・陽貨篇》曰：「鄙夫可與事君也與哉！」言不可以事君也。

2. 卷三：云爾、云乎，皆語已詞也。……《論語・述而篇》曰：「不知老之將至云爾。」……《論語・陽貨篇》曰：「玉帛云乎哉。」是也。

3. 卷四：與，猶「也」也。《論語・公冶長篇》：「於予與何誅」，「於予與改是。」猶言於予也何誅，於予也改是。

4. 卷四：也，猶「矣」也。……《論語・先進篇》曰：「從我於陳蔡者，皆不及門也。」「也」字並與「矣」同義。

5. 卷四：矣，猶「也」也。……《論語・里仁篇》曰：「惡不仁者，其爲仁矣，不使不仁者加乎其身。」其爲仁矣，即其爲仁也。「也」「矣」一聲之轉，故「也」可訓爲「矣」，「矣」亦可訓爲「也」。互見「也」字下。

6. 卷五：苟，誠也。《論語・里仁篇》：「苟志於仁矣。」是也。常語也。

7. 卷七：而，猶「與」也，「及」也。《論語・雍也篇》曰：「不有祝鮀之佞，而有宋朝之美，難乎免於今之世矣。」言有祝鮀之佞，與有宋朝之美也。

8. 卷七：如，猶「乃」也。……《論語・憲問篇》曰：「桓公九合諸侯，不以兵車，管仲之力也。如其仁！如其仁！」言管仲不用民力而天下安，乃其仁，乃其仁也。

9. 卷七：耳，猶「而已」也。《論語・陽貨篇》：「前言戲之耳。」是也。

10. 卷九：是，猶「祇」也。《論語・為政篇》曰：「今之孝者，是謂能養。」言祇謂能養也。「是」與「祇」同義，故薛綜注〈東京賦〉曰：「祇，是也。」

九、《孟子》

1. 卷一：家大人曰：「與，猶為也。」《孟子・離婁篇》曰：「所欲與之聚之。」言民之所欲，則為民聚之也。

2. 卷二：于，猶「為」也。《孟子・萬章篇》曰：「惟茲臣庶，女其于予治。」于，為也。為，助也。趙注曰：「惟念此臣眾，女故助我治事，」是也。

3. 卷二：焉，猶「於」也。……《孟子・盡心篇》曰：「人莫大焉無親戚君臣上下。」言莫大於無親戚君臣上下也。

4. 卷二：為，猶「將」也。《孟子・梁惠王篇》曰：「克告於君，君為來見也。」趙注曰：「君將欲來。」是也。

5. 卷二：家大人曰：「為，猶有也。」《孟子・滕文公篇》曰：「夫滕，壤地褊小，將為君子焉，將為野人焉。」趙注曰：「為，有也。雖小國，亦有君子，亦有野人也。」又曰：「夷子憮然為閒。」注曰：「為閒，有頃之閒也。」〈盡心篇〉曰：「為閒不用，則茅塞之矣。」注曰：「為閒，有閒也。」

6. 卷三：有，猶「又」也。……《孟子・梁惠王篇》曰：「王曰：『若是其甚與？』曰：『殆有甚焉。』」言殆又甚也。

7. 卷五：家大人曰：「宜，猶殆也。」……《孟子・公孫丑篇》曰：「宜與夫禮，若不相似然。」〈滕文公篇〉曰：「不見諸侯，宜若小然。」又曰：「枉尺而直尋，宜若可為也。」〈離婁篇〉曰：「宜若無罪焉。」〈盡心篇〉曰：「宜若登天然。」〈齊策〉曰：「救趙之務，宜若奉漏甕，沃燋釜。」「宜」字竝與「殆」同義。

8. 卷七：然而者，亦詞之轉也。《孟子・公孫丑篇》曰：「夫二子之勇，未

知其孰賢，然而孟施舍守約也。」今人用「然而」二字，皆與此同義。

9. 卷七：爾，如此也。……《孟子·告子篇》曰：「富歲子弟多賴，凶歲子弟多暴，非天之降才爾殊也。」言非天之降才如此其異也。

10. 卷八：何曾，何乃也，何則也。《孟子·公孫丑篇》曰：「爾何曾比予於管仲。」趙注曰：「何曾，何乃也。」

十、《孝經》

1. 卷五：蓋者，大略之詞。《孝經》：「蓋天子之孝也。」孔傳曰：「蓋者，辜較之辭。」辜較，猶大略也。常語也。

2. 卷七：若夫，發語詞也。……《孝經》：「曾子曰：『若夫慈愛恭敬，安親揚名，則聞命矣。』」是也。

十一、《尚書古義》

1. 卷三：或，猶「有」也。《尚書古義》曰：「無有作好，遵王之道；無有作惡，遵王之路。」《呂覽》引此「有」作「或」。高誘曰：「或，有也。」

十二、《書大傳》

1. 卷八：《說文》：「茲，蓍也。」《廣韻》：「茲嗟，憂聲也。」倒言之則曰嗟茲，或作嗟茲，或作嗟子。……《書·大傳》曰：「諸侯在廟中者，愀然若復見文、武之身，然後曰：嗟子乎！此蓋吾先君文、武之風也夫！」

十三、《春秋左氏傳》

1. 卷一：猶，猶「均」也。物相若則均，故猶又有均義。襄十年《左傳》曰：「從之將退，不從亦退；猶將退也，不如從楚，亦以退之。」「猶將退」，均將退也。

2. 卷一：於，猶「之」也。昭四年《左傳》曰：「亡於不暇，又何能濟。」言亡之不暇也。十一年曰：「王貪而無信，唯蔡於感。」言唯蔡之恨也。

3. 卷二：焉，猶「也」也。昭三十二年《左傳》曰：「民之服焉，不亦宜乎！」莊元年《公羊傳》曰：「於其出焉，使公子彭生送之；於其乘焉，搚榦而殺之。」定四年曰：「於其歸焉，用事乎河。」是也。

4. 卷三：伊，維也。常語也。字或作「繄」。襄十四年《左傳》曰：「王室之不壞，繄伯舅是賴。」正義曰：「王室之不傾壞者，唯伯舅是賴也。」「唯」，與「維」同。又隱元年曰：「爾有母遺，繄我獨無。」言維我獨無也。

5. 卷三：庸，猶「何」也，「安」也，「詎」也。莊十四年《左傳》曰：「庸非貳乎？」僖十五年曰：「晉其庸可冀乎？」宣十二年曰：「庸可幾乎？」襄十四年曰：「庸知愈乎？」三十年曰：「其庸可媮乎？」昭十年曰：「庸愈乎？」十三年曰：「其庸可棄乎？」哀十六年曰：「庸爲直乎？」〈晉語〉曰：「吾庸知天之不授晉，且以勸荊乎？」莊三十二年《公羊傳》曰：「庸得若是乎？」《呂氏春秋‧下賢篇》曰：「吾庸敢驚霸王乎？」皆是也。

6. 卷四：況，猶「與」也，「如」也。閔元年《左傳》曰：「猶有令名，與其及也。」王肅注曰：「雖去猶有令名，何與其坐而及禍也。」「何與」，猶「何如」也。二年《傳》曰：「與其危身以速罪也。」〈晉語〉作「況其危身於狄，以起讒於內也」。「況」也，「與」也，「如」也，並與比擬之義相近。

7. 卷五：固，猶「必」也。桓五年《左傳》曰：「蔡、衛不枝，固將先奔。」言必將先奔也。

8. 卷七：如，猶「當」也。〈宋策〉曰：「夫宋之不足如梁也，寡人知之矣。」高注曰：「如，當也。」如爲相當之當，又爲當如是之當。僖二十二年《左傳》曰：「若愛重傷，則如勿傷；愛其二毛，則如服焉。」正義曰：「如，猶不如，古人之語然，猶似敢即不敢。」家大人曰：孔說非也。如，猶「當」也。言若愛重傷，則當勿傷之；愛其二毛，則當服從之也。又二十一年《傳》曰：「巫尪何爲？天欲殺之，則如勿生。」言天欲殺之，則當勿生之也。

9. 卷八：自，猶「苟」也。成十六年《左傳》曰：「自非聖人，外寧必有內憂。」言苟非聖人也。

10. 卷十：蔑，猶「不」也。成十六年《左傳》曰：「寧事齊、楚，有亡而已。蔑從晉矣。」〈晉語〉曰：「吾有死而已，吾蔑從之矣。」言不從也。

十四、《春秋公羊傳》

1. 卷二：爲，猶「以」也。〈詩十月〉曰：「胡爲我作，不即我謀？」隱元年《公羊傳》曰：「曷爲先言而後言正月？」四年《穀梁傳》曰：「何爲貶之也？」《論語‧先進篇》曰：「由之瑟，奚爲於某之門？」「胡爲」「曷爲」「何爲」「奚爲」，皆言「何以」也。

2. 卷二：焉爾，猶「於是」也。隱二年《公羊傳》曰：「託始焉爾。」何注曰：「焉爾，猶於是也。」

3. 卷三：云爾、云乎，皆語已詞也。宣元年《公羊傳》曰：「猶曰無去是云爾。」

4. 卷五：固，猶「必」也。……襄二十七年《公羊傳》：「女能固納公乎？」

5. 卷七：而，猶「乃」也。……宣十五年《公羊傳》曰：「吾今取此，然後而歸爾。」言然後乃歸也。

6. 卷七：而，猶「如」也。……宣六年《公羊傳》曰：「此非弒君而何？」

7. 卷七：若，猶「此」也。莊四年《公羊傳》曰：「有明天子，則襄公得為若行乎？」謂此行也。僖二十六年《傳》曰：「曷為以外內同若辭。」謂此辭也。

8. 卷七：爾，猶「此」也。隱二年《公羊傳》曰：「前此，則曷為始乎此？託始焉爾。」何注：「焉爾，猶『於是』也。」「是」，亦「此」也。

9. 卷七：爾，猶「焉」也。隱元年《公羊傳》曰：「然則何言爾？」二年《傳》曰：「何譏爾？」三年《傳》曰：「何危爾？」僖二年《傳》曰：「則中國曷為獨言齊、宋至爾？」「爾」字竝與「焉」同義。

10. 卷九：孰，誰也。……昭二十五年《公羊傳》曰：「孰君而無稱？」言何君而無稱也。

十五、《春秋穀梁傳》

1. 卷一：為，曰也。桓四年《穀梁傳》：「一為乾豆，二為賓客，三為充君之庖。」公羊傳「為」作「曰」是也。

2. 卷二：家大人曰：「為，猶謂也。」宣二年《穀梁傳》曰：「趙盾曰：『天乎天乎！予無罪！孰為盾而忍弒其君乎？』」言孰謂盾忍弒其君者也。

3. 卷六：乃，猶「方」也，「裁」也。莊十年《穀梁傳》曰：「乃深其怨於齊，又逐侵宋以眾其敵。」謂方深其怨於齊也。

4. 卷六：直，猶「特」也，「但」也。……文十一年《穀梁傳》曰：「言帥師而言敗，何也？直敗一人之辭也。」

十六、《韓詩外傳》

1. 卷二：家大人曰：「為，猶與也。」……《韓詩外傳》曰：「寡人獨為仲父言，而國人知之；何也？」言獨與仲父言也。

2. 卷六：能，猶「而」也。能與而古聲相近，故義亦相通。……《韓詩外傳》：「貴而下賤，則眾弗惡也；富能分貧，則窮士弗惡也；智而教愚，

則童蒙者弗惡也。」「能」，亦「而」也。

3. 卷六：直，猶「特」也，「專」也。……《韓詩外傳》曰：「臣里母相善婦，見疑盜肉，其姑去之；恨而告于里母。里母曰：『安行！今令姑呼女！』即束蘊請火去婦之家。曰：『吾犬爭肉相殺，請火治之。』姑乃直使人追去婦還之。」言特使人追還去婦也。

4. 卷八：家大人曰：「則，猶若也。」……《韓詩外傳》曰：「臣之里婦，有夫死三日而嫁者，有終身不嫁者，則自為娶，將何娶焉？」言若自為娶也。

十七、《春秋繁露》

1. 卷七：如，猶「而」也。……《春秋繁露·王道通三篇》曰：「施其時而成之，法其命如循之。」……如，亦而也，互文耳。

十八、《大戴禮》

1. 卷一：家大人曰：「與，猶謂也。」《大戴禮·夏小正傳》曰：「獺獸祭魚，其必與之獸，何也？曰：非其類也。」「與之獸」，謂之獸也。「來降燕乃睇室。其與之室，何也？操泥而就家，入人內也。」「與之室」，謂之室也。〈曾子事父母篇〉曰：「夫禮，大之由也，不與小之自也。」「不」，「非」也；「與」，「謂」也；言禮在由其大者，非謂由其小者而已也。

2. 卷一：《廣雅》曰：「與，如也。」《大戴禮·四代篇》曰：「事必與食，食必與位，無相越踰。」與，如也。言事必如其食，食必如其位也。

3. 卷一：於，猶「為」也。《禮記·郊特牲》曰：「掃地而祭，於其質也。」又曰：「祭天，掃地而祭焉。於其質而已矣。」皆謂為其質，不為其文也。《大戴禮·曾子本孝篇》曰：「如此而成於孝子也。」言如此而後成為孝子也。〈曾子事父母篇〉曰：「未成於弟也。」言未成為弟也。

4. 卷二：安，猶「於」也。《大戴禮·用兵篇》曰：「古之戎兵，何世安起？」安，猶「於」也。何世安起，言起於何世也。

5. 卷三：一，猶「皆」也。……《大戴禮·衛將軍文子篇》曰：「吾子之語審茂，則一諸侯之相也。」盧辯注曰：「一，皆也。」

6. 卷七：而，猶「若」也。若與如古同聲，故「而」訓為「如」，又訓為「若」。《大戴記·衛將軍文子篇》：「孔子曰：『而商也，其可謂不險也。』」「而商也」，與論語「若由也」同義。

7. 卷七：而，猶「乃」也。……《大戴記‧曾子本孝篇》曰：「如此而成於孝子也。」言如此乃成為孝子也。

8. 卷七：如，猶「乃」也。……《大戴記‧少閒篇》曰：「臣之言未盡，請盡臣之言，君如財之。」言請俟臣之言盡，君乃裁之也。

9. 卷九：之，猶「於」也。……《大戴禮‧事父母篇》曰：「養之內，不養於外，則是越之也；養之外，不養於內，則是疏之也。」之，亦「於」也，互文耳。

10. 卷九：是，猶「之」也。《詩‧氓》曰：「反是不思，亦已焉哉！」言及之不思也。《大戴禮‧文王官人篇》曰：「平人而有慮者，使是治國家而長百姓。」使是，使之也。

十九、《逸周書》

1. 卷七：如，猶「而」也。……《逸周書‧後大匡篇》曰：「勇而害上，則不登於明堂。」……如字亦與而同義。

2. 卷七：《漢書‧韋賢傳》注曰：「而者，句絕之辭。」……《逸周書‧芮良夫篇》曰：「不其亂而。」

二十、《國語》

1. 卷二：安，猶「於是」也，「乃」也，「則」也。字或作「案」，或作「焉」，其義一也。其作「安」者：〈吳語〉曰：「王安挺志，一日惕，一日留，以安步王志。」言王乃寬志以行，疾徐如意也。又曰：「王安厚取名而去之。」言王乃厚取名而去之也。

2. 卷二：家大人曰：「為，猶如也，假設之詞也。」〈晉語〉：「叔向曰：『荊若襲我，是自背其信，而塞其忠也。為此行也，荊敗我，諸侯必叛之。』」

3. 卷二：家大人曰：「為，猶有也。」……〈周語〉曰：「余敢以私勞變前之大章，以忝天下，其若先王與百姓何？何政令之為也？」言何政令之有也。〈晉語〉曰：「若有違質，教將不入，其何善之為？」言何善之有也。又曰：「今范中行氏之臣，不能匡相其君，使至於難。君出在外，又不能定而棄之，則何良之為？」言何良之有也。〈楚語〉曰：「若於目觀則美，縮於財用則匱，是聚民利以自封而瘠民也，胡美之為？」言胡美之有也。又曰：「君而討臣，何讎之為？」言何讎之有也。

4. 卷三：家大人曰：「有，猶為也。」〈周語〉曰：「胡有孑然其效戎狄也。」

言胡爲其效戎狄也。〈晉語〉曰：「克國得妃，其有吉孰大焉。」言其爲吉孰大也。

5. 卷五：詎，猶「苟」也。〈晉語〉曰：「且唯聖人，能無外患，又無內憂。詎非聖人，必偏而後可。」又曰：「詎非聖人，不有外患，必有內憂。」皆謂苟非聖人也。成十六年《左傳》作「自非聖人」，意亦同也。

6. 卷七：若，猶「及」也，「至」也。……〈吳語〉曰：「越大夫種曰：『王若今起師以會。』」言及今起師以會戰也。

7. 卷八：則，猶「其」也。……〈吳語〉曰：「君有短垣而自踰之，況荊蠻則何有於周室。」言其何有於周室也。

8. 卷八：即，猶「或」也。或與若義相近。〈越語〉曰：「若以越國之罪爲不可赦也，將焚宗廟，係妻孥，沈金玉於江。有帶甲五千人，將以致死。無乃即傷君王之所愛乎？」言或傷君王之所愛也。

9. 卷九：孰，猶「何」也。家大人曰：「孰誰一聲之轉。」「誰」訓爲「何」，故「孰」亦訓爲「何」。〈晉語〉曰：「惠公出共世子而改葬之，臭達於外。國人誦之曰：『孰是人斯，而有是臭也？』」孰，何也。斯，詞也。言何是人而有是臭也。〈越語〉曰：「孰是君也？而可無死乎？」言有君如是，何可不爲之死也。

10. 卷十：蔑，猶「不」也。……〈晉語〉曰：「吾有死而已，吾蔑從之矣。」言不從也。

二十一、《戰國策》

1. 卷一：家大人曰：「與，猶爲也。」平聲……〈西周策〉曰：「秦與天下罷，則令不橫行於周矣。」言秦爲天下所疲也。〈秦策〉曰：「吳王夫差棲越於會稽，勝齊於艾陵，遂與句踐禽，死於干隧。」言爲句踐所禽也。

2. 卷二：家大人曰：「與，猶爲也。」去聲……〈秦策〉曰：「或與中期說秦王曰。」言爲中期說秦王也。〈楚策〉曰：「秦王令芈戎告楚曰：『毋與齊東國，吾與子出兵矣。』」言吾爲子出兵也。

3. 卷二：家大人曰：「爲，猶如也，假設之詞也。」……〈秦策〉曰：「中國無事於秦，則秦且燒炳獲君之國；中國爲有事於秦，則秦且輕使重幣，而事君之國也。」又曰：「爲我葬，必以魏子爲殉。」又曰：「是楚與三國謀出秦兵矣，秦爲知之，必不救也。」〈趙策〉曰：「魏使人因平原君請從於趙，三言之，趙王不聽；出遇虞卿，曰：『爲入，必語從。』」〈韓

策〉曰：「韓爲不能聽我，韓之德王也，必不爲鴈行以來；爲能聽我，絕
和於秦，秦必大怒以厚怨於韓。」又曰：「料大王之卒，悉之不過三十萬，
爲除守徼亭障塞，見卒不過二十萬而已。」《史記·宋世家》曰：「今誠
得治國，國治身死不恨；爲死終不得治，不如去。」凡言「爲」者，皆
「如」也。

4. 卷四：也，猶「邪」也，「歟」也，「乎」也。……〈秦策〉曰：「今應侯
亡地而言不憂，此其情也？」〈楚策〉：「汗明謂春申君曰：『君料臣孰與
舜？』春申君曰：『先生即舜也？』」〈魏策〉曰：「此於其親戚兄弟若此，
而又況於仇讎之敵國也？」「也」與「邪」同義。

5. 卷四：矣，猶「耳」也。〈趙策〉曰：「則連有赴東海而死矣，吾不忍爲
之民也。」〈燕策〉曰：「齊者，故寡人之所欲伐也，直患國弊力不足矣。」
「矣」字並與「耳」同義。

6. 卷六：《史記·絳侯世家》，《索隱》引許愼《淮南》注曰：「顧，反也。」
〈秦策〉曰：「今三川周室，天下之市朝也；而王不爭焉，顧爭於戎狄。」
高注曰：「顧，反也。」〈燕策〉曰：「子之南面行王事，而噲老不聽政，
顧爲臣。」「顧」與「反」同義，故以「顧反」連文。〈齊策〉曰：「夫韓、
魏之兵未弊，而我救之；是我代韓受魏之兵，顧反聽命於韓也。」《史記·
蕭相國世家》曰：「蕭何未嘗有汗馬之勞，顧反居臣等上。」是也。

7. 卷七：若乃，亦轉語詞也。〈齊策〉曰：「若乃得去不肖者，而爲賢者狗，
豈特攫其腓而噬之耳哉？」是也。

8. 卷八：且，猶「若」也。……〈燕策〉曰：「燕，南附楚則楚重，西附秦
則秦重，中附韓魏則韓魏重。且苟所附之國重，此必使王重矣。」且字
並與若同義。

9. 卷八：家大人曰：「漢書西南夷傳注曰：即，猶若也。」……〈秦策〉曰：
「今王以漢中與楚，即天下有變，王何以市楚也。」言若天下有變也。

10. 卷八：叱嗟，猝嗟，皆怒聲也。〈趙策〉曰：「齊威王勃然怒曰：『叱嗟！
而母，婢也！』」

二十二、《史記》

1. 卷一：與，猶「以」也。……《史記·袁盎傳》曰：「姜主豈可與同坐哉！」
言不可以同坐也。

2. 卷一：于，猶「爲」也。平聲……《史記·秦始皇帝紀》曰：「請刻于石

表，垂于常式。」言垂為常式也。

3. 卷二：為，猶「將」也。……《史記‧盧綰傳》曰：「盧綰妻子亡降漢，會高后病不能見，舍燕邸，為欲置酒見之，高后竟崩，不得見。」言高后將欲置酒見之，會高后崩，不得見也。〈衛將軍驃騎傳〉曰：「驃騎始為出定襄，當單于，捕虜言單于東，乃更令驃騎出代郡。」言始將出定襄，後更出代郡也。

4. 卷三：家大人曰：「云，猶然也。」……《史記‧周本紀》曰：「其色赤，其聲魄云。」言其聲魄然也。〈封禪書〉曰：「秦文公獲若石云於陳倉北阪。」言若石然也。又曰：「若雄雉，其聲殷云。」言其聲殷然也。

5. 卷五：孫炎注《爾雅‧釋詁》曰：「即，猶今也。」故今可訓為即。……《史記‧項羽紀》曰：「吾屬今為之虜矣。」〈鄭世家〉曰：「晉兵今至矣。」〈伍子胥傳〉曰：「不來，今殺奢也。」「今」字並與「即」同義。

6. 卷六：能，乃也。……《史記‧淮陰侯傳》曰：「今韓信兵號數萬，其實不過數千。能千里而襲我，亦以罷極。」言韓信兵不過數千，乃千里而襲我也。〈太史公自序〉曰：「非獨色愛，能亦各有所長。」言非獨以色見愛，乃亦各有所長也。

7. 卷六：直，猶「特」也，「專」也。……《史記‧留侯世家》曰：「良嘗閒從容步游下邳汜上，有一老父衣褐至良所，直墮其履汜下。顧謂良曰：『孺子下取履！』」言特墮其履於橋下，使良取之也。〈梁孝王世家〉曰：「平王襄直使人開府，取罍樽，賜任王后。」言特使人取罍樽賜之也。

8. 卷七：如，猶「則」也。《史記‧淮南王傳》：「王曰：『上無太子，宮車即晏駕，廷臣必徵膠東王，不如常山王。』」言廷臣必膠東王，否則常山王也。

9. 卷七：《爾雅》曰：「仍，乃也。」《史記‧淮南衡山傳》贊曰：「淮南、衡山專挾邪僻之計，謀為畔逆。仍父子再亡國，各不終其身。」仍者，乃也。言淮南、衡山謀為畔逆，乃至父子再亡其國，各不終其身也。

10. 卷八：則，猶「或」也。「或」與「若」義相近。《史記‧陳丞相世家》曰：「樊噲，帝之故人也。功多，且又乃呂后弟呂嬃之夫，有親且貴。帝以忿怒故斬之，則恐後悔。」言或恐後悔也。

二十三、《漢書》

1. 卷二：家大人曰：「謂，猶如也，奈也。」……《漢書‧禮樂志》郊祀歌

曰：「徧觀是邪謂何。」晉灼注曰：「謂何，當如之何也。」如之何，即
奈之何也。

2. 卷三：台，猶「何」也；如台，猶「奈何」也。……《漢書‧敍傳》：「矧
乃齊民，作威作惠。如台不匡，禮法是謂？」言游俠之徒，以齊民而作
威作惠如此，奈何不匡之以禮法也。

3. 卷四：惡，猶「安」也，「何」也，字亦作烏。……《漢書‧竇田灌韓傳》
贊曰：「惡能救斯敗哉？」〈司馬相如傳〉曰：「齊、楚之事，又烏足道哉？」
義並與安同。

4. 卷四：侯，何也。《呂氏春秋‧觀表篇》曰：「今侯瀷過而不辭。」高誘
注曰：「侯，何也。」《漢書‧司馬相如傳》曰：「君乎君乎！侯不邁哉？」
李奇注與高誘同。

5. 卷五：蓋，語助也。《漢書‧禮樂志》郊祀歌：「神夕奄虞蓋孔享。」顏
師古注曰：「蓋，語辭也。」

6. 卷五：《廣韻》曰：「詎，豈也。」字或作「距」，或作「鉅」，或作「巨」，
或作「渠」，或作「遽」。《漢書‧高祖紀》曰：「沛公不先破關中，公巨
能入乎？」《史記‧項羽紀》作「公豈敢入乎」。

7. 卷七：如，猶「將」也。……《漢書‧翟義傳》：「義部掾夏恢等，收縛
宛令劉立，傳送鄧獄。恢白義，可因隨後行縣送鄧。義曰：『欲令都尉自
送，則如勿收邪？』」言汝欲令都尉自送，則將勿收邪。

二十四、《後漢書》

1. 卷六：能，猶「乃」也。……「能」與「乃」同義，故二字可以互用。
《後漢書‧荀爽傳》：「鳥則雄者鳴鴝，雌能順服；獸則牡為唱導，牝乃
相從。」是也。

二十五、《竹書紀年》

1. 卷二：家大人曰：「爲，猶於也。」……《竹書紀年》曰：「秦穆公帥師
送公子重耳，圍令狐，桑泉、臼衰皆降爲秦師。」言降於秦師也。

二十六、《說苑》

1. 卷七：而，猶「如」也。……《說苑‧奉使篇》曰：「意而安之，願假冠
以見，意如不安，願無變國俗。」皆以如、而互用。

2. 卷八：《說文》：「茲，蓐也。」《廣韻》：「茲嗟，憂聲也。」倒言之則曰

「嗟茲」；或作「嗟茲」，或作「嗟子」。……《說苑・貴德篇》曰：「嗟茲乎！我窮必矣！」

二十七、《新序》

1. 卷三：抑，詞之轉也。……家大人曰：「噫、懿、億並與抑同。」……《新序・雜事篇》曰：「噫將使我追車而赴馬乎？投石而超拒乎？逐糜鹿而搏虎豹乎？噫將使我出正辭而當諸侯乎？決嫌疑而定猶豫乎？」《韓詩外傳》「噫」作「意」。

2. 卷十：無，轉語詞也。字或作「亡」，或作「忘」，或作「妄」，或言「亡其」，或言「意亡」，或言「亡意」，亦或言「將妄」，其義一也。……《新序・雜事篇》曰：「先生老昏與？妄爲楚國妖與？」以上皆轉語詞。

二十八、《山海經》

1. 卷二：焉，於是也，乃也，則也。……《山海經・大荒西經》曰：「夏后開上三嬪于天，得九辯與九歌以下，此天穆之野，高二千仞，開焉始得歌九招。」言於是始得歌九招也。

二十九、《荀子》

1. 卷二：安，焉也，然也。《荀子・榮辱篇》曰：「俄則屈安窮矣。」言屈焉窮也。屈焉，窮貌也。

2. 卷三：家大人曰：「云，猶有也。」……《荀子・儒效篇》曰：「故人無師無法而知則必爲盜；勇則必爲賊；云能則必爲亂。人有師有法而知則速通；勇則速威；云能則速成。」言無師無法而有能，則必爲亂；有師有法而有能，則其成必速也。〈法行篇〉曰：「曾子曰：『詩曰：轂已破碎，乃大其幅；事已敗矣，乃重大息，其云益乎？』」云益，有益也。

3. 卷三：有，猶「又」也。……《荀子・王霸篇》曰：「知者之知，固以多矣：有以守少，能無察乎？愚者之知，固以少矣；有以守多，能無狂乎？」言又以守少，又以守多也。

4. 卷四：號，何也。《荀子・哀公篇》曰：「魯哀公問於孔子曰：『紳委章甫，有益於仁乎？』孔子蹴然曰：『君號然也？』」《家語・好生篇》作「君胡然焉」。「何」也、「胡」也、「奚」也、「遐」也、「侯」也、「號」也、「曷」也、「蓋」也，一聲之轉也。

5. 卷六：能，猶「而」也。能與而古聲相近，故義亦相通。……《荀子・

解蔽篇》：「爲之無益於成也；求之無益於得也；憂戚之無益於幾也；則廣焉能弁之矣。」〈趙策〉：「建信君入言於王，厚任葺以事能重責之。」能，竝與「而」同。

6. 卷七：《史記・禮書》正義曰：「若，如此也。」……《荀子・禮論篇》曰：「故人苟生之爲見，若者必死；苟利之爲見，若者必害。」言如此者必死，如此者必害也。

7. 卷八：家大人曰：「則，猶若也。」……《荀子・議兵篇》曰：「大寇則至，使之持危城，則必畔！遇敵處戰，則必北。」言大寇若至也。

8. 卷九：之，猶「若」也。……《荀子・正名篇》曰：「假之有人欲南而惡北。」〈性惡篇〉曰：「假之有弟兄資財而分者。」「假之」，皆謂「假若」也。

9. 卷九：是，猶「夫」也。……《荀子・榮辱篇》曰：「今是人之口腹。」〈富國篇〉曰：「今是土之生五穀也。」竝與「今夫」同義。

10. 卷十：無，未也。《荀子・正名篇》：「志輕理而不重物者，無之有也。外重物而不內憂者，無之有也。行離理而不外危者，無之有也。外危而不內恐者，無之有也。」言未之有也。

三十、《老子》

1. 卷二：安，猶「於是」也，「乃」也，「則」也。……《老子》曰：「往而不害，安平太。」言往而不害，乃得平泰也。

2. 卷二：焉，猶「於是」也，「乃」也，「則」也。……《老子》十七章、二十三章竝云：「信不足，焉有不信。」言信不足，於是有不信也。

3. 卷五：家大人曰：「及，猶若也。」……《老子》曰：「吾所以有大患者，爲吾有身；及吾無身，吾有何患。」言若吾無身也。又曰：「取天下常以無事；及其有事，不足以取天下。」言若其有事也。「及」與「若」同義，故「及」可訓爲「若」，「若」亦可訓爲「及」。互見「若」字下。

4. 卷四：若，猶「則」也。《老子》曰：「故貴以身爲天下，若可寄天下；愛以身爲天下，若可託天下。」《莊子・在宥篇》「若」竝作「則」。

三十一、《列子》

1. 卷二：焉，猶「於是」也，「乃」也，「則」也。……《列子・天瑞篇》曰：「其在死亡也，則之於息，焉反其極矣。」言既往於息，及反其極也。

2. 卷二：家大人曰：「爲，猶如也，假設之詞也。」……《列子・說符篇》

曰：「孫叔敖戒其子曰：『爲我死，王則封女，女必無受利地。』」

3. 卷三：家大人曰：「云，猶如也。如與或義相近。」《列子·力命篇》曰：「管夷吾有病，小白問之曰：『仲父之病疾矣，不可諱，云至於大病，則寡人惡乎屬國而可？』」言如至於大病也。

4. 卷五：幾，詞也。……《列子·仲尼篇》曰：「吾見了之心矣，方寸之地虛矣，幾聖人也。」

三十二、《莊子》

1. 卷一：《爾雅》曰：「已，此也。」《莊子·齊物論篇》曰：「已而不知其然謂之道。」「已」字承上文而言，言此而不知其然也。〈養生主篇〉曰：「已爲知者，殆而已矣。」言此而爲知者也。

2. 卷二：爲，猶「使」也；亦假設之詞也。《孟子·離婁篇》曰：「苟爲不畜，終身不得。」又曰：「苟爲無本，其涸也，可立而待也。」〈告子篇〉曰：「苟爲不熟，不如荑稗。」《莊子·人間世篇》曰：「苟爲不知其然也，孰知其所終。」皆言「苟使」也。

3. 卷三：有，猶「又」也。……《莊子·徐無鬼篇》曰：「我則勞於君，君有何勞於我。」言君又何勞於我也。

4. 家大人曰：邪，猶「也」也。《莊子·德充符篇》曰：「我適先生之所，則廢然而反，不知先生之洗我以善邪。」〈在宥篇〉曰：「豈直過也，而去之邪？乃齊戒以言之邪，鼓歌以舞之邪。」〈山木篇〉曰：「一呼而不聞，再呼而不聞，於是三呼邪，則必以惡聲隨之。」是也。

5. 卷四：猗，兮也。……《莊子·大宗師篇》曰：「而已反其眞，而我猶爲人猗。」猗，亦兮也。

6. 卷六：寧，猶「將」也。《莊子·秋水篇》曰：「寧其死爲留骨而貴乎？寧其生而曳尾於塗中乎？」

7. 卷六：徒，猶「乃」也。《莊子·天地篇》曰：「吾聞之夫子，事可求，功求成，用力少，見功多者，聖人之道。今徒不然。」言今乃不然也。

8. 卷七：如，猶「於」也。《莊子·德充符篇》：「申徒嘉謂子產曰：『先生之門，固有執政焉如此哉！』」言先生之門，固無執政於此也。

9. 卷七：來，句中語助也。《莊子·大宗師篇》：「子桑戶死，孟子反、子琴張相和而歌曰：『嗟來桑戶乎！嗟來桑戶乎！』」嗟來，猶「嗟乎」也。

10. 卷九：所，猶「可」也。……《莊子·知北遊篇》曰：「人倫雖難，所以

相齒。」言可以相齒也。

三十三、《管子》

1. 卷一：于，猶「乎」也。其在句中者，常語也。亦有在句末者：《管子‧山國軌篇》曰：「不籍而贍國，為之有道于？」于，猶「乎」也。

2. 卷二：安，猶「於是」也，「乃」也，「則」也。……《管子‧大匡篇》曰：「必足三年之食，安以其餘脩兵革。」言有三年之食，乃以其餘脩兵革也。〈內業篇〉曰：「精存自生，其外安榮。」言精生於中，其外乃榮也。〈山國軌篇〉曰：「民衣食而繇，下安無怨咎。」言下乃無怨咎也。

3. 卷二：焉，猶「於是」也，「乃」也，「則」也。……《管子‧幼官篇》曰：「勝無非義者，焉可以為大勝。」言勝無非義者，乃可以為大勝也。〈揆度篇〉曰：「民財足，則君賦斂焉不窮。」言賦斂乃不窮也。

4. 卷二：家大人曰：「為，猶與也。」《管子‧戒篇》曰：「目妾之身不為人持接也。」尹知章注曰：「為，猶『與』也。」

5. 卷三：有，猶「又」也。……《管子‧宙合篇》曰：「天地萬物之橐，宙合有橐天地。」言又橐天地也。

6. 卷三：惟，獨也，常語也，或作「唯、維」，家大人曰：「亦作雖。」……《管子‧君臣篇》曰：「故民迂則流之，民流通則迂之，決之則行，塞之則止。雖有明君能決之，又能塞之。」言惟有明君能如此也。

7. 卷四：家大人曰：「《廣雅》曰：『盍，何也。』」……《管子‧戒篇》曰：「盍不出從乎？君將有行。」尹知章注曰：「君將有行，何不出從乎？盍，何也。」

8. 卷七：然，猶「而」也。……《管子‧版法解篇》曰：「然則君子之為身，無好無惡然已乎？」然已，而已也。

9. 卷七：家大人曰：「猶若，猶然也。」……《管子‧輕重甲篇》曰：「君雖疆本趣耕發草立弊而無止，民猶若不足也。」

10. 卷十：無，非也。《禮記‧禮器》曰：「苟無忠信之人，則禮不虛道。」言非忠信之人，則禮不虛行也。《管子‧形勢解》曰：「無德厚以安之，無度數以治之，則國非其國，而民無其民。」言國非其國，而民非其民也。

三十四、《晏子》

1. 卷一：《廣雅》曰：「與，如也。」……《晏子春秋‧問篇》曰：「正行則

民遺，曲行則道廢，正行而遺民乎？與持民而遺道乎？」「與」，亦「如」也，言將正行而遺民乎，如其持民而遺道乎也。

2. 卷二：家大人曰：「爲，猶有也。」……《晏子‧外篇》曰：「孔子之不逮舜爲閒矣。」爲閒，亦有閒也。

3. 卷六：乃，猶「是」也。……《晏子春秋‧外篇》：「公曰：吾聞之，五子不滿隅，一子可滿朝，非迺子邪？」迺子，是子也。

4. 卷六：直，猶「特」也，「專」也。《晏子‧雜篇》曰：「齊命使各有所主，其賢者使之賢主，不肖者使之不肖主。嬰最不肖，故直使楚矣。」直使楚，特使楚也。

5. 卷七：如，猶「而」也。……《晏子‧諫篇》曰：「聾瘖，非害國家如何也？」

6. 卷九：所，猶「可」也。《晏子春秋‧雜篇》曰：「聖人非所與嬉民。」非，猶「不」也。言聖人不可與戲也。

三十五、《韓非子》

1. 卷一：家大人曰：「與，猶爲也。」《韓子‧外儲說左篇》曰：「名與多與之，其實少。」言名爲多與之，而其實少也。

2. 卷二：家大人曰：「爲，猶如也，假設之詞也。」……《韓子‧內儲說篇》曰：「王甚喜人之掩口也，爲見王必掩口。」〈顯學篇〉曰：「今之新辯，濫乎宰予；而世主之聽，眩乎仲尼；爲悅其言，因任其身，則爲得無失乎？」

3. 卷五：豈，詞之安也、焉也、曾也，常語也，字或作幾。……《韓子‧姦劫弒臣篇》曰：「處非道之位，被眾口之譖，溺於當世之言，而欲當嚴天子而求安，幾不亦難哉？」

4. 卷七：而，猶「與」也，「及」也。……《韓子‧說林篇》曰：「以管子之聖，而隰朋之智。」言管仲與隰朋也。

5. 卷八：且，發語詞也。《韓子‧難二》曰：「景公過晏子曰：『子宮小近市，請徙子家豫章之圃！』晏子再拜而辭曰：『且嬰家貧，待市食而朝暮趨之，不可以遠。』」

6. 卷九：適，猶「若」也。《韓子‧內儲說》：「鄭袖誡御者曰：『王適有言，必亟聽從王言。』」言王若有言也。又曰：「秦侏儒善於荊王左右，荊適有謀，侏儒常先聞之。」言荊若有謀也。〈外儲說右篇〉：「國羊謂鄭君曰：臣適不幸而有過，願君幸而告之，」言臣若不幸而有過也。

三十六、《墨子》

1. 卷二：焉，猶「於是」也，「乃」也，「則」也。……《墨子‧親士篇》曰：「分議者延延，而支苟者諲諲，焉可以長生保國。」言如是，乃可以長生保國也。〈兼愛篇〉曰：「必知亂之所自起，焉能治之；不知亂之所自起，則不能治。」言知亂之所自起，乃能治之也。〈非攻篇〉曰：「天乃命湯於鑣宮，用受夏之大命。湯焉敢奉率其眾以鄉有夏之境。」言湯既受天命，乃敢伐夏也。又曰：「王既已克服，成帝之來，分主諸神，祀紂先王，通維四夷，而天下莫不賓，焉襲湯之緒。」言武王乃襲湯之緒也。

2. 卷三：家大人曰：「云，猶或也。」……《墨子‧公孟篇》曰：「鳥魚可謂愚矣，禹、湯猶云因焉。」言鳥魚雖愚，禹、湯猶或因之也。

3. 卷四：李善注《文選》曰：「許，猶『所』也。」《墨子‧非樂篇》曰：「舟車既以成矣，曰：吾將惡許用之？」言吾將何所用之也。

4. 卷五：苟，猶「尚」也。……《墨子‧耕柱篇》曰：「季孫紹與孟伯常治魯國之政，不能相信，而祝於叢社曰：『苟使我知。』是猶弇其目而祝於叢社曰：『苟使我皆視，』豈不繆哉？」言尚使我和，尚使我視也。

5. 卷六：當，猶「則」也。《墨子‧辭過篇》曰：「君實欲天下之治而惡其亂也，當為宮室不可不節。」又曰：「君實欲天下之治而惡其亂，當為衣服不可不節。」又曰：「君實欲天下之治而惡其亂，當為食飲不可不節。」「當」字並與「則」同義。

6. 卷六：當，猶「如」也。《墨子‧明鬼篇》曰：「燕之有祖，當齊之有社稷，宋之有桑林，楚之有雲夢也。」

7. 卷七：而，猶「與」也，「及」也。……《墨子‧尚同篇》曰：「聞善而不善，皆以告其上。」言善與不善也。

8. 卷七：然，猶「則」也。《墨子‧尚同篇》曰：「何以知尚同一義之可而為政於天下也？然胡不審稽古之治為政之說乎？」〈非命篇〉曰：「有聞之，有見之，謂之有；莫之聞，莫之見，謂之亡。然胡不嘗考之百姓之情，自古以及今生民以來者，亦嘗見命之物，聞命之聲者乎？」然胡不，則胡不也。

9. 卷八：且，猶「夫」也。《墨子‧非攻篇》曰：「今且天下之王公大人士君子。」今且，今夫也。

10. 卷九：所，猶「可」也。……《墨子‧天志篇》曰：「今人處若家得罪，

將猶有異家，所以避逃之者矣。今人處若國得罪，將猶有異國，所以避逃之者矣。今人皆處天下而事天，得罪於天，將無所以避逃之者矣。」所以，可以也。

三十七、《孫子》

1. 卷六：能，猶「乃」也。……《孫子・謀攻篇》曰：「故用兵之法，十則圍之，五則攻之，倍則分之，敵則能戰，少則能守，不若則能避之。」言敵則乃戰，少則乃守，不若則乃避之。

三十八、《呂氏春秋》

1. 卷一：于，猶「乎」也。……《呂氏春秋・審應篇》曰：「然則先生聖于？」高注曰：「于，『乎』也。」

2. 卷二：家大人曰：「爲，猶如也，假設之詞也」。……《呂氏春秋・長見篇》曰：「臣之御庶子鞅，願王以國聽之也；爲不能聽，勿使出境。」

3. 卷三：有，猶「又」也。……《呂氏春秋・胥時篇》曰：「王季歷果而死，文王苦之，有不忘羑里之醜。」言又不忘羑里之醜也。

4. 卷三：一，猶「乃」也。《呂氏春秋・知士篇》曰：「靜郭君之於寡人一至此乎？」高注曰：「一，猶乃也。」

5. 卷四：侯，何也。《呂氏春秋・觀表篇》曰：「今侯淥過而不辭。」高誘注曰：「侯，何也。」

6. 卷六：獨，猶「孰」也，「何」也。《呂氏春秋・必己篇》曰：「孔子行於東野，馬逸，食人之稼，野人取其馬。子貢請往說之，畢辭，野人不聽。有鄙人始事孔子者，請往說之。因謂野人曰：『子耕東海至於西海，吾馬何得不食之禾？』其野人大說，相謂曰：『說亦皆如此其辯也，獨如嚮之人。』解馬而與之。」高注曰：「獨，猶『孰』也。」

7. 卷七：家大人曰：「而，猶以也。」……《呂氏春秋・去私篇》曰：「晉平公問於祁黃羊曰：『南陽無令，其誰可而爲之？』」〈不屈篇〉曰：「惠子曰：『若王之言，則施不可而聽矣。』」〈用民篇〉曰：「處次官，執利勢，不可而不察於此。」以上凡言可而者，皆謂可以也。

8. 卷七：如，猶「於」也。……《呂氏春秋・愛士篇》曰：「人之困窮，甚如饑寒。」言甚於饑寒也。

9. 卷八：且，句中語助也。《莊子・齊物論篇》曰：「夫隨其成心而師之，

誰獨且無師乎？」又曰：「果且有彼是乎哉？果且無彼是乎哉？」《呂氏春秋·無義篇》曰：「公孫鞅使人謂公子卬曰：『今秦令鞅將，魏令公子當之。豈且忍相與戰哉！』」「且」字皆句中語助。

10. 卷九：適，猶「是」也。……《呂氏春秋·胥時篇》曰：「王子光見伍子胥而惡其貌，不聽其說而辭之。曰：『其貌適吾所甚惡也。』」言是吾所甚惡也。

三十九、《淮南子》

1. 卷一：《爾雅》曰：「已，此也。」……《淮南·道應篇》曰：「已雖無除其患，天地之間，六合之內，可陶冶而變化也。」無，不也。言此雖不除其患也。

2. 卷五：《廣韻》曰：「詎，豈也。」……或作遽。……《淮南·人間篇》曰：「此何遽不能為福乎？」

3. 卷六：奈何，或但謂之奈。《淮南·兵略篇》曰：「唯無形者無可奈也。」揚雄〈廷尉箴〉曰：「惟虐惟殺，人莫予奈。」奈，即「奈何」也。

四十、《賈子》

1. 卷三：或，猶「又」也。……《賈子·保傅篇》曰：「鄙諺曰：『不習為史，而視已事。』又曰：『前車覆，後車戒。』」《韓詩外傳》「又曰」作「或曰」。

2. 卷五：可，猶「所」也。……《賈子·諭誠篇》：「人謂豫讓曰：『子不死中行而反事其讎，何無可恥之甚也？』」言無所恥之甚也。

3. 卷五：其，猶「之」也。……《賈子·大政篇》曰：「故欲以刑罰慈民，辟其猶以鞭狎狗也，雖久弗親矣。欲以簡泄得士，辟其猶以弧怵鳥也，雖久弗得矣。」其與之同義，故其可訓為之，之亦可訓為其。

4. 卷七：然，猶「乃」也。……《賈子·脩政篇》曰：「譬其若去日之明於庭，而就火之光於室也，然可以小見而不可以大知。」……然字並與乃同義。

5. 卷九：咫，詞之「則」也。《賈子·淮難篇》曰：「陛下於淮南王，不可謂薄矣。然而淮南王，天子之法，咫蹂促而弗用也，皇帝之令，咫批傾而不行也。」又曰：「陛下無負也如是，咫淮南王罪人之身也。淮南王子罪人之子也。」又曰：「是立咫泣沾衿，臥咫泣交項。」以上諸「咫」字，

竝與「則」同義。

四十一、《鹽鐵論》

1. 卷二：家大人曰：「謂，猶爲也。」……《鹽鐵論‧憂邊篇》曰：「有一人不得其所，則謂之不樂。」謂之，爲之也。

2. 卷七：如，猶「而」也。……《鹽鐵論‧世務篇》曰：「見利如前，乘便而起。」如，亦而也，互文耳。

3. 卷九：所，猶「可」也。……《鹽鐵論‧未通篇》曰：「民不足於糟糠，何橘柚之所厭。」言何橘柚之可厭也。

四十二、《法言》

1. 卷三：台，猶「何」也，如台，猶「如何」也。……《法言‧問道篇》：「莊周申韓，不乖寡聖人而漸諸篇，則顏氏之子閔氏之孫其如台？」言三子若不詆訾聖人，則顏閔之徒其奈之何也。

四十三、《楚辭》

1. 卷二：焉，猶「於是」也，「乃」也，「則」也。……《楚辭‧離騷》曰：「馳椒邱且焉止息。」言且於是止息也。〈九章〉曰：「焉洋洋而爲客。」又曰：「焉舒清而抽信兮。」義竝與於是同。又〈離騷〉曰：「皇天無私阿兮，覽民德焉錯輔。」〈九辯〉曰：「國有驥而不知乘兮，焉皇皇而更索。」義竝與乃同。又〈招魂〉曰：「巫陽焉乃下招曰。」言巫陽於是下招也。

2. 卷三：惟，獨也，常語也，或作「唯、維」，家大人曰：「亦作雖。」……《楚辭‧離騷》曰：「余雖脩姱以鞿羈兮。」言余惟有此脩姱之行，以致爲人所係累也。

3. 卷四：家大人曰：「《廣雅》曰：盍，何也。」《楚辭‧九歌》曰：「盍將把兮瓊芳。」王注曰：「盍，何也。言靈巫何持乎，乃復把玉枝以爲香也。」

4. 卷五：《爾雅》曰：「羌，乃也。」《楚辭‧離騷》曰：「眾皆競進以貪婪兮，憑不猒乎求索。羌內恕己以量人兮，各興心而嫉妒。」是也。字或作「慶」。

5. 卷六：寧，猶「將」也。……《楚辭‧卜居》曰：「吾寧悃悃款款，朴以忠乎？將送往勞來，斯無窮乎？」寧，亦「將」也，互文耳。

6. 卷七：然，猶「焉」也。……又《楚辭‧九章》曰：「然容與而狐疑。」〈九辯〉曰：「然欲祭而沈藏。」「然」字亦與「焉」同義。

7. 卷八：將，猶「抑」也。《楚辭·卜居》曰：「吾寧悃悃款款朴以忠乎？將送往勞來斯無窮乎？」〈楚策〉曰：「先生老悖乎？將以為楚國祆祥乎？」「將」字竝與「抑」同義。

8. 卷九：孰，何也。……《楚辭·九章》曰：「孰兩東門之可蕪？」

四十四、司馬相如〈封禪文〉

1. 卷七：然，猶「乃」也。……司馬相如〈封禪文〉曰：「若然辭之，是泰山靡記，而梁甫罔幾也。」……然並與乃同義。

2. 卷八：且，發語詞也。……司馬相如〈封禪文〉曰：「或曰：且天為質闇，示珍符，固不可辭。」且字皆發語詞。

四十五、劉歆〈與揚雄書〉

1. 卷九：適，猶「是」也。……劉歆〈與揚雄書〉曰：「今聖朝留心典誥，發精於殊語，欲以驗考四方之事，適子雲攘意之秋也。」言是子雲攘意之秋也。

四十六、揚雄〈廷尉箴〉

1. 卷六：奈何，或但謂之奈。《淮南·兵略篇》曰：「唯無形者無可奈也。」揚雄〈廷尉箴〉曰：「惟虐惟殺，人莫予奈。」奈，即「奈何」也。

四十七、揚雄〈青州牧箴〉

1. 卷八：《說文》：「茲，蒼也。」《廣韻》：「茲嗟，憂聲也。」倒言之則曰「嗟茲」；或作「嗟茲」，或作「嗟子」。……揚雄〈青州牧箴〉曰：「嗟茲天王！附命下士。」竝字異而義同。

四十八、崔駰〈大理箴〉

1. 卷六：能，猶「而」也。能與而古聲相近，故義亦相通。……《韓詩外傳》：「貴而下賤，則眾弗惡也；富能分貧，則窮士弗惡也；智而教愚，則童蒙者弗惡也。」崔駰〈大理箴〉：「或有忠能被害，或有孝而見殘。」「能」，亦「而」也。

四十九、《文選》

1. 卷一：家大人曰：「與，猶謂也。」李善本《文選·報任少卿書》曰：「假令僕伏法受誅，若九牛亡一毛，與螻蟻何以異，而世又不與能死節者。」言世人不謂我能死節也。

2. 卷三：台，猶「何」也，如台，猶「奈何」也。……《文選》典引：「伊
   考自邃古，乃降戾爰茲。作者七十有四人，今其如台而獨闕也？」言今
   其奈何而獨闕也。

第五章 《經傳釋詞》訓詁所用之術語

　　訓詁學所用之術語，創自漢儒。清阮元撰《經籍纂詁》，於凡例中，歸納古書傳注所用訓詁術語，共得二十八種。林師景伊先生《訓詁學槩要》就《經籍纂詁》所列，叄以前儒之注疏，分爲三十種，齊佩瑢《訓詁學概論》分爲四十種。揆之各家所列，皆有一定不易之相沿習慣。觀其術語，即可知所表達之訓詁種類。王氏引之係清代有名之漢學家，故《釋詞》訓詁所用之術語亦沿襲前人成例。茲將王氏所用之術語（共八種）概述如后：

一、某，某也。某，某也、某也。

　　林師景伊先生《訓詁學槩要》曰：「此爲最常見之訓詁術語，以也字明一字之義已盡。《玉篇》曰：『也，所以窮上成文也。』《顏氏家訓・書證篇》曰：『也，語已及助句之辭。』此例之也字，概爲語已辭。如《易・乾》子夏傳：『元，始也。』《易・既濟》釋文引鄭注：『濟，度也。』《孟子・滕文公上》：『樹藝五穀。』注：『藝，種也。』如數字連釋，則惟於最後一詞用也字，前者可省。如《詩・關雎》傳：『淑，善；逑，匹也。』《詩・風雨》傳：『胡，何；夷，說也。』〈鴇羽〉傳：『集，止；苞，積；栩，杼也。』等皆是。此外，有一字之義不足盡，展轉相釋者，則均有也字，如《儀禮・士冠禮》鄭注：『徹，去也，斂也。』是也。」

　　《經傳釋詞》用「某，某也。」之例如后：

　　1. 卷一：因，由也，聲之轉也。
　　2. 卷一：因，猶也，亦聲之轉也。

3. 卷二：安，焉也，然也。

4. 卷二：爲，曰也。

5. 卷三：惟，獨也。

6. 卷三：云，言也，曰也。

7. 卷四：遐，何也。

8. 卷五：苟，誠也。

9. 卷八：肆，遂也。

10. 卷十：屬，適也。

二、某者，某也。某者，某也、某也。

齊佩瑢《訓詁學概論》：「《孟子》：『畜君者，好君也。』《書·大傳》：『顒者，事也。禹者，輔也。』又：『堯者，高也，饒也。舜者，推也，循也。』段氏諸字下注云：『白部曰：者，別事詞也，諸與者音義皆同。〈釋魚〉：前弇諸果，後弇諸獵。諸即者。』《說文》：『泣，無聲出涕曰泣。』段注據《韻會》本訂正作『無聲出涕者曰泣。』云：『者，別事詞也。哭下曰：『哀聲也。』其出涕不待言，其無聲出涕者爲泣，此哭泣之別也。』按：者即今之這字，某者某也，乃古人行文構句之常例，不必拘泥。」

《經傳釋詞》用此例有四則：

1. 卷六：殆者，近也，幾也。

2. 卷七：然而者，亦詞之轉也。

3. 卷二：而者，承上之詞。

4. 卷八：則者，承上起下之詞。

按：後二例，「詞」字之下應加「也」字，語意較爲完整。

三、某，猶某也。

林師景伊先生《訓詁學概要》曰：「漢儒注經，用猶之例有三：一是意思本來不同，然展轉可通，所謂義隔而通之者也。《說文》：『儷，猶讐也。』段注：『凡漢人作注云猶者，皆義隔而通之，如公穀皆云孫猶孫也，謂此子孫字同孫遁之孫。〈鄭風〉傳：漂猶吹也，謂漂本訓浮，因吹而浮，故同首章之吹，凡鄭君每言猶者皆同此。』又於詡下注云：『禮器：德發言詡萬物。注：詡猶普也。按：詡之本義爲大言，故訓爲普則曰猶，凡古注言猶者視此。』《禮記·郊特牲》：『人之序也。』鄭玄注：『序猶代也。』《論語·先進》：『吾不徒行

以爲之標。』皇疏：『徒猶步也。』《後漢書‧黨錮傳》注：『區猶別也。』皆此例也。二是以今喻古，段玉裁於《說文》儸字下注云：『然則爾字下云：麗爾猶靡麗也。此猶亦可刪與？曰此則通古今之語示人，麗爾古語，靡麗今語。〈魏風〉傳：糾糾猶繚繚，摻摻猶纖纖之例也。』《孝經》疏引劉炫注：『辜較猶梗概也。』《史記‧司馬相如傳》：『垂條扶於。』集解引郭璞注：『扶於猶扶疏也。』僉屬此例。三是求名原，即從聲音上推求語詞音義的來原而藉以釋其命名之所由來，此爲聲訓的一種方式。如《禮記‧郊特牲》：『祭之日，王皮弁以聽祭報，示民嚴上也。』鄭玄注：『報猶白也，夙興朝服以待白祭事者，乃後服祭而行事也。』《周禮‧春官宗伯》：『二曰巫咸。』鄭玄注：『咸猶僉也，謂筮眾心歡不也。』皆此例也。」

《經傳釋詞》用「某猶某也」之例佔全書十分之七八，其類別有二：

(一) 引伸假借，即林師所謂「意思本來不同，然展轉可通，所謂義隔而通之」也。其例如：

1. 卷一：猶，猶均也。

按：《說文》曰：「猶，玃屬。」猶本爲獸名，《詩‧小星》傳曰：「猶，若也。」即假猶爲若義，王氏又以爲「物相若則均，故猶又有均義。」又引申爲均義，故曰：「猶，猶均也。」

2. 卷五：固，猶必也。

按：《說文》曰：「固，四塞也。」固之本義爲四塞，可引申爲堅固之固，又引申爲必，其義展轉相通，故曰：「固，猶必也。」

3. 卷五：顧，猶但也。

按：《說文》曰：「顧，還視也。」段注曰：「引申爲語將轉之詞。」顧之本義爲還視，引申假借爲語將轉之詞，「但」即作轉折用之關係詞，故曰：「顧，猶但也。」

(二) 聲音假借，即林師所謂求名原也。其例如：

1. 卷三：有，猶又也。

按：有，《廣韻》云久切，爲紐，有韻。又，《廣韻》于救切，爲紐，宥韻。二字同紐，古韻亦屬段氏第三部，故曰：「有，猶又也。」

2. 卷六：直，猶特也。

按：直，《廣韻》除力切，澄紐，古聲屬定紐，職韻。特，《廣韻》徒得

切，定紐，德韻。職，德同屬段氏第一部，二字同音，故曰：「直，猶特也。」

3. 卷一：與，猶以也。

按：與，《廣韻》以諸切，喻紐；以，《廣韻》羊已切，亦爲喻紐，二字雙聲，故曰：「與，猶以也。」

4. 卷四：惡，猶安也。

按：惡音烏，《廣韻》哀都切，影紐；安，《廣韻》烏寒切，亦爲影紐，二字雙聲，故曰：「惡，猶安也。」

5. 卷四：鄉，猶方也。

按：鄉音向，《廣韻》許亮切，曉紐，漾韻；方，《廣韻》府良切，非紐，陽韻。古韻漾、陽皆屬段氏第十部，二字疊韻，故曰：「鄉，猶方也。」

6. 卷七：然，猶焉也。

按：然，《廣韻》如延切，日紐，仙韻。焉，《廣韻》於乾切，影紐，仙韻。二字疊韻，故曰：「然，猶焉也。」

以上六例，首二條同音爲訓，次二條雙聲爲訓，末二條疊韻爲訓，皆在說明聲音之關係也。

四、某，辭（詞）也。

齊佩瑢《訓詁學概論》曰：「虛字的意義虛到虛無可虛的時候，《毛傳》則以辭也釋之，言其僅有聲而不爲義也。如〈茉苢〉之薄，〈漢廣〉〈文王〉之思，〈草蟲〉之止，〈載馳〉之載，〈大叔于田〉之忌，〈山有扶蘇〉之且等是。」

《經傳釋詞》用「某、辭（詞）也」之例如：

1. 卷五：幾，詞也。
2. 卷五：居，詞也。
3. 卷七：若，詞也。

五、某，語助也。

齊佩瑢《訓詁學概論》曰：「虛字的意義虛到虛無可虛的時候，《毛傳》則以辭也釋之，言其僅有聲而不爲義也。……或謂之語助，《易》鄭注：『居，辭也。』〈檀弓〉鄭注：『居，齊魯之間語助也。』『爾，語助也。』」

《經傳釋詞》除有「某，語助也」以外，凡言「語已詞也」、「詞助也」、

「問詞之助也」、「句中語助也」、「助語詞也」、「語中助詞也」、「句中助詞也」、「句末語助也」，其義皆相同，惟用語有出入耳。其例如：

1. 卷一：與，語助也。
2. 卷八：思，語已詞也。
3. 卷五：其，問詞之助也。
4. 卷六：迪，句中語助也。
5. 卷七：來，句中語助也。
6. 卷六：誕，句中助詞也。
7. 卷三：云，語中助詞也。
8. 卷五：宜，助語詞也。
9. 卷七：如，詞助也。
10. 卷八：來，句末語助也。

六、某，發聲也。

齊佩瑢《訓詁學概論》曰：「虛字的意義虛到虛無可虛的時候，《毛傳》則以辭也釋之，言其僅有聲而不爲義也。……又稱聲之助及發聲，如〈檀弓〉鄭注：『疇，發聲也。』《說文》：『粵，詞也。』《中庸》注：『田，聲之助。』《毛傳》：『思，辭也。』」

《經傳釋詞》除言「某、發聲也」之外，凡言「某、發語詞也」亦同此類，皆用於句首。其例如：

1. 卷三：洪，發聲也。
2. 卷六：乃，發聲也。
3. 卷六：疇，發聲也。
4. 卷九：爽，發聲也。
5. 卷十：末，發聲也。
6. 卷三：惟，發語詞也。
7. 卷三：云，發語詞也。
8. 卷六：誕，發語詞也。
9. 卷七：若夫，發語詞也。
10. 卷八：思，發語詞也。

以上三種用語，齊氏《訓詁學概論》列爲一類，本文分爲三類，乃爲醒目也。

七、某，某辭（詞）也。

齊佩瑢《訓詁學概論》曰：「辭者聲氣之謂，某辭者，表示某種意義的聲氣也。如詩傳：『于嗟，歎詞。』『猗嗟，歎詞。』『於，歎詞。』『猗，歎辭也。』『今，急辭。』詩箋：『聊，且略之辭。』〈檀弓〉鄭注：『且，未定之辭。』《說文》辭作詞，如『吷，詮詞也。』『矣，語已詞也。』『只，語已辭。』『粵，審慎之詞。』『寧，願詞也。』或倒言之，則云『乃，詞之難也。』『曾，詞之舒也。』辭為聲氣之意，故某辭也可說某聲，如詩傳：『噫，歎也。』《論語》鄭注：『噫，心不平之聲。』詩箋：『懿，有所痛傷之聲也。』〈檀弓〉鄭注：『噫，不寤之聲。』《淮南》高誘注：『意、恚聲。』《公羊》何注：『噫，咄嗟貌。』《說文》：『誃，可惡之辭。』又云：『魝，聲也。』」

根據齊氏之說，《經傳釋詞》用「某，某辭也」可分為三類：

（一）某，某辭（詞）也，亦曰某聲。其例如：

    1. 卷五：蓋，疑詞也。

    2. 卷八：哉，問詞也。

    3. 卷四：猗，歎詞也。

    4. 卷八：哉，歎詞也。

    5. 卷四：噫，歎聲也。

    6. 卷四：吁，歎聲也。

（二）某，某之詞也。其例如：

    1. 卷二：焉，比事之詞也。

    2. 卷三：有，狀物之詞也。

    3. 卷三：亦，承上之詞也。

    4. 卷四：惡，不然之詞也。

    5. 卷四：乎，狀事之詞也。

    6. 卷五：蓋者，大略之詞。

    7. 卷五：其，指事之詞也。

    8. 卷五：其，擬議之詞也。

    9. 卷五：其，更端之詞也。

    10. 卷五：固，本然之詞也。

（三）某，詞之某也。其例如：

    1. 卷三：抑，詞之轉也。

2. 卷三：庸，詞之用也。

3. 卷五：豈，詞之安也。

4. 卷七：來，詞之是也。

5. 卷九：只，詞之耳也。

八、某，或作某。

齊佩瑢《訓詁學概論》曰：「〈天官〉注：『玄謂政謂賦也，凡其字或作政，或作正，或作征，以多言之宜從征，如孟子交征利云。』此言諸書異文而義相同，猶鄭司農云：『糈音聲與薌相似，醫與醷亦相似，文字不同，記之者各異耳，此皆一物。』有時或言某書作某，如〈月令〉鄭注：『術，周禮作遂。』〈少儀〉注：『古文禮，僎作遵。』『周禮圂作豢』等皆是。至同書異文，亦言或作或為，例如〈邊人〉注：『故書鬵作茨，鄭司農云：茨字或作鬵，謂乾餌餅之等也。』〈禮運〉注：『苴或為俎。』〈少儀〉注：『酢或為作。』凡異文皆音讀相同。《說文》褊下段注：『凡云或為者，必彼此音讀有相通之理。』」

《經傳釋詞》用「某，或作某」之例，其音讀皆相通。其例如：

1. 卷一：由……字或作猶，或作攸，其義一也。

按：由、猶、攸三字皆以周切，同音，故可通用也。

2. 卷二：安，猶於是也、乃也、則也。字或作案，或作焉，其義一也。

按：安，《廣韻》烏寒切；案，《廣韻》烏旰切；焉，《廣韻》於愆切。三字皆屬影母，故其義可通用也。

3. 卷四：惡，猶安也，何也。字亦作烏。

按：惡、烏二字《廣韻》皆哀都切，同音，故可通用也。

4. 卷五：其，問詞之助也。或作期，或作居，義竝同也。

按：此其字讀如姬，《廣韻》居之切。居亦居之切，二字同音，故其義相同也。又期，《廣韻》渠之切，其，期二字同屬之韻，疊韻，故其義亦可通用也。

5. 卷八：茲者，承上起下之詞。……字或作滋。

按：茲、滋二字同音，皆子之切，故可通用也。

6. 卷九：是猶寔也。……字亦作氏。

按：是、氏同音，皆承紙切，故可通用也。

第六章　結　論

　　凡《釋詞》編排之次序、訓釋之類別、方法、範圍以及術語，以上各章已逐一加以辯析說明，可得下列四點結論：

　　一、王氏取九經、三傳及周、秦、西漢之書，凡語助之文皆加以詮釋，而成《經傳釋詞》十卷，雖不免有超出經傳，取材太泛之弊。然大體言之，王氏引證周詳，方法嚴謹，不流於妄斷臆測，於訓詁學中別立《釋詞》學一派，厥功甚偉！阮元《經傳釋詞・序》曰：「元讀之，恨不能起毛、孔、鄭諸儒而共證此快論。」錢熙祚跋曰：「旁通曲盡，非宋、明諸儒師心自用，妄改古書者比也。雖間有武斷，而大體淹貫，不失爲讀經之總龜。」方東樹《漢書商兌》掊擊漢學不遺餘力，獨於此書則無異辭，且曰：「實足令鄭、朱俯首，自漢唐以後，未有其比。」諸氏之言，洵非虛譽也。

　　二、自王氏《釋詞》問世後，後人續裒者甚夥，如孫經世《經傳釋詞補》、《再補》、吳昌瑩《經傳衍釋》、裴學海《古書虛字集釋》、楊樹達《詞詮》，皆踵事增華之作也。吳、裴之書，其徧排次序皆仿《釋詞》。楊氏之作，雖依國音字母之順序排列，然亦師承王氏之遺意，楊氏〈詞詮序例〉曰：「《經傳釋詞》用守溫三十六字爲次，今用教育部國音字母爲次，師王氏之意也。」由此可見《釋詞》編排次序對後代學者之影響。

　　三、《釋詞》所釋之詞性，計有動詞、繫詞、準繫詞、限制詞、指稱詞、關係詞、語氣詞七類。動詞爲實詞，例句最少。繫詞、準繫詞、限制詞、指稱詞，語意較爲空泛，介於實詞與虛詞之間，例句其次。關係詞、語氣詞則爲虛詞，例句最多。由此可知《釋詞》之所以稱爲釋「詞」，實能切合名實。晚近所出之書，如裴學海《古書虛字集釋》、楊樹達《詞詮》，所釋實詞甚多，

名詞、形容詞皆在訓釋之例，雖曰取材周詳，究不免有名實不符之弊也。

四、王氏《釋詞》優點本甚多，惟所用術語多沿襲漢儒，未能別創，一新境界，且用語含混，同名異實或異名同實之處亦多有之，易滋學者之紛惑。如：

卷一「用」字下曰：「因，由也。聲之轉也。」

卷一「用」字下曰：「用，詞之爲也。……用，以、爲皆一聲之轉。」

卷八「曆」下曰：「《說文》：『曆，曾也。』……或言曾，或言曆，語之轉也。」

卷九「旃」字下曰：「旃，之也。……之、旃聲相轉。」

所謂「聲之轉」、「一聲之轉」、「語之轉」、「聲相轉」，其義皆相同，均就聲母之關係而言，又如：

卷四「許」字下曰：「許、所聲相近而義同。」

卷七「然」字下曰：「然，猶焉也。……焉、然古同聲。」

所謂「聲相近」、「古同聲」，實則就韻母之關係而言。此種同名異實或異名同實之處，觸目皆是，實《釋詞》一大弊病也。又《釋詞》詮釋字義之時，常有語意未明，以及一條之內兼有二種詞性（第二章曾加以辯析）之處，此應歸咎於文法學未發達，亦可歸咎於王氏用語欠斟酌。如

卷三「抑」字下曰：「抑，詞之轉也。……〈周語〉曰：『敢問天道乎？抑人故乎？』」

卷三「抑亦」字下曰：「抑亦，亦詞之轉也。昭三十年《左傳》曰：『其抑亦將卒以祚吳乎？』」

以上二例同訓爲「詞之轉」，其實所表達之義却不同，上抑字爲「表選擇關係之關係詞」，後者爲「表轉折關係之關係詞」，同名異實，用語殊有未安。晚近學者多主以文法詞性詮釋虛詞，倘可免此弊端也乎？

以上四點結語，係根據本篇內容而作之，疏漏之處殆勢所難免，尚祈博雅君子指正焉。

主要參考書目

經學類

1. 《周易》，王弼、韓康伯注，孔穎達正義。
2. 《尚書》，孔安國傳，孔穎達正義。
3. 《毛詩》，毛亨傳，鄭玄箋，孔穎達正義。
4. 《周禮》，鄭玄注，賈公彥疏。
5. 《儀禮》，鄭玄注，賈公彥疏。
6. 《禮記》，鄭玄注，孔穎達正義。
7. 《春秋左傳》，杜預集解，孔穎達正義。
8. 《春秋公羊傳》，何休解詁，徐彥疏。
9. 《春秋穀梁傳》，范寧集解，楊士勛疏。
10. 《孝經》，唐玄宗注，邢昺疏。
11. 《論語》，何晏集解，邢昺疏。
12. 《孟子》，趙岐注，孫奭疏。
13. 《韓詩外傳》，韓嬰。
14. 《春秋繁露》，董仲舒。
15. 《大戴禮記》，戴聖。

小學類：小學類本附於經學類之內，因本文參考甚多小學書目，故獨立一類也。

1. 《爾雅》，郭璞注，邢昺疏。
2. 《方言》，揚雄。
3. 《釋名》，劉熙。
4. 《玉篇》，顧野王。

5. 《經典釋文》，陸德明。
6. 《廣韻》，陳彭年。
7. 《集韻》，丁度。
8. 《説文解字注》，段玉裁注。
9. 《説文通訓定聲》，朱駿聲。
10. 《廣雅疏證》，王念孫。
11. 《經籍纂詁》，阮元。
12. 《助字辨略》，劉淇。
13. 《經傳釋詞補、再補》，孫經世。
14. 《經傳衍詞》，吳昌瑩。
15. 《古書疑義舉例五種》，俞樾等。
16. 《文通》，馬建忠。
17. 《中國訓詁學史》，胡樸安。
18. 《訓詁學概論》，齊佩瑢。
19. 《訓詁學槩要》，林尹。
20. 《中國聲韻學通論》，林尹。
21. 《文字學槩説》，林尹。
22. 《高等國文法》，楊樹達。
23. 《詞詮》，楊樹達。
24. 《中國文法講話》，許世瑛。
25. 《常用虛字淺釋》，許世瑛。
26. 《古書虛字集釋》，裴學海。
27. 《論語文例》，胡自逢。
28. 《古音學發微》，陳新雄。
29. 《左傳》虛字集釋》，左松超。
30. 《國語虛詞集釋》，張以仁。

史學類

1. 《國語》，韋昭注。
2. 《戰國策》，高誘注。
3. 《史記》，裴駰集解，司馬貞索隱，張守節正義。
4. 《漢書》，顏師古注。
5. 《後漢書》，唐章懷太子賢注。

諸子類

1. 《荀子》，楊倞注。
2. 《老子》，王弼注。
3. 《列子》，張湛注。
4. 《莊子》，郭象注。
5. 《管子》，尹知章注。
6. 《晏子》，張純一校注。
7. 《墨子閒詁》，孫詒讓。
8. 《韓非子》，王先慎集解。
9. 《孫子》，曹操等注。
10. 《呂氏春秋》，高誘注。
11. 《淮南子》，高誘注。
12. 《鹽鐵論》，桓寬撰，張敦仁考證。
13. 《法言》，李軌注。
14. 《顏氏家訓》，顏之推。
15. 《讀書雜志》，王念孫。
16. 《漢學商兌》，方東澍。

集 解

1. 《楚辭補注》，王逸注，洪興祖補。
2. 《文選》，李善注。